Las Cuatro Fugas de Manuel

Jesús Díaz

LAS CUATRO FUGAS DE MANUEL

ESPASA

ESPASA ℮ NARRATIVA

Diseño de la colección: Tasmanias
Ilustración de cubierta: Vicente Sobero
Foto del autor: Anna Löscher
Realización de cubierta: Ángel Sanz Martín

Depósito legal: M. 96-2002
ISBN: 84-670-0008-2

Espasa, en su deseo de mejorar sus publicaciones, agradecerá cualquier
sugerencia que los lectores hagan al departamento editorial por correo
electrónico: sugerencias@espasa.es

Impreso en España/Printed in Spain
Impresión: Huertas, S. A.

Editorial Espasa Calpe, S. A.
Carretera de Irún, km 12,200. 28049 Madrid

Manuel dedica esta novela a su madre, Migdalia;
yo a Anabelle, nuestra común amiga

Ésta es la plenitud, el tiempo entero

ELISEO DIEGO
Las cuatro estaciones del año

VERANO

Pues la memoria es un rumor apenas
que roza con sus alas inocentes
la paz inmensa en el silencio justo

DIEGO

El verano del 91 fue caliente como una caldera, pero el sudor que humedeció las manos y la frente del joven Manuel Desdín el día nueve de julio a las nueve de la mañana, cuando se dispuso a entrar al Instituto de Física de Bajas Temperaturas de la Unión de Repúblicas Socialistas Soviéticas situado en la ciudad de Járkov, Ucrania, no era consecuencia del calor sino de una excitación irrefrenable. Había trabajado durante meses en la elaboración de un algoritmo que teóricamente permitía dirigir el flujo de una cadena continua de información ubicada en un rayo luminoso que se desplazaba a trescientos mil kilómetros por segundo a través de una fibra óptica sometida a una temperatura de doscientos sesenta y ocho grados Celsius bajo cero. Si funcionaba, su algoritmo sería capaz de controlar el envío y la recepción de n bits que se desplazarían a la velocidad de la luz a cinco grados Kelvin, unas condiciones inconcebibles para los simples seres humanos.

Pero él no era un simple ser humano sino un físico, aunque todavía estuviera sometido formalmente a la condición de estudiante y apareciera como tal ante los ojos de los envidiosos comandados por Lucas Barthelemy, jefe de los becarios cubanos de la ciudad. Era físico, y por ello no sólo estaba relevado de la obligación de asistir a clases de dicha asignatura en la Universidad de Járkov, también había sido autorizado a participar en las investigaciones del Instituto de Física de Bajas Temperaturas, una distinción que no había obtenido jamás ningún estudiante ni tampoco ningún extranjero, y que a él le había sido otorgada nada menos que por el profesor Ignati Derkáchev, uno de los más grandes científicos del mundo.

Miró a ambos lados, como hacía siempre antes de decidirse a empujar la puerta posterior del Instituto, un edificio de ladrillos rojinegros, largo y rectangular, de tres plantas e inmensos sótanos secretos, rodeado por una alta cerca de alambre oxidado que reforzaba su aspecto de cárcel. El propio Derkáchev le había ordenado que entrara siempre por detrás, y que mantuviera una discreción absoluta sobre su participación en las discusiones científicas y en los experimentos de hiperconductividad a bajas temperaturas, pues la fuerza de la envidia, sostenía, era mucho mayor y más regular que la de la gravitación universal, y si sus enemigos se enteraban de que estaba volando tan alto se inventarían alguna sinrazón para cortarle las alas y obligarle a precipitarse a tierra, donde lo encerrarían en un vacío tan absoluto como el de los hemisferios de Magdeburgo, del que no podría escapar jamás.

Tragó en seco al evocar aquellas palabras, se limpió el sudor de las manos en las perneras del pantalón y comprobó aliviado que no había espías de Barthelemy en la costa. Afortunadamente no solían circular por aquella zona, como buenos imbéciles se limitaban a moverse en los alrededores de la Universidad y de las residencias estudiantiles, ignoraban la lengua ucraniana y por ello también la noche, las canciones y la brillante vida secreta de Járkov. Antes de decidirse a empujar la puerta se encomendó a Ekeko, el dios tutelar de los aymaras, a cuya permanente presencia lo había habituado Erika Fesse, la boliviana que le había sorbido el seso con tanta fuerza como la física y que para su desgracia y tristeza infinitas ya no vivía en Járkov. Empujó el portón de madera color ocre con cierta violencia, consciente de que debía escapar del recuerdo de Erika si quería conservar las ideas en orden. Entró al Instituto y de inmediato resultó embriagado por una emoción semejante a la que experimentaría un creyente al ingresar en la iglesia en ocasión de su boda. Aquél era su gran día, el día de Manuel, para el que había estado preparándose en secreto durante todo el curso pese a la presión de los envidiosos y al dolor que le produjo la partida irrestañable de Erika Fesse, y estaba decidido a que nada, ni la tristeza, ni la ira, ni el amor, ni el odio distrajeran su atención durante el desarrollo del experimento.

Avanzó por el sombrío pasillo hacia la mesa donde Misha, el subportero albino, controlaba rigurosamente las entradas y salidas de aquella zona del edificio, preguntándose cómo serían las instalaciones de los competidores extranjeros. Había cuatro países punteros en la investigación de la Física de Bajas Temperaturas: Estados Unidos, Alemania, Japón y la Unión Soviética, sin duda alguna el más pobre de todos. Pero la pobreza material unida a la ambición, a la constancia y al orgullo —lo había aleccionado Derkáchev el mismo día en que lo inició en el primer ciclo de secretos del Instituto— podían ser y de hecho eran estímulos para la inteligencia, por eso los rusos y ucranianos lograban tantos o más resultados que americanos, alemanes y japoneses. Manuel sonrió al evocar aquel aserto, siempre había sido pobre y además flaco, físicamente débil y encima tan rebelde e inquieto que en Cuba los envidiosos le endilgaron una sarta de epítetos capaces de destruir al más pintado: conflictivo, autosuficiente, extranjerizante... Pero él había conseguido sobreponerse a las múltiples intrigas propiciadas por aquellos calificativos demoledores y llegar hasta allí sin bajar ni una sola vez la cabeza gracias justamente a su inteligencia, a su ambición, a su constancia y a su orgullo, virtudes que debía seguir alimentando cada día hasta ser capaz de rozar el cielo en que habitaban sus dioses: Newton, Leibniz, Maxwell, Kantor, Planck, Einstein, Sajárov.

Saludó al albino Misha en ucraniano, deferencia que siempre provocaba en los nacionales de aquella república una sonrisa mezcla de admiración y agradecimiento, y le mostró la identificación que le autorizaba a pasar a la planta baja del edificio. Misha revisó minuciosamente el papel que ya debía conocer de memoria y lo devolvió sonriendo; tenía las manos blanquísimas, grandes y deformes como las de un gorila enfermo. Manuel hizo una venia, y seguido por los rojizos ojillos de Misha avanzó hasta la base de la escalera por la que no estaba autorizado a transitar. En los sótanos quedaban las grandes cámaras de congelación y los laboratorios secretos; en los pisos primero y segundo se guardaban bajo siete llaves los resultados de los experimentos y sin duda habría también otros laboratorios, otros arcanos. Pero todo aquello, le había explicado Derkáchev en la primera visita, conformaba los ciclos segundo y tercero de las investigaciones, a los que sólo tendría acceso cuando lo mereciera. Manuel no preguntó siquiera qué debía hacer para ganarse ese derecho, le resultaba evidente que con el tiempo llegaría a ser capaz de merecerlo todo.

Dobló a la izquierda pensando que por lo pronto ya había ganado bastante, y enfiló por el pasillo central en cuyo extremo vigilaba el canoso Timofei. Justamente allí, en el salón de conferencias cuya puerta dejaba atrás ahora,

había expuesto su hipótesis ante el pleno del Consejo
Científico del Instituto y obtenido el derecho a disponer
de dos minutos para probarla experimentalmente en la
próxima Ascensión a las Estrellas, la misma que tendría
lugar hoy. Sonrió, le encantaba dominar el idioma secreto
del Instituto, el lenguaje en clave conforme al cual una bajada sostenida de temperatura en la que se intentara tras-
pasar el umbral de lo posible era denominada Ascensión a
las Estrellas. Al iniciarlo, Derkáchev le había explicado
que usaban un lenguaje críptico no por excentricidad,
como suponían los envidiosos, sino para cifrar contenidos.

Ascensión a las Estrellas, por ejemplo, cifraba cinco,
Derkáchev cerró el puño pequeño y poderoso al iniciar la
explicación para volver a abrirlo de inmediato ante los
ojos asombrados de Manuel. Cinco, repitió, número clave,
como los dedos de la mano. Luego fue moviendo los dedos uno a uno, como un titiritero capaz de manejar a su
antojo los hilos del conocimiento, y explicó. Primero, el
poético, que un verdadero científico debía tener en cuenta
siempre, pues en su punto más alto física y poesía eran si-
nónimos, puras metáforas del universo. Segundo, el filo-
sófico, cifrado en la referencia al infinito, porque la física,
como la filosofía, no era otra cosa que un reto a Dios, una
duda permanente sobre los límites y la estructura del
mundo. Tercero, el religioso, aludido en la Ascensión, ya
que la ciencia era un camino tan arduo como la subida al
Gólgota o como la crucifixión que conducía a los cielos, de
ahí que su ejercicio precisara de la fe tanto como de la
duda. Cuarto, el práctico, pues algún día el hombre alcanzaría las estrellas y allá, en aquellas temperaturas inconce-
biblemente bajas, era donde las investigaciones que estaban llevando a cabo en Járkov cobrarían pleno sentido. Y
quinto, el policial, ya que el KGB se pasaba la vida jodién-
dolos con la cantinela de la seguridad ante el espionaje y
exigiéndoles que no llamaran a las cosas por su nombre,

de modo que a veces ni ellos mismos sabían de qué coño estaban hablando.

Manuel soltó entonces una carcajada y tuvo que contenerse para no besar la calva de Derkáchev. Pero ahora, cuando se detuvo por fin frente a la puerta de la Sala A del Laboratorio 1, no fue capaz de esbozar siquiera una sonrisa. Extrajo un pañuelo y se secó el sudor de la frente. Mirados desde la fe, los dos minutos de que disponía para su experimento eran mucho tiempo, ya que el proceso de enfriamiento extremo de la Cámara Mayor duraría a lo sumo diez; considerados desde la duda, sin embargo, no era en absoluto seguro que aquellos dos minutos le bastaran para probar su hipótesis. Y eso sería un desastre, una fiesta para los enemigos de Derkáchev, perros que se oponían a que participara en los trabajos del Instituto acusándolo de un doble crimen: ser extranjero y estudiante.

Durante meses se mantuvo callado, tratando de pasar desapercibido, y un buen día Serguei Ostrovski, principal enemigo de Derkáchev y jefe de los perros, llegó a preguntarle en público si era mudo. Manuel le respondió en voz alta que sí, mientras preparaba en silencio su venganza. En la disertación teórica ante el Consejo Científico con la que se ganó el derecho a participar en la Ascensión habló sin consultar un papel ni una nota, y lo hizo además en un ruso musical, pulido, perfecto, el mismo que había conseguido dominar registrando una y otra vez su hipótesis en la grabadora que Erika Fesse le había dejado de regalo junto a su poncho, su mochilita roja y su abandono.

Había estado a punto de quemar todo aquello en un ataque de desesperación, pero por suerte se dio cuenta a tiempo de que ni siquiera el fuego sería capaz de convertir en cenizas el recuerdo de Erika. Fue entonces cuando concibió la idea de utilizar la grabadora de la maldita en perfeccionar su pronunciación rusa, registrando una y otra vez la disertación que pronunciaba con piedritas en la lengua, al modo de Demóstenes, el tartamudo. Pulió su ruso y de paso, y sin pretenderlo, aprehendió de tal modo la lógica interna de la hipótesis que días después, mientras la exponía ante el Consejo Científico, ni siquiera cayó en la cuenta de que estaba haciéndolo con espontánea fluidez, sin recurrir nunca al texto escrito, lo que le valió el siniestro elogio de que no parecía extranjero.

Ahora, al entrar a la sala de espera del laboratorio, recordó con rabia aquella ofensa a la que entonces no tuvo el coraje de responder. Al final de la exposición los perros de Ostrovski lo habían sometido a una insidiosa batería de preguntas que salvó con calma y control. En las conclusiones el Consejo Científico le concedió dos minutos para comprobar su hipótesis en la próxima Ascensión a las Estrellas, lo que dejaba fuera del experimento a cinco postulantes rusos y a dos ucranianos. Se emocionó de tal forma que no encontró palabras para gritar lo que sintió cuando el presidente, con la intención de elogiarlo, dijo ex cátedra algo que sin embargo se escuchó con toda claridad por los micrófonos: el disertante había expuesto como un científico ruso, no como un estudiante extranjero. ¡Pero él era cubano, coño! ¡Él era un científico cubano!, pensó mientras se quitaba del hombro la mochilita donde llevaba los papeles con el algoritmo para el experimento. Se sentó en el rincón más apartado del salón temblando de ira; ¿iba a resultar, acaso, que los estúpidos que lo perseguían desde su infancia tenían razón al acusarlo de extranjerizante? Pues no. Él, Manuel Desdín, estaba destinado a inscribir a Cuba en el firmamento de la física como Martí la había inscrito en el de la poesía. ¿Y si fracasaba? ¿Si no conseguía medirse de tú a tú con los titanes? De pronto, abrigó el oscuro deseo de que la Ascensión no se cumpliera y liberarse así del compromiso de probar la funcionalidad de su algoritmo.

Puso la mochilita sobre las piernas y renunció a la tentación de extraer los papeles y revisar su hipótesis; de tanto comprobarla en las inagotables noches de insomnio donde sólo el trabajo le aliviaba del dolor de la partida de Erika Fesse, había terminado por dominar de memoria su lógica interna. Y quizá tuviera la suerte de no verse obligado a ponerla a prueba. La Ascensión a las Estrellas que se había preparado cuidadosamente durante semanas y cuya culminación se estaba intentado ahora, bajar la temperatura de la Cámara Mayor a 5 Kelvin y estabilizar ese frío pavoroso durante diez minutos, era una hazaña tan difícil de realizar que tal vez no pudiera conseguirse. Levantó la cabeza, a través de los cristales que separaban la sala de espera del laboratorio propiamente dicho miró la pantalla donde se informaba de la evolución de la temperatura de la Cámara Mayor, ubicada en los sótanos secretos, y la tentación de ver coronada su hipótesis lo embriagó de pronto.

La pantalla, situada en la pared frontal del laboratorio, constaba de cuatro placas que se distinguían por sus colores respectivos: oro, azul, blanco y verde esperanza; debajo había una escala Kelvin y una flecha de azogue que crecía de izquierda a derecha indicando la temperatura alcanzada. Hacía rato que el oro y el azul habían quedado atrás, el azogue se desplazaba ahora lenta, casi imperceptiblemente bajo el blanco, a la altura de los 5,1 Kelvin. Manuel experimentó un repentino arranque de entusiasmo y tuvo que dominarse para no gritar. ¡Al carajo alemanes, americanos y japoneses! ¡En la Unión Soviética eran los mejores! En efecto, sólo en Járkov habían conseguido asomarse a la escala entre 0 y 1 Kelvin, doscientos setentaitrés coma tres Celsius bajo cero, lo más cerca que había estado el ser humano de lograr el cero absoluto representado en la pantalla por el inalcanzable verde esperanza, una temperatura a la que no se sabía siquiera si el movimiento y la energía serían posibles.

Él estaba convencido de que sí lo eran, y soñaba con ser el primero en demostrarlo gracias a un algoritmo que llamaría Erika en honor a la Fesse, que era fría como el adiós. Pero ahora no podía entretenerse soñando con hazañas futuras. En aquella Ascensión no se trataba de alcanzar el cero absoluto sino de bajar hasta los 5 Kelvin y mantenerlos durante diez minutos. Después de todo, la hazaña de rozar la escala entre 0 y 1 Kelvin sólo había servido para echársela en cara a yanquis, alemanes y japoneses, quienes nunca habían llegado hasta allí. Para nada más, porque sólo consiguieron retener esa temperatura sagrada durante unos segundos en los que no hubo tiempo de llevar a cabo ningún experimento.

Hoy, en cambio, podían cubrirse de gloria; el azogue acababa de entrar en el territorio del 5, número mágico como los dedos de la mano. Quedaba poco para culminar el descenso y Manuel extrajo de la mochilita los papeles donde había copiado el algoritmo. No pudo leerlos. Las gotas de sudor que le bajaban desde la frente lo obnubilaron; dejó los papeles en el asiento de al lado, se secó con el pañuelo, y cuando volvió a mirar la pantalla el azogue casi rozaba el objetivo. En eso empezó a sonar un timbre brutal, como el que indicaba la hora del recreo en el remoto colegio de su infancia. Pensó que semejante escándalo no era digno de aquel sitio y sólo entonces reparó en que el ruso Evgueni Meliukov y el judío Mijail Abdújov Moldstein, los investigadores con quienes compartiría el tiempo en las Estrellas, ya estaban de pie junto a la puerta del laboratorio.

Se dirigió hasta allí con la mochila al hombro y las piernas temblándole como lo hacía el azogue bajo los 5 Kelvin. Apenas tuvo tiempo de mirar a Evgueni, que entró al laboratorio, se sentó ante la computadora, desplegó los papeles de su experimento en un atril de madera despintada, tan tosco como el ruido del timbre que taladraba todavía el cráneo de Manuel y que cesó de pronto, aliviándolo y permitiéndole envidiar la endiablada habilidad con la que el perro Evgueni Meliukov empezó a aprovechar su tiempo.

El muy cabrón disponía de cuatro minutos y además era el primero, lo que le había proporcionado unos segundos adicionales de ventaja que utilizó para desplegar los papeles cuyo contenido empezó a copiar en la computadora con la habilidad y la sangre fría de un robot. ¿Cuáles serían las incidencias de su experimento?, y sobre todo, ¿cuál sería el resultado?

Manuel sabía que ambas preguntas estaban prohibidas, el propio Derkáchev le había explicado que todas las incidencias se archivarían bajo mil cerrojos y sólo se expondrían en el Consejo Científico si los resultados del experimento eran positivos y eso siempre de manera parcial, pues la ciencia precisaba del secreto tanto como de la luz. No obstante, no podía dejar de formulárselas, azuzado por la curiosidad como por un tábano, mientras intentaba leer la marcha de los acontecimientos en la biliosa cara de Meliukov, que justamente en ese momento se dio la vuelta en la silla giratoria y se enfrentó al microscopio electrónico.

Ya no había nada que mirar en aquella dirección, salvo una espalda encorvada. Manuel se volvió hacia Abdújov Moldstein y quedó impresionado por la expresión de fe que advirtió en su rostro; era un hombre más bien grueso, pero la extrema tensión de los músculos de la cara le había afinado el rostro haciéndolo parecer extrañamente flaco, como si hubiera muerto y estuviera a punto de ver a Yahvé y de rendirle cuentas. Parecía que de mirar tan intensamente se hubiese quedado ciego para las cosas de este mundo y sus grandes ojos grises le sirvieran sólo para escrutar el camino de las estrellas. Manuel acarició la idea de mover la mano ante la cara de Moldstein para ver si conseguía hacerlo pestañear, pero en ese momento volvió a sonar el timbre. Moldstein entró al laboratorio y Manuel cayó en la cuenta de que el tiempo de Evgueni Meliukov había terminado. Pronto empezaría el suyo, de modo que sería mejor no ponerse a espiar a Mijail y concentrarse en sus propios deberes.

Meliukov pasó junto a él sin saludarlo ni detenerse siquiera en el salón. Manuel experimentó un ramalazo de júbilo, había creído leer el fracaso en la mirada de aquel miserable discípulo de Ostrosvki. Entonces cerró los ojos decidido a concentrarse, estaba seguro de la funcionalidad del algoritmo que había elaborado extrapolando otro creado hacía tiempo por Derkáchev. Pero su maestro había trabajado para 10 Kelvin y él lo había hecho para 5, una diferencia demasiado grande en unas condiciones tan extremas de velocidad, temperatura y estado de la materia, de modo que las alteraciones funcionales que sufriría la cadena de información al trasladarse en las nuevas circunstancias eran harto difíciles de predecir. Y justamente cuando él estaba obsesionado luchando por hacerlo Erika Fesse había decidido abandonarlo.

Dio unos pasos preguntándose si sería posible elaborar un algoritmo del amor, una fórmula infalible que propiciara la felicidad eliminando el sufrimiento que lo oprimía ahora, e inmediatamente se autocalificó de imbécil. Debía concentrarse si no quería fracasar dándoles carnaza a los perros como Ostrovski y Meliukov y desilusionando a los amigos y maestros como Derkáchev y Abdújov. De pronto entrevió frente a sí al rostro de Erika bañado en lágrimas, como lo había estado la noche de la partida, y abrió los ojos decidido a borrarla. Desconcertado, reconoció la espalda de Abdújov Moldstein inclinada sobre el microscopio electrónico, paseó la vista por el laboratorio y se preguntó qué hacía allí, donde Erika no estaba: prepararse para reconquistarla, se dijo, para convertirse en el mayor físico del mundo y poder conseguir todo lo que aquella ambiciosa boliviana pudiera desear.

De pronto, aquel timbre bronco como el que lo llamaba a clases cuando niño volvió a sonar, comprendió instintivamente que su hora había llegado, entró al laboratorio a grandes trancos, puso la mochila en el suelo y se sentó frente a la computadora mientras Abdújov Moldstein abandonaba el microscopio electrónico y retiraba sus papeles. Miró el rudo atril de madera pintado de gris, rebuscó en la mochila y estuvo a punto de pegar un grito al no encontrar las hojas donde llevaba escrito el algoritmo. ¡Mierda, mierda, mierda, mierda! ¡Mierda! ¿Cómo era posible ser tan estúpido? Levantó la cabeza; la flecha de azogue seguía temblando bajo los 5 Kelvin mientras los preciosos segundos de que disponía se iban perdiendo gota a gota en la nada. Volcó el contenido de la mochila en el suelo, vio un libro de Turguéniev, tres poemas de amor escritos por él mismo y una foto de Erika Fesse. Descartó la idea de recoger aquello y la de preguntarse siquiera dónde habría dejado los malditos papeles, se volvió hacia el teclado y empezó a descargar datos en la computadora como un autómata.

Era preferible fracasar en la aplicación del experimento que cubrirse de vergüenza proclamando a voz en cuello su inveterada estupidez. Después de todo los perros tenían razón, no era más que un extranjero, un meteco, no sería extraño que cometiera errores presionado como estaba por el tiempo. Sus fallos ni siquiera serían escandalosos; recordaba bastante bien algunas zonas del algoritmo, improvisaría las otras al buen tuntún y alante con los tambores. Lo más importante era seguir marcando teclas, no hacer público el ridículo, no quedar como el bobo del Instituto, sin conseguir descargar a tiempo los datos en la computadora y sin enviar la orden de movimiento de la cadena de información.

Lo hizo de corrido, sin detenerse siquiera a meditar la operación durante unos segundos antes de dar al *enter* final, como era preceptivo, pues sólo deseaba terminar cuanto antes y correr a confesarse ante Derkáchev. Se giró por inercia hacia la pantalla del microscopio electrónico a comprobar los resultados del desastre. Vio líneas disparadas, partículas brillantes, puros símbolos de lo irrepresentable, limpias metáforas de electrones cargados de cadenas de bits viajando a la velocidad de la luz a través de una fibra óptica fría como las mismísimas estrellas hasta rebotar en una célula fotoeléctrica desde la que regresaban al punto de partida donde un signo tan bello como la mirada de Erika Fesse daba cuenta del éxito del experimento.

Se echó a llorar. Tenía que haber habido algún error y sin embargo la señal del éxito seguía parpadeando en la pantalla como un milagro sólo comparable al de que Erika Fesse hubiese vuelto a él arrepentida. El bronco timbre sonó otra vez, arrancándolo de la ensoñación e indicando el final de la tarea. La temblorosa flecha de azogue empezó a retirarse como señal de que abajo, en el sótano, el proceso de descompresión de la Cámara Mayor había comenzado. Recogió sus cosas del brillante suelo de linóleo, besó la foto de Erika, lo devolvió todo a la mochila y abandonó el laboratorio secándose los ojos con el dorso de la mano.

¿Qué habría hecho, exactamente? Se dirigió hacia la oficina acristalada desde la que Vitali Chérchin, el Jefe de Día, controlaba el desarrollo de los experimentos, y le pidió copia del algoritmo que acababa de cargar en la computadora. El gordo Chérchin lo miró perplejo, lo felicitó sin énfasis y le preguntó por qué necesitaba copia de su propio trabajo. Manuel no se atrevió a decirle que no sabía muy bien lo qué había hecho e insistió en que necesitaba la copia porque sí, porque era suya. Chérchin se encogió de hombros, los extranjeros, dijo, también estaban obligados a cumplir las disposiciones y a solicitar las copias por conducto reglamentario, él no estaba autorizado a entregarlas, pues los experimentos eran secretos, como todo el que trabajaba allí debía saber.

Hubo un claro retintín de envidioso desprecio en aquella filípica. Por toda respuesta, Manuel se encogió de hombros parodiando a Chérchin para ayudarse así a dominar la rabia que estaba a punto de hacerlo estallar en improperios. Se dirigió a la sala de espera y descubrió de golpe los papeles de su algoritmo original sobre una silla. Los guardó, se echó la mochila al hombro y salió al pasillo preguntándose en qué diferirían los datos escritos allí de los que había improvisado durante el experimento. Le era vital averiguarlo, resultaba ridículo que no le hubiesen dado acceso a los resultados de su propio trabajo. No había insistido porque sabía que hubiese sido inútil y porque además estaba seguro de que conseguiría los dichosos resultados, pese a todo. El secretismo de la burocracia era prácticamente impenetrable, pero él tenía una llave maestra llamada Derkáchev.

Sintió que le tocaban por el hombro, se dio la vuelta y se encontró frente al albino Misha reclamándole que le entregara la mochila. Lo hizo sin rechistar, pensando que los sistemas de control de Alemania, Estado Unidos y Japón tenían por fuerza que ser distintos, basados en el empleo del láser y de los rayos infrarrojos. En cambio en Járkov todo era tan artesanal como si el Instituto de Física de Bajas Temperaturas fuese una vieja estación de policía. Misha terminó de pasar los libidinosos ojos de gorila por la foto de Erika, repasó las hojas de los libros con la habilidad de quien descarta una baraja, rellenó la mochila y la devolvió con un gruñido.

Manuel llegó hasta la puerta, comprobó que no había ningún espía merodeando por el huerto de manzanos que rodeaba la parte posterior del Instituto, y se desplazó a grandes trancos por calles secundarias hasta llegar a la Leninski Prospect, una avenida de amplias aceras que desembocaba en la plaza Dzersinski, frente a la Universidad. No tuvo calma para esperar un trolebús, echó a correr preguntándose si alguna vez el hombre podría desplazarse a la velocidad de la luz, con lo que de paso sería más joven cuando alcanzara su destino. Aquella idea parecía una locura, pero no lo era, definitivamente. Volar, trasmitir voces e imágenes a distancias enormes y romper la barrera del sonido también había parecido imposible a los ojos siempre ciegos de los estúpidos, y ahora, sin embargo, eran cosa de coser y cantar. Quizá alguna vez también sería posible, por ejemplo, desintegrar a los seres humanos en sus componentes atómicos básicos, dispararlos a la velocidad de la luz y reintegrarlos en el punto de llegada, en el otro extremo del mundo.

Ah, si eso fuera posible, pensó mirando las flores violentamente rojas del paseo, podría llegarse a Cuba y volver en un abrir y cerrar de ojos, o mejor aún, Erika Fesse podría aparecérsele de golpe. Pero faltaba mucho tiempo para que algo así pudiera ocurrir y él necesitaba a Erika ahora mismo, la necesitaba tanto como entender qué coño había pasado exactamente en el laboratorio. No era posible que hubiese descargado el algoritmo tal y como lo había escrito; por fuerza tenía que haber cometido uno, dos o diez errores. ¿Errores? ¿Cómo llamarle así a los datos que habían hecho funcionar la operación?

Atravesó la plaza Dzershinski sin detenerse, entró al edificio neoclásico de la Universidad, subió corriendo la escalera de mármol hasta llegar al segundo piso, siguió por el amplio pasillo de granito, empujó la puerta del Decanato de la Facultad de Física y le dijo a María Dimitrievna, la secretaria, que necesitaba ver a Derkáchev de inmediato. María dio un respingo y lo miró a los ojos, ¿se encontraba mal? En absoluto, en absoluto, dijo Manuel, pero necesitaba hablar enseguida con Derkáchev. ¿Por qué no se miraba antes al espejo?, sugirió tiernamente María. Manuel se desplazó hasta el alto espejo biselado que había en un extremo de la oficina. Tenía el pelo revuelto, los ojos inflamados y la camisa tan empapada en sudor que el rojo claro del tejido original había cobrado el color oscuro de la sangre. Parecía un loco, pero no tenía tiempo de ir hasta la residencia, darse un baño, cambiarse de ropa y regresar hecho un modelo, necesitaba ver a Derkáchev ahora mismo, insistió, era urgentísimo.

María Dimitrievna, una cincuentona bajita, de piernas varicosas y caderas anchísimas, se desplazó suspirando hasta la puerta del despacho del Decano. Manuel la siguió y se paró detrás, de modo que, como esperaba, en cuanto María abrió la puerta Derkáchev lo vio y lo mandó pasar, preguntándole qué tal el experimento. Bien, respondió Manuel, o sea mal, o sea ni bien ni mal; hizo silencio, atolondrado. Derkáchev se le acercó sonriendo, le palmeó el hombro y lo invitó a sentarse en uno de los dos grandes butacones de cuero situados en un extremo de la estancia, frente a una mesa de madera negra y patas torneadas.

Manuel se desplomó en el asiento y sólo entonces cayó en la cuenta de cuán cansado estaba. ¿Qué lo había puesto así?, preguntó Derkáchev apoyando las manos en el respaldo de la segunda butaca, ¿la física o las mujeres? Manuel sonrió, aquel hombre pequeño, robusto, de mente brillante y rápida como un haz de luz tenía la virtud de calmarlo. Le hubiera gustado que fuera su padre para poder contarle el desgarro que le había producido la partida de Erika Fesse, pero no se atrevió a tomarse semejante confianza. Estaba así por causa de la física, dijo, y describió avergonzado todo lo ocurrido en el laboratorio.

¡El caos!, exclamó Derkáchev elevando las manos al cielo. Y de inmediato elaboró una hipótesis según la cual el acierto del algoritmo aplicado por Manuel se debía precisamente a sus posibles y probablemente mínimos errores, lo cual, desde cierto punto de vista, podía entenderse como una corroboración oblicua de la teoría del caos. ¡Usted sabía, Manuel! ¡Usted sabía!, exclamó, la clave del éxito había sido la combinación entre la estructura interna de un algoritmo elaborado con pasión de alquimista, de una parte, y una aplicación improvisada, de otra. Eso había permitido que entrara a jugar lo imprevisto, como ocurría siempre en el universo y en la ciencia. ¡El caos, la casualidad, la manzana!, exclamó levantando en peso un busto de Newton que estaba en un estante junto a sendas fotos de Planck y Sajárov. Besó el busto en la frente, lo devolvió a su sitio, prometió que en unos días tendría la copia del algoritmo aplicado para compararlo con el escrito, y soltó una pregunta: ¿Cuándo y adónde se iría de vacaciones?

Manuel meneó la cabeza, no iría a ningún sitio, profesor, dijo, quería quedarse investigando para crear un algoritmo del amor. ¿Cómo?, Derkáchev estalló en carcajadas, ¿qué había dicho? Manuel sintió que la cara se le ponía más roja aún que la camisa y que la mochila. Perdón, dijo, en realidad había querido decir un algoritmo de una corriente asincrónica a 5 Kelvin. Derkáchev lo señaló con el índice, estaba enamorado, dijo, y lo mejor que podía hacer era largarse con su amor de vacaciones a su tierra, inventar allí el algoritmo de la felicidad y patentar la fórmula. ¡Se haría rico!, exclamó echándose a reír de tan buena gana que los ojos se le llenaron de lágrimas, entonces se quitó los espejuelos de présbita y los secó en el extremo de la corbata, ¿algo más?

Manuel no respondió; se había quedado en Babia, pensando que hubiese sido chévere poder irse de vacaciones a Cuba con Erika Fesse. Bien enamorado, amigo, insistió Derkáchev desplazándose hacia la puerta. De la física, respondió Manuel siguiéndolo, con la convicción de que únicamente mentía a medias. ¿Sólo de la física?, preguntó Derkáchev mientras le ponía sobre el hombro la mano pequeña y regordeta, ¿tanto que no le interesaba siquiera conocer qué nota obtuvo en el curso en el que había tenido el privilegio de no asistir a clases ni examinarse? Manuel palideció, avergonzado de su distracción. Derkáchev lo atrajo hacia sí, le propinó un abrazo y le susurró al oído: «Obtuvo un *atlichna*, amigo mío, es usted un verdadero *atlichnik*».

Al regresar al antedespacho Manuel cedió al impulso de besar las mejillas de María Dimitrievna, pero cuando ella le preguntó qué le pasaba no se atrevió a revelarle que era un *atlichnik* y le respondió en español, justamente para que María no lo entendiera, que era un fuera de serie, el mejor de los mejores. Le tiró otro beso y salió al pasillo sintiendo que flotaba. ¡Era un *atlichnik* en física bajo la bandera de Derkáchev! ¡Había obtenido una puntuación absoluta, equivalente a mucho más que el máximo! Daba miedo decirlo e incluso pensarlo, no fuera a despertar de pronto. Enfiló por el pasillo, vio venir en sentido contrario a dos cubanitos remolones que ni siquiera habían podido a derechas con el ruso y miró hacia el patio central para no sentirse en la obligación de saludarlos.

¡Él era un *atlichnik*, qué cojones! Tipejos como aquellos deberían rendirle admiración y respeto, pero del avispero cubano de Járkov sólo podía esperar vómitos de envidia. Y no tenía tiempo ni ganas de hablar con chivatos, sino con Erika Fesse. ¡Ah, si por lo menos ella estuviera en la ciudad y pudiera decirle cuánto se había perdido al abandonarlo! Pero no, la maldita se había mudado a Suecia y no era lo mismo contarle por carta, sin tener los dedos enredados en aquel pelo tan largo como la desgracia de no verla. Empezó a bajar la escalera pensando contarle su victoria a Javier, el peruano; a Sacha, el ucraniano; y a Natalia, la chilena. En la desesperante soledad de Járkov ellos eran su familia; aportaban la comida, el vino, las canciones y los hombros donde llorar.

Salió a la calle, empezó a atravesar la plaza Dzhershinski y se encontró a bocajarro con Lucas Barthelemy, que lo saludó con un provocador «Te estaba esperando,

Manolito». Pese a saber perfectamente que no le convenía hacerlo, Manuel fusiló a aquel tipejo con la mirada. Del montón de cosas desagradables que estaba obligado a enfrentar en Járkov no había ninguna comparable a hablar con Lucas Barthelemy, responsable de becarios en el consulado cubano de la ciudad, un hombre que podía hacerle daño, muchísimo daño. «Manolito, cará», murmuró Barthelemy al devolverle la mirada con una especie de cansado paternalismo, como si estuviera ante alguien definitivamente incorregible, «Ven, tengo que darte orientaciones».

Le dio la espalda para subrayar que era él quien mandaba y se dirigió a un banco situado frente a la estatua de Lenin ubicada en el centro de la plaza. Manuel lo siguió de mala gana, aquel cabrón no era otra cosa que un policía aunque llevara por lo menos diez años en Járkov simulando que estudiaba Materialismo Dialéctico e Histórico. Lucas Barthelemy se mantuvo en silencio durante largo rato, había esbozado una sonrisa burlona, que invitaba a partirle la cara. Era un negro amulatado, color café, tenía cuarentaiún años, labios de trompetista y ojos grandes, de pupilas lechosas. «Supimos que la boliviana te dejó», dijo al fin, con la suavidad de una insidiosa bofetada, «te pasa por andar con extranjeras». Manuel bajó la cabeza, jamás le perdonaría a Erika Fesse el haberlo puesto en ridículo ante sus enemigos. Tenía cosas que hacer, dijo sin separar la vista de la tierra, ¿qué quería decirle?

«Manolito, cará», suspiró Barthelemy con el afectado aburrimiento de un anciano dispuesto a repetir un consejo por enésima vez, pese a estar absolutamente convencido de que no sería escuchado. Se lo había dicho un montón de veces, por su bien, que no anduviera con extranjeras, que fuera a clases, que no estuviera por ahí repartiendo octavillas diversionistas sobre Ucrania independiente, que no hablara tanto del comemierda ese de Gorbachov, de la perestroika ni de la glasnost. Por su bien se lo había dicho, Manolito, que asistiera a las reuniones del colectivo y a los círculos de estudio sobre los discursos de Fidel, que saludara a los compañeros, que se diera una vueltecita de vez en cuando por el Consulado, que no hablara más en ucraniano, que se pelara cortico como los hombres, que no usara sandalitas como las que tenía puestas ahora mismo. En el verano anterior se lo había orientado, Manolito, que fuera de vacaciones a Cuba. Pero qué va, Manolito era sordo, ciego y mudo, no hacía caso de las críticas ni de las orientaciones, y ahora Manolito... «¡No me digas más Manolito!», estalló Manuel. Lucas Barthelemy no levantó la voz al concluir, dando la impresión de no haber escuchado aquel exabrupto, que ahora Manolito, por su mala cabeza, tenía que regresar a Cuba.

Manuel sufrió un escalofrío que se impuso al bochorno del verano, como si las pupilas blancuzcas e impasibles de Lucas Barthelemy lo hubiesen congelado. No podía ir de vacaciones, farfulló meneando la cabeza, era imprescindible que se quedara a elaborar un algoritmo nuevo, muy importante para el prestigio de Cuba en la Facultad de Física; tenía una noticia que darle, desde hoy era *atlichnik*. Lucas Barthelemy chasqueó los labios, Manolito, cará, dijo, ¿quién le había metido en la cabeza el disparate de que él era importante para Cuba? ¿Qué más daba que fuera *atlichnik* si no era revolucionario? Tendría que hacerse una autocrítica, Manolito, la autosuficiencia era un defecto grave. Por su culpa nunca entendía nada, por claras que le pusieran las cosas no entendía nunca nada. La situación estaba malísima en la Unión Soviética por culpa del revisionista ese de Gorbachov, y Manolito, pese a que él lo había llamado a contar varias veces, seguía coqueteando con el liberalismo. Por eso le pasaba lo que le pasaba. Ahora, por ejemplo, nadie había hablado de vacaciones, Manolito, se le había dado una orden de obligatorio cumplimiento: tenía tres días para presentarse en el consulado en Moscú, donde ya estaba preparado su boleto de regreso a Cuba, ¿entendía? Se puso de pie sin esperar respuesta y extendió una mano de palma rojiza que Manuel estrechó como un zombi, antes de caer en la cuenta de que había aceptado despedirse de un canalla.

Vio a Lucas Barthelemy partir como una sombra y permaneció sentado en el banco, estupefacto, incapaz de interiorizar la idea de que ya no podría comparar el algoritmo escrito con el improvisado, ni mucho menos desarrollar uno nuevo. Pensó en largarse a Japón, Alemania o Estados Unidos a desarrollar sus experimentos y enseguida desechó aquel pronto. Jamás entregaría su talento a los japoneses y muchísimo menos a los alemanes o a los americanos. ¿Qué hacer? Acudir a Natalia en busca de consuelo y consejo. Consultó el reloj, a aquellas horas ella estaría en clases y necesitaba verla en su cuarto, sin testigos. El sol empezó a pegarle en la cabeza, confundiéndolo todavía más, hasta que se dirigió a su habitación como un sonámbulo, con la vista fija en las sandalias mexicanas de tiras de piel y suela de neumáticos que tanto irritaban a Lucas Barthelemy.

Llegó a la komunalka, el edificio gris que compartía con centenares de estudiantes y que siempre le había parecido un lugar horrible. Ahora, sin embargo, subió a su habitación preguntándose si no habría alguna fórmula que le permitiera permanecer viviendo en aquel falansterio. Se dejó caer en el desvencijado sofá donde tantas veces había hecho el amor con Erika Fesse, mientras miraba el cheque de doscientos dólares que ella le había enviado desde Suecia, con una tarjetita que decía «Te quiero». ¿Sería verdad? Estaba convencido de que sí, pero no alcanzaba a entender por qué, entonces, lo había abandonado, pese a que ella misma se lo explicó con pelos y señales la tarde que precedió a la noche del adiós.

No soportaba ser pobre, había dicho Erika con los grandes ojos azules brillando tras las lágrimas, mientras terminaba de hacer la maleta para largarse a Estocolmo, desde donde la reclamaba su antiguo novio; no soportaba Ucrania, aquel país paupérrimo, ni Járkov, aquella ciudad feísima, no soportaba a los comunistas, ni a los nacionalistas, ni a aquella vida de mierda sin futuro donde todo era política y política y política de la que él podía evadirse estudiando mañana, tarde, noche y madrugada como un recién nacido pegado a las tetas de la física.

«¡No ofendas a la física!», exclamó Manuel, y Erika enrojeció al responderle que cómo se atrevía a defenderla si la física era una puta, una ilusión perversa, una mentira demencial que hablaba de universos imposibles, velocidades imposibles, temperaturas imposibles, amores imposibles. Se tapó la boca con las manos, se rajó en llanto, gritó que sí, que lo quería, y de pronto bajó la voz y susurró, como quien se confiesa, que en cambio no se quería ni un poquito a sí misma. Manuel besó ahora el aire con tanta delicadeza como había besado entonces las húmedas mejillas de Erika Fesse, tostadas para siempre por el frío y el sol del altiplano de su infancia, pero esta vez no albergó la ilusión de retenerla como la había albergado entonces, apenas unos minutos antes de que ella le regalara la mochilita, el poncho, la grabadora y el adiós.

En eso tocaron a la puerta. No esperaba a nadie, en su delirio se atrevió a imaginar por un segundo que era Erika Fesse quien llamaba. Pero ella no volvería, se lo había advertido antes de largarse, convencida, dijo, de que junto a él le esperaba una vida miserable. Ah, cuánto la había ofendido entonces, cuando estuvo seguro de que la estaba perdiendo para siempre. ¡Nazi!, le había dicho, ¡hija y nieta de nazis!, le había gritado para herirla en su vergüenza más profunda, ser descendiente de alemanes emigrados a Bolivia después de la guerra.

Aquél fue un golpe particularmente mezquino y él lo sabía al propinarlo, pero estaba ciego y sólo atinaba a destrozar lo que quería usando las armas que ella misma le había entregado en los días felices, cuando le confesó quiénes eran sus padres y abuelos y le dijo que estudiaba en la Unión Soviética como una rebelión y una venganza contra ellos. Para calmarla, Manuel le había contado entonces que también sus abuelos maternos eran alemanes, sólo que habían llegado a Cuba como refugiados inmediatamente antes de la guerra. Pero aquella confesión había humillado aún más a Erika, él no sabía, dijo mirándolo a los ojos, lo que era provenir de un nido nazi, y nunca jamás podría saberlo. De modo que cuando él se atrevió a echarle en cara aquel vómito de celos en el más aciago de los días tristes, sintió que estaba rompiendo algo y que no iba a poder recomponerlo nunca.

Volvieron a tocar y fue a abrir de mala gana. La figura alta, delgada y elegante del mexicano Juan Arizmendi se dibujó en el vano. Manuel recordó de pronto que había aceptado reunirse con él precisamente ese día, pero aun así no fue capaz de dominar su disgusto. Lo mandó pasar, qué remedio, y le ofreció un trago de áspero aguardiente ucraniano pensando cómo quitárselo de encima cuanto antes. No tenía otra cosa, dijo, lo sentía. Arizmendi aceptó con un suave movimiento de cabeza y una sonrisa nerviosa. Manuel se dirigió al mueble que hacía las veces de alacena, separado del resto de la habitación por un basto tabique de cartón tabla, y se demoró en servir los tragos. Estaba dispuesto a despachar al mexicano en media hora, cuando ya Natalia hubiera regresado a su habitación y pudiera preguntarle qué pensaba del órdago de Lucas Barthelemy.

La simple presencia de Juan Arizmendi lo humillaba, era sin duda el miembro más distinguido de un estrato abominable de estudiantes, hijos de comunistas ricos en sus países respectivos, que disponían de montones de dinero y acumulaban un sinfín de privilegios. Zafios, modorros, pendencieros, despreciables, andaban, sin embargo, con las jóvenes más bellas de Járkov. Pero Juan Arizmendi constituía una excepción en medio de esa morralla roja. Nadie en su sano juicio podría despreciarlo, y para Manuel eso era justamente lo peor, lo más inaceptable. Juan no sólo era alto y hermoso y usaba ropas importadas de Italia, también era educado hasta el aburrimiento, tenía una sola novia, y para colmo era tan inteligente como el propio Manuel. ¿Más, incluso? ¿O un poco menos? En todo caso también era *atlichnik,* aunque en química, dominio menor en absoluto comparable con la física.

No eran amigos, y Manuel no tenía la más mínima idea de qué querría el mexicano. Después de la partida de Erika, Juan le había solicitado varias veces una entrevista y había insistido en tenerla allí, en aquella habitación miserable, en lugar de invitarlo al lujo de la suya. No tuvo otro remedio que terminar aceptando porque Juan era tan decente, tan culto, tan refinado que lo dejó sin pretexto alguno para negarse y de paso lo enfrentó a una realidad que hubiera preferido no reconocer. Odiaba a Juan. Daba por hecho que si él hubiese sido tan rico, tan bello, tan insoportablemente perfecto como aquel mexicano Erika Fesse no le habría abandonado jamás. Lo que no pudo prever cuando aceptó recibirlo era que precisamente aquella tarde tendría encima un problema tan jodido como el que acababa de plantearle Lucas Barthelemy, y que no desearía ver a nadie, salvo a Natalia.

Al salir del escondrijo la pobreza de la habitación se ofreció de golpe ante su vista ratificando todos y cada uno de sus temores. Juan Arizmendi, tocado con un polo azul marino, zapatillas de lona del mismo color, pantalón de lino y gafas montadas al aire, no encajaba para nada en aquel cuartucho donde todo tenía un sello de irremediable tosquedad. Se sentó junto a él en el sofá y puso la botella y los vasos sobre la única mesita. ¿Qué quería?, dijo, decidido a ser desagradable, tendría que salir en un rato. Pero la cortesía de Juan Arizmendi era imbatible, no pensaba estar mucho tiempo, respondió, levantó su copa y propuso un brindis por la amistad que al fin se iniciaba entre ellos, al que Manuel se vio en la obligación de responder.

Entonces Juan bajó la vista como si por alguna razón inexplicable estuviera muy avergonzado, quería, dijo al fin, conocerlo, tratarlo, lo admiraba tanto desde hacía tanto tiempo. «Soy *atlichnik* en física», Manuel escuchó su propia voz como si se tratara de la de un desconocido y deseó no haber pronunciado aquellas palabras. Pero el rostro fino y alargado de Juan Arizmendi se iluminó como el de una figura del Greco, lo sabía, dijo, o sea, lo presentía, añadió decidiéndose a mirar a Manuel a los ojos, ¿brindaban por ello? Manuel aceptó el nuevo brindis sintiéndose halagado; aquel tipo, había que reconocerlo, era un encanto. La gente en general, dijo entonces Juan, o allí por lo menos, no tenía clase; en cambio, Manuel era, ¿cómo decirlo sin ser indelicado?, distinto, muy distinto.

Manuel sonrió torpemente pensando que el mexicano tenía razón, y le dio las gracias. Algo los unía, murmuró Juan, los identificaba. ¿La inteligencia?, sugirió Manuel. ¡Sí, sí, claro!, afirmó Juan, y pidió permiso para liar un cigarrillo de marihuana. Lo hizo con una habilidad pasmosa que sorprendió a Manuel, encendió el petardo y muy pronto quedaron envueltos en la misma nubecilla de humo dulce. La inteligencia, desde luego, susurró Juan acercándosele y pasándole el cigarrillo, pero había algo más, había una suerte de sensibilidad común, de mirada especial, ¿cierto? Cierto, aceptó Manuel, le dio una cachada al petardo y experimentó una agradable lasitud, como si la tensión que lo oprimía hubiese desaparecido de pronto.

Juan propuso un nuevo brindis y confesó que se encontraba muy solo en Járkov, rodeado de tanta gente vulgar, bruta, grosera, ¿a él no le pasaba lo mismo? Sí, dijo Manuel, que involuntariamente había recordado el úkase de Lucas Barthelemy y la urgencia de ver a Natalia. Miró el reloj de soslayo, pensando que en otras condiciones hubiera podido hacerse amigo de aquel tipo. Quería intimar con él, dijo Juan, y le puso la mano en la entrepierna. Sorprendido, Manuel pegó un salto, chocó con la mesita y derribó la botella, que empezó a derramarse. Juan se incorporó también e intentó besarlo en los labios. Manuel dio un paso atrás, dejó caer el cigarrillo y aguantó a Juan por los hombros mirándolo a los ojos, no quería, dijo, no le gustaba eso. Juan intentó volver a tocarle la entrepierna y Manuel lo empujó violentamente, ¡tate tranquilo!, exclamó en el cubano de su infancia. Juan chocó contra el sofá y cayó de rodillas, quería chupársela, rogó, por favor.

Manuel aplastó de un pisotón el cigarrillo que humeaba en el suelo y le pidió a Juan que se fuera, se sentía mal, dijo, necesitaba estar solo. Juan se incorporó lentamente, ¿lo había ofendido? No, murmuró Manuel dirigiéndose hacia la puerta, sólo que a él le gustaban las mujeres, nada más. ¿Podrían volver a verse?, preguntó Juan siguiéndolo sin ocultar la ansiedad, ¿podrían por lo menos ser amigos? Sí, claro, dijo Manuel sin convicción, empujándolo suavemente por el hombro, pero no hoy, no ahora. Al quedarse solo sintió tal necesidad de ver a Erika que acarició la idea de emborracharse o de ponerse a trabajar en el algoritmo de la cadena asincrónica a ver si conseguía olvidarla, quizá la física o el alcohol podrían curarlo y de paso borrar de su mente al desgraciado de Juan Arizmendi. Revolvió unos papeles, pero no fue capaz de concentrarse; se dio un trago a pico de botella y el úkase de Lucas Barthelemy reapareció de pronto, bloqueando su cerebro.

Entonces, sin pensarlo dos veces, se disparó hacia la habitación de Natalia, que vivía en una komunalka contigua, exactamente igual a la suya y a las restantes residencias estudiantiles que tanto odiaba Erika Fesse. Edificios grises, hirvientes en verano y helados en invierno, que disponían de un sótano lleno de ratas e inmundicias, de una planta baja en la que estaban ubicadas la recepción donde anidaba el bajtior, portero o espía, la sala de reuniones y la stalóbaya apestosa a coles podridas; y de cuatro pisos más en los que quedaban las habitaciones y baños, situados en los pasillos, la mayoría tupidos y por tanto inútiles, lo que obligaba a hacer colas infinitas frente a los pocos que funcionaban durante las cuales él solía estudiar provocando las burlas de los envidiosos.

Las diferencias empezaban tras las puertas de las habitaciones. Como regla general las de las mujeres estaban mucho más limpias y además tenían ciertos toques vitales que las humanizaban. Pero la gracia había desaparecido de la suya con el adiós de Erika Fesse, lo que resultaba particularmente triste. Él continuaba tendiendo la cama y limpiando como siempre lo había hecho, muchos de los detalles estaban todavía allí y sin embargo habían perdido el brillo, como si Erika les hubiese robado el espíritu. Al fin se detuvo frente a la puerta de Natalia dispuesto a no mencionar siquiera el nombre de Erika, que en aquella habitación era maldito, y llamó con fuerza, preocupado ante la posibilidad de que su amiga del alma no estuviera.

El siseo de unas chinelas se fue acercando, Natalia abrió la puerta, Manuel le rozó la frente con los labios, entró a la habitación y se dejó caer en una silla, exhausto. Natalia le echó un vistazo, «No has comido nada en todo el santo día», dijo, y se dirigió al infiernillo que estaba en un extremo, junto a la silla donde Manuel se había desplomado y desde la que ahora protestaba que no, que no era eso. Para sufrir había que comer, dijo Natalia que decía su abuela; frió un par de huevos, calentó restos de arroz blanco, pescó unas rebanadas de pan negro, dispuso un mantelito de colores y sirvió la completa en un plato de peltre, junto a sendos vasos de vino tinto.

Manuel empezó a comer reconociendo que Natalia tenía razón en lo del hambre y que también la había tenido tiempo atrás, cuando le advirtió que Erika Fesse no era trigo limpio; pero en aquella oportunidad él no le había hecho caso; ahora, sin embargo, venía dispuesto a ponerse en sus manos. La miró a los ojos, agradecido como un perro, consciente de que sin el apoyo de aquella chilena, tan bajita y delgada que parecía una niña, no hubiera sido capaz de sobrevivir en el torbellino de Járkov. «Come», dijo ella al advertir que él se disponía a hablarle. Manuel obedeció paseando la vista por la habitación, donde el orden era un contento. Libros, dos flores secas en un búcaro barrigón, una reproducción de Chagall donde volaba una vaca, una foto del Che y otra de Allende sobre el miniescritorio, y una sobrecama hecha de retazos de colores bastaban para otorgarle al recinto un aire de fiesta concentrada. Cuando rebañó el plato y alzó el vaso de vino se sentía casi en paz consigo mismo. Ella sonrió al imitarlo, levantando también su vaso, ¿por qué brindaban? «Porque me obligan a ir Cuba», dijo él.

Natalia devolvió el vaso a la mesita sin haber bebido ni una gota, como si hubiese recibido la noticia de una muerte. Se hizo repetir en detalle la conversación con Lucas Barthelemy y concluyó que el úkase era una trampa, que si Manuel lo obedecía no podría continuar estudiando física ni volvería a salir jamás de Cuba. Él meneó la cabeza, quizá no era así, ¿por qué era tan alarmista?, preguntó decidido a pincharla para que soltara todo lo que tenía dentro. Natalia se puso de pie y empezó a gesticular mientras hablaba, sabía muy bien lo que estaba diciendo, exclamó, no en balde provenía de una familia comunista, y sobre todo llevaba cinco años en la Unión Soviética y tenía un montón de camaradas que habían pasado por Cuba después del golpe de Pinochet.

Cuba no era ni la Unión Soviética ni Chile, razonó Manuel, dispuesto a ver hasta dónde llegaba la convicción de Natalia en aquel punto. ¡Ah, no, claro, Cuba era Cuba!, exclamó ella, ¡pero no le fuera a salir ahora con nacionalismos! Puso la mano derecha dos palmos por encima de la cabeza, ¡los rusos, los ucranianos y los chilenos la tenían hasta aquí de nacionalismos! Manuel abrió los brazos en son de paz y Natalia siguió con su filípica como si no lo hubiera visto, ¿quién no había vuelto ni una sola vez de vacaciones a su país por miedo a que no lo dejaran salir de nuevo?, ¿quién se había apuntado como nadie en Járkov a la perestroika y la glasnost?, ¿quién estaba acusado de autosuficiente, extranjerizante y contrarrevolucionario?, ¿a quién odiaban, Manuel, por el amor de Dios? «A mí», dijo él, «pero el problema es otro». ¡No!, exclamó ella, ¡el problema era justamente ése!, ¡querían hacerlo volver para cortarle las alas!

¿Por qué?, estalló él enfrentándosele, como si ella fuera culpable de su desgracia, si estaba bien en Járkov, si regresaría cuando fuera un físico de nivel internacional, un Derkáchev, un Landau, un Sajárov. «¿Qué dijiste?», lo interrumpió Natalia, «Repite lo de Sajárov». Manuel se desplomó en la silla, por favor, dijo, no estaba hablando de política. Ni ella tampoco, replicó Natalia como una saeta, pero el hijodeputa de Lucas Barthelemy sí, el consulado cubano sí, la seguridad cubana sí. Se acercó a Manuel y le acarició el pelo, no le diera más vueltas, dijo, estaba cantado, tarde o temprano iba a ocurrirle.

Manuel se removió en la silla, ella tenía razón, confesó, pero el problema verdadero no era ése, el problema era que si no obedecía el úkase de Lucas Barthelemy tampoco podría quedarse en Járkov, los soviéticos le quitarían la beca, no tendría dónde meterse, ¿qué hacer? Huir, sentenció Natalia. ¿Adónde?, la retó él, convencido de que aquella pregunta no tenía respuesta. A Occidente, replicó ella con una calma desmentida por un breve temblor en los labios. Manuel vació el vaso de un trago, ¿cómo le decía eso?, era militante comunista, ¿no? Ella esbozó una sonrisa fugaz, sí, dijo, y respiró con fuerza, como reafirmándose, lo era, a mucha honra, como lo había sido su padre, asesinado por los perros de Pinochet el mismo once de septiembre, era comunista y lo seguiría siendo porque creía en el futuro. Bajó la cabeza, los ojos se le ensombrecieron e hizo una pausa, pero ese futuro estaba lejos, Manuel exclamó, cada vez más lejos, y él tenía que salvarse ahora, porque después de todo no era un político sino un científico, un ingenuo que no sabía vivir en aquel mundo de fieras. «¿Y tú?», preguntó Manuel dulcemente. Su destino era otro, murmuró ella, tanto que ni siquiera se llamaba Natalia. ¿Cómo?, Manuel intentó beber, pero su vaso estaba vacío. Ella procedió a rellenárselo, encendió un cigarrillo y sus labios, delgadísimos, volvieron a temblar; ni siquiera se llamaba Natalia, repitió, pero, por favor, no fuera a cometer la tontería de preguntarle su nombre verdadero, no pensaba decírselo hasta que abandonara Járkov para siempre.

Tres días después, en el andén número uno de la estación de trenes, abrazada a él como a un hermano que parte hacia la guerra, le confesó al oído que en realidad se llamaba Lucía, pero que por razones de seguridad no debía utilizar ese nombre. Le miró a la cara como si quisiera aprendérsela de memoria, y sólo lo dejó ir cuando el expreso *Nikolái Gógol* con destino a Moscú ya había empezado a ponerse en marcha, de modo que Manuel tuvo que correr para alcanzarlo. Los trenes rusos suelen detenerse durante segundos inmediatamente después de haber arrancado, y él tuvo la oportunidad de subir al *Gógol* y volver a mirar a los amigos que habían acudido a despedirlo, difuminados tras el polvoriento cristal de la ventanilla como en un sueño.

Todos se acercaron a darle el último adiós, a gritarle el último consejo, a estrecharle por última vez la mano, pero la vieja y sucia ventanilla del pasillo del *Gógol* estaba trabada de mala manera, y después de forcejear con ella tuvo que contentarse con mirar aquellas imágenes que movían los labios gritando sin voz como en una película muda. ¿Qué le habría dicho Derkáchev, su maestro? ¿«¡Estudia!» o «¡Escribe!»? El peruano Javier, su gran amigo, ¿habría gritado «¡Suerte y verdad!» o «¡Di la verdad!»? Sacha, el cantante de la noche secreta de Járkov, ¿habría dicho «¡Hombre libre!» o más bien «¡Ucrania libre!»? Natalia, Lucía, su hermanita del alma, ¿le habría recordado el nombre de la única tabla de salvación a la que podría asirse al final del camino, «¡Cruz Roja!», o se habría reafirmado en la ideología que, pese a todo, seguía guiando sus pasos, «¡Soy roja!»? Le era imposible averiguarlo; sin embargo, sabía muy bien que todos, absolutamente todos, juntos y por separado, habían coincidido en aconsejarle que no cometiera la locura de volver a Cuba.

De pronto, los perdió de vista y sufrió un mareo mientras el *Nikolái Gógol* se desplazaba por los arrabales de Járkov, la ciudad donde había vivido durante dos años y medio y a la que no regresaría jamás. Eso había sido su vida en los últimos ocho de los veintiún años con que contaba, se dijo, un viaje sin retorno desde Holguín, su ciudad natal, situada en el noroeste de Cuba, donde fue feliz hasta que su padre los abandonó un día de nochebuena, a las plantaciones de cítricos de Jagüey Grande del remoto sudeste, donde estudió secundaria en una escuela internado que sufrió como una cárcel, lejos de la protección de su madre, perseguido por la soledad, el desamparo y por los sambenitos de conflictivo, autosuficiente y extranjerizante que le colgaron allí por primera vez y que siguieron hostigándolo en la nueva estación de paso, el Instituto de Ciencias Exactas de Ciudad de La Habana, situada en el noreste de la isla, todavía más lejos de su casa, en el que hizo estudios preuniversitarios y desde el que partió hacia Járkov, en el otro extremo del mundo.

Allí los sambenitos le pesaron más que nunca; a cambio encontró un padre en la figura de Derkáchev y obtuvo también un espacio de libertad del que jamás había dispuesto en Cuba, una independencia que lo llevó a amar aquella ciudad feísima de la que estaba huyendo ahora con el terror y la esperanza de llegar a Suiza, un país donde no conocía a nadie, del que lo ignoraba absolutamente todo, y que su imaginación asociaba con relojes caros, quesos y mujeres de grandes tetas. En la distancia, el Instituto de Física de Bajas Temperaturas quedó atrás, el *Nikolái Gógol* ralentizó la marcha antes de cruzar el puente sobre el río Jarkiv, y Manuel tuvo que vencer la tentación de saltar del vagón, limpiarse el polvo del camino e irse corriendo a investigar al Instituto junto a Ignati Derkáchev como si no hubiese pasado nada. Porque algo había pasado, se dijo, y él se estaba fugando como un delincuente. Poco a poco la ciudad fue desapareciendo de su vista hasta que la imagen de los infinitos campos de trigo ya cosechados se impuso de pronto, coloreada por el rojo sol del crepúsculo como un vasto mar de sangre.

Abandonó el pasillo, vadeó el gran samovar que presidía los vagones de los trenes rusos, y se dirigió a su compartimento. El sitio olía mal, como siempre, pero él ya estaba acostumbrado; saludó a sus compañeros de viaje en ruso y en ucraniano, escaló y se sentó en su litera como un buda flaco y amedrentado. Todos los viajes de su vida los había emprendido solo, armado única y exclusivamente de su inteligencia, lo que le había traído la envidia, el rencor y el odio de unos, la admiración, la amistad y el cariño de otros, y que en última instancia le había permitido sobrevivir y abrirse paso siempre. Pero en los viajes anteriores había tenido al menos un sitio al que llegar, una carta de presentación, y además y sobre todo el derecho a una plaza ganada por sus propios méritos. Esta vez, sin embargo, no tenía nada ni le esperaba nadie.

Había aceptado fugarse a Suiza porque, según las averiguaciones realizadas por Derkáchev, éste era uno de los poquísimos países de Europa Occidental donde un cubano podía entrar sin necesidad de visado. Y después, ¿qué? Esa pregunta lo obsesionaba aun cuando sabía perfectamente que no podría siquiera intentar responderla hasta que no arribara a su destino. Se recostó a la pared, se cubrió con la manta hasta el pecho, ocultó debajo la mochilita roja y revisó su magro equipaje, dos camisas, dos calzoncillos, dos pares de calcetines, un pantalón y una bolsita con los artículos de aseo personal en cuyo doble fondo llevaba oculto un anillo de oro y diamantes regalo de su madre para venderlo en caso de extrema necesidad. Todo lo que verdaderamente le importaba, notas de estudio, libros, casetes, fotos de su familia y de Erika Fesse, cartas de su madre y cartas de amor de Erika Fesse, había quedado en su habitación de Járkov a la espera de que estuviera instalado en Suiza y Natalia tuviera una dirección donde enviárselo.

Rebuscó en el bolsillo interior de la mochila. Contó trescientos dólares, toda una fortuna si no tuviera que invertir cien en el pasaje que compraría en Moscú, y se dedicó a revisar los documentos. Sabía que estaban en regla, pero no obstante comprobó otra vez el boleto y escudriñó la libreta de tapas rojas en cuya cubierta rezaba *República de Cuba. Pasaporte Oficial,* una información que le infundía confianza y lo hacía sentirse protegido. No ignoraba que dicha protección estaba reservada a los que salían de la isla enviados por el Estado, ni tampoco que quienes partían al exilio lo hacían con un pasaporte gris ratón, calificado en la tapa de *Ordinario,* pero le parecía lógico que el Estado protegiera a los suyos. Repasó las páginas hasta encontrar el permiso de salida de la Unión de Repúblicas Socialistas Soviéticas, un sello harto difícil de obtener que había recibido gracias a una gestión personal de Derkáchev. Poco después el revisor se asomó al compartimento, él extendió su boleto, lo recibió de vuelta y lo guardó junto al pasaporte y al dinero. Entonces se tendió en la litera con la mochilita como almohada para proteger sus riquezas, sintió un inmenso agotamiento y los párpados se le cerraron antes de que apagaran la luz.

Despertó en Moscú, aunque sin saber dónde se hallaba. Le costó dolorosos segundos de angustia entender la información que vomitaban los altavoces y reconocer el compartimento que sus borrosos compañeros de viaje ya se aprestaban a abandonar. Se aseó como pudo en el asqueroso baño de la estación, desayunó un yogur, y se dispuso a atravesar la ciudad. Tomó la escalera automática del metro, que descendía tan profundamente como si se estuviera dirigiendo en realidad al centro de la Tierra, pues las estaciones fueron construidas a aquellas profundidades abisales para que sirvieran también como refugios atómicos.

El ruido brutal y el polifémico haz de luz que inundaron el andén precediendo al convoy lo relevaron de seguir pensando. Bastante tenía con ponerse rápidamente la mochilita delante, como un canguro, hacerse a un lado para que la fuerza expansiva de la multitud que salió en estampida de los vagones no lo arrasara y abrirse un hueco a codazo limpio entre el río humano que abordó el tren como si escapara del infierno. Derkáchev tenía razón, Rusia era un desastre. Por eso todos sus amigos lo habían animado a largarse a Occidente, aunque ninguno pudo darle una respuesta concreta acerca de él: no lo conocían, simplemente. Sintió náuseas, le asaltó la idea de abandonar la fuga aun antes de haberla comenzado y de presentarse en el consulado cubano como le había ordenado Lucas Barthelemy. Allí le darían un pasaje con el que volaría a La Habana y luego a Holguín, donde viviría olvidado de la física, tan feliz como podía serlo un zombi. Le quedaba todavía algún tiempo para escoger el curso de su destino, e intentó inútilmente quitarse de la cabeza la obligación de decidir mientras el subterráneo avanzaba.

Salió en la estación del Kremlin, desde la que podía dirigirse tanto al consulado cubano como a la oficina donde vendían los pasajes en dólares hacia Occidente. Ganó la calle sin haber decidido qué hacer, entró a la Plaza Roja y se sintió aplastado por la feroz belleza de la ciudadela del Kremlin. ¡Oh, Dios, cuánto pesaba Rusia! Bordeó la inquietante torre de Spáskaia, y sin mirar atrás, como un autómata, buscó y encontró la oficina de venta de billetes y compró uno para Basilea, Suiza. Tembló al hacerlo, pero se consoló pensando que aún no había decidido definitivamente la dirección de su destino. El expreso *Antón Chéjov* no partiría hasta última hora de la tarde, de modo que tenía tiempo para volvérselo a pensar y presentarse en el consulado cubano si así lo decidía.

Regresó a la Plaza Roja sin pensarlo, como si aquel símbolo de las tinieblas y amaneceres de Rusia fuese en realidad un inmenso imán. Bordeó las murallas del cementerio donde reposaban los restos de Stalin, y cuando se dio cuenta estaba en medio de un grupo de turistas japoneses frente al cambio de guardia en la tumba de Lenin, contemplando la férrea perfección de los movimientos de los soldados mientras las recias campanadas del carillón del Kremlin daban la hora. Se dejó llevar por la curiosidad y se puso en la cola de los rusos, formada por ancianos, campesinos y mutilados de guerra, que se desplazaba hacia el interior del mausoleo tan lentamente como un entierro. Durante el largo tiempo de la espera fue perfectamente consciente de que no le gustaba en absoluto aquella ceremonia, pero aun así fue hasta el final, como si alguna oscura necesidad le obligara a ejecutarla. La momia de Lenin le pareció de cera; la parva luz del cenotafio le confería una suerte de irrealidad.

Salió de allí como quien huye y se metió en el gentío de los almacenes Gum que flanqueaban un costado de la plaza. Había estado allí antes y siempre le había parecido un monumento a la torpeza, una suma de compartimentos estancos más que una tienda por departamentos, pero esta vez el simple bullir de la vida consiguió calmarlo y recordarle que debía decidir qué hacer con la suya.

Volver a Cuba implicaba olvidarse de la física, un tren que no esperaba por nadie, le había dicho Derkáchev en el último encuentro que sostuvieron después del úkase de Lucas Barthelemy, y no volver implicaba correr solo su suerte sobre la tierra. En ambos casos, dijo Derkáchev, tendría que abandonar la Unión Soviética, un mundo al que él le había dedicado la vida y que ahora se estaba cayendo a pedazos. Derkáchev se dirigió a la ventana, le dio la espalda e hizo un largo silencio mientras miraba la plaza, reseca por el ardiente sol del verano. Manuel no se atrevió a pronunciar palabra, los hombros de su maestro temblaban y él se preguntó si estaría llorando.

«Váyase a Occidente», la voz de Derkáchev sonaba serena, pero derrotada. «Aunque debo advertirle que no veo nada bueno en el futuro, Manuel, nada. Los comunistas perderemos y a cambio no ganará nadie. A veces me pregunto si la historia de la humanidad tiene algún sentido». Se dio la vuelta con cierta violencia, como si rechazara su propia pregunta, extrajo el pasaporte de Manuel de la primera gaveta del escritorio y se lo tendió abierto por la página donde estaba el sello que lo autorizaba a salir de la Unión Soviética. «Aquí tiene», dijo, «le deseo suerte».

Manuel había experimentado entonces el pavor de decidir por su cuenta y volvió a hacerlo ahora, cuando regresó al metro, subió al convoy empujado por la multitud cuyo fragor recordaba al de una gran ola, e hizo el viaje aferrado a la decisión de huir. Salió a la gigantesca sala de espera de la estación desde donde partían los trenes hacia Occidente. Allí, racimos de gentes se movían como hormigas arrastrando bultos y maletas, dormían en los bancos o en el suelo, sobre cartones, o hacían colas larguísimas frente a las taquillas de venta de boletos. Pero él no tendría que someterse a aquella tortura porque ya había pagado su billete en dólares, de modo que comió algo, bebió un vaso de kvas, y se dirigió al andén desde donde en un par de horas el expreso *Antón Chéjov* partiría con destino a Berlín.

No se movió del banco ni una vez, concentrado en reconstruir como un obseso los hechos que lo habían llevado hasta allí mientras miraba, sin verlo, el juego de luces y sombras que dio paso al atardecer. En cuanto el *Chéjov* ocupó la vía subió a bordo, como si el estar dentro del tren lo protegiera. Ocupó su litera, revisó dinero y documentos y se entretuvo en mirar el incesante ir y venir de los andenes. En eso el *Chéjov* arrancó, se detuvo, volvió a arrancar, fue dejando atrás los arrabales del oeste de Moscú y en cuanto se adentró en la estepa empezó a desplazarse cada vez más rápidamente. Cuando Manuel cayó en la cuenta de que el tren había alcanzado su velocidad de crucero le embargó una especie de abatimiento, una mezcla de confusión y miedo agravada por la conciencia de que ya no podía hacer absolutamente nada para modificar la situación en que se hallaba, salvo cerrar los ojos y dejarse llevar hacia adelante a través de la inconmensurable estepa rusa.

Diez horas más tarde el *Antón Chéjov* moderó la velocidad hasta detenerse del todo y luego empezó a dar bruscas marchas y contramarchas produciendo un ruido atronador que despertó a Manuel. Sintió tanta curiosidad por enterarse de lo que estaba pasando que se puso de pie para mirar al exterior a través del cristal polvoriento. El *Antón Chéjov* terminó la extraña maniobra y se detuvo. Patrullas de guardafronteras de uniforme negro se acercaron al convoy apoyados por perros de presa. Cuadrillas de obreros ataviados con grasientos monos grises empezaron a afanarse en cambiar los ejes de las ruedas, construidas para el ancho de las vías rusas, mayor que el empleado en el resto del continente, por otros que se adecuaban al ancho europeo, y Manuel comprendió que el *Chéjov* había arribado a la frontera ruso-polaca de Brest.

Un capitán y un soldado subieron al vagón y empezaron a solicitar el pasaporte a los viajeros. El capitán era bajito y fornido, con largos bigotes de cosaco; el soldado, de piel amarilla, tenía aspecto de kazajo. A Manuel le pareció que operaban con una desconfiada prepotencia, como si dieran por hecho que todo aquél que se disponía a salir de Rusia era culpable de algún crimen. En todo caso, él se sentía así, no sólo se disponía a abandonar Rusia para siempre, también se había negado a volver a Cuba. Cuando el capitán le reclamó el pasaporte se puso tan nervioso que respondió como si fuera tartamudo, lo que a sus ojos acrecentó la desconfianza del oficial, que le retuvo el documento sin ofrecerle a cambio ninguna explicación.

Pasó hora y media indocumentado, con el corazón saltándole en el pecho como un siquitratqui, hasta que el *Antón Chéjov* estuvo listo para reanudar la marcha y la pareja de militares volvió a subir. Manuel se concentró en espiar el modo en que operaban, y estuvo unos minutos mirando al capitán devolver pasaportes y dirigir después un breve saludo militar a los dueños respectivos. En cuanto la pareja se le plantó enfrente los latidos del corazón se le aceleraron otra vez. Recibió el pasaporte aliviado, pensando que la tortura había llegado a su fin, pero la sonrisa se le heló en los labios cuando el capitán le ordenó al soldado que llevara a cabo un registro minucioso del equipaje del viajero.

El kazajo volteó de revés la mochilita volcando el contenido en la mesita adosada a la pared del vagón, y el corazón de Manuel volvió a saltar de miedo cuando los toscos dedos del militar abrieron la bolsita del aseo, en cuyo doble fondo estaba el anillo de oro y diamantes que constituía su mayor riqueza. El soldado se desinteresó de la bolsita en cuanto vio el cepillo, la pasta y la maquinilla de afeitar y el capitán le preguntó bruscamente dónde estaba el resto del equipaje. No tenía más nada, respondió Manuel, eso era todo. El capitán abarcó de un vistazo aquellas pocas pertenencias, le dirigió un seco saludo militar, le dio la espalda y abandonó el convoy. Minutos después el *Antón Chéjov* arrancó, se detuvo, volvió a arrancar, fue ganando velocidad y se adentró en Polonia.

Manuel se sintió tan feliz por haber conseguido al fin salir de la Unión Soviética que se puso de pie y volvió a mirar a través del cristal polvoriento. El *Chéjov* pasó sin detenerse por la estación de un pueblucho, él se fijó en unos carteles escritos en polaco, no entendió una palabra, y se sintió de pronto desnudo y vulnerable, deseando intensamente regresar a lo conocido. Pese a todo, el ruso era su segunda lengua, el cirílico su segundo alfabeto, la Unión Soviética su segunda patria, se sabía perfectamente capaz de sobrevivir en Rusia o en Ucrania, pero no estaba convencido en absoluto de poder hacerlo en Suiza.

Se dejó caer en el asiento, molido y deprimido, y súbitamente le asaltó el recuerdo de Erika Fesse. Según ella el socialismo era un zoológico que mantenía a la gente entre rejas, a la espera de que el guarda les tirara la pitanza a través de los barrotes; el capitalismo, en cambio, era una selva de gente libre para salir a cazar todos los días. Cuando soltaba aquella filípica, los ojos azules de Erika Fesse brillaban con la determinación y la fuerza de los

de una leona, y Manuel la miraba convencido de que sería capaz de convertirse en la reina de la selva que elo-
giaba. Pero él había pasado todos y cada uno de sus veintiún años de vida bajo el socialismo y pensaba que la
metáfora empleada por Erika era siniestra. Quizá el zoológico fuera un horror, pero ¿qué posibilidades tenían los
desvalidos en la selva? Durante toda su vida escolar, primero en Cuba y luego en la Unión Soviética, le habían
enseñado a desconfiar del capitalismo, un universo horrible, le decían, donde sólo contaba el dinero y la gente
era vil e interesada.

Algunas veces, cuando él exponía aquellas ideas, Erika
Fesse se echaba a reír de lo que llamaba su conmovedora
ingenuidad, pero otras se ponía como una fiera y lo aco-
saba a preguntas. Los bolivianos, decía, o los chilenos,
¿eran acaso gente vil e interesada? ¿Lo eran los españoles,
los franceses o los norteamericanos? Manuel la emprendía
entonces contra los yanquis y Erika le llamaba estúpido y
afirmaba que en Cuba le habían lavado el cerebro, hasta
que él pegaba el portazo e iba a refugiarse donde Natalia,
cuya ideología comunista lo calmaba. Pero ahora recordó
con horror que había sido la propia Natalia quien ideó su
fuga hacia la selva y le dijo que con su inteligencia podría
abrirse paso dondequiera. Sin embargo, él no estaba nada
seguro de ello; tenía miedo, se sentía tan agotado como si
hubiese muerto y el infierno fuera un tren sin destino.

Terminó por perder los reflejos y estuvo a punto de
bajarse en Varsovia. Lo salvó su sensibilidad para las lenguas, la súbita conciencia de que la jerigonza que sonaba
por los altavoces de la Estación Central de aquella ciudad
no era alemán, sino un idioma eslavo, parecido al ucraniano, o sea, polaco. No sabía alemán, pero alguna vez se
lo había oído hablar a sus abuelos maternos y sobre todo lo
había escuchado en las innumerables películas soviéticas
que trataban de la Gran Guerra Patria, donde los alema-

nes eran viles y vociferaban *Achtung!* segundos antes de dispararle por la espalda a los fugitivos. Ahora el fugitivo era él; se sentía hambriento, sucio, flaco, feo, pobre y vulnerable como los desgraciados de las películas. Pero lo peor, lo más humillante, era que también se sentía estúpido, tanto como la noche en que le había gritado a Erika Fesse que sí, que ella era vil e interesada y que por eso iba a abandonarlo y a largarse a Suecia con alguien a quien no amaba. Al pronunciar aquellas ofensas sintió el placer de estarse revolcando en el horror y supo que iba a seguir todavía más abajo, a acusarla de alemana y aun de nazi, aunque eso le costara llegar a un punto de no retorno tan irremediable como aquel al que arribó cuando terminó de anochecer del todo y el *Antón Chéjov* fue disminuyendo la velocidad hasta hacer su entrada en la *Berliner Hauptbahnhof.*

Si tan sólo pudiera hacerse pequeñito como un ovillo, un gnomo o una mota de polvo, permanecer en el tren y regresar a su querida Ucrania sería feliz. Sabía que aquello era imposible, pero aun así no movió un músculo ni siquiera cuando los restantes pasajeros terminaron de abandonar el *Antón Chéjov.* Permaneció sentado durante largo rato, hasta que un empleado de limpieza subió al vagón, le indicó la puerta y le ordenó *Raus!* Cargó a la espalda la mochilita roja, bajó al andén como un sonámbulo y se dirigió a la sala de espera arrastrando los pies. El gigantesco salón vacío e iluminado le provocó una especie de vértigo y le hizo sentir miedo. Para su madre y sus abuelos aquel país era la tierra del mal, de donde no podían provenir más que desgracias.

Cambió diez dólares, compró un bocadillo y un botellín de agua en un timbiriche, y después de malmatar el hambre y la sed pensó en atreverse a salir a caminar por Berlín, la primera metrópolis capitalista que pisaba en su vida. A paso lento llegó hasta la enorme puerta central de la estación y se detuvo como al borde de un precipicio. ¿Qué iba a encontrar fuera, después de todo, más que mendigos, pornografía, putas, asaltadores de bancos y bandas fascistas? Mejor dormir, se dijo dirigiéndose hacia el andén número diez, de donde partiría el tren a Basilea. Miró las paralelas de hierro, los vagones de hierro, las altas columnas de hierro, los arquitrabes, arbotantes y contrafuertes de hierro; se tendió en un banco, quedó de cara al descomunal artesonado de hierro, y se quedó dormido pensando que aquel palacio, cuya atmósfera olía a óxido de hierro, era la verdadera catedral de Alemania.

Lo despertaron los ruidos del expreso *Franz Kafka* al ocupar la vía y se desperezó lentamente. Se entretuvo un buen rato mirando el convoy en medio de la indecisa claridad del amanecer, recordó que aquella extraña ciudad era Berlín, que estaba huyendo hacia Suiza, y no obstante siguió examinando el tren como alelado. Concluyó que el *Kafka* era más moderno que el *Gógol* y que el *Chéjov*, con los que pese a todo tenía un inconfundible aire de familia. Un silbato le hizo saltar del banco, tomar la mochila, buscar su vagón y subir a bordo temeroso de quedarse en tierra. Los trenes alemanes no tenían samovar, como los rusos, por lo que no podría entretenerse y matar el tiempo tomando té, pero en cambio eran mucho más limpios y tenían las ventanillas más grandes y además situadas a una altura humana, de modo que era posible mirar cómodamente hacia afuera.

Estaba haciéndolo cuando sonaron los últimos silbatos y el *Franz Kafka* abandonó la estación camino de occidente. La conciencia de estarse adentrando en territorio prohibido lo excitó hasta el punto de hacerle pegar la nariz al cristal de la ventanilla con una curiosidad tan irrefrenable como la que había sentido la primera vez que asistió al cine. Berlín oriental le pareció una ciudad rara, quebrada, en la que se veían oscuros edificios decimonónicos comidos por el hollín y el desamparo, feas construcciones modernas, remotas ruinas de guerra e incluso un yerbazal inmenso, desolado, tristísimo, absolutamente inexplicable en medio de la urbe, a lo largo del cual podía observarse aún el trazado de un antiguo muro derruido, y en un extremo, junto a las vías del tren, un cartel que identificaba aquel solar enorme, inhumano y vacío como la misma muerte: *Postdamer Platz.*

«¡El muro de Berlín!», exclamó en medio de un repentino escalofrío. «¡El *Franz Kafka* estaba cruzando el muro de Berlín!», repitió, incrédulo ante la evidencia de que aquellas ruinas, aquellos despojos, aquella sucia cicatriz sobre la tierra que el tren acababa de dejar atrás era todo lo que había quedado del muro de Berlín, al que Erika Fesse pensaba dedicarle la tesis de grado y sobre cuya importancia en la historia contemporánea del mundo le había hablado durante noches enteras.

No había salido de su asombro cuando vio muy cerca, entre árboles, el cuello alargado y grácil de una jirafa, una joven gorila dándole de mamar a su hijo, una familia de leones jugando, el entramado férreo de una nueva estación, un cartel repetido a lo largo del andén donde el convoy no se detuvo, *Berlín Zoologischer Garten,* y otra vez la ciudad. Berlín occidental le pareció el positivo de lo que había visto antes de dejar atrás los despojos del muro. El mismo tipo de edificios decimonónicos que en Berlín oriental aparecían ennegrecidos por el hollín aquí estaban restaurados, relucientes, y sin embargo también la parte occidental de la ciudad tenía algo raro, en este caso una explosiva combinación de pasado y presente, simbolizada en las torres de una iglesia semidestruida por los bombardeos de la guerra tras las que se alzaba, desafiante, la fina torre acristalada de una iglesia nueva.

Cuando el *Kafka* dejó atrás Berlín, Manuel se dirigió al baño, los huesos rechinándole por el agotamiento, decidido a asearse escrupulosamente para empezar limpio aquella nueva fase de su existencia. Quedó muy bien impresionado por el tamaño y la pulcritud de los servicios de los trenes alemanes, también en eso incomparablemente mejores que los rusos, pero cuando se miró al espejo la imagen patibularia que le devolvió el azogue no le pareció la suya. Aquel tipo de pupilas enrojecidas, pelo revuelto, frente grasienta, dientes sucios, mejillas patilludas y camisa arrugada y asquerosa parecía un delincuente recién fugado de la cárcel. Imaginó un cartel debajo de su cuello, ¡Se busca!, y alcanzó a sonreír pensando que Lucas Barthelemy y sus estúpidos muchachos estarían buscándole en Járkov sin tener la más puta idea de que estaba a punto de llegar a Suiza.

Dispuso como pudo los artículos de aseo sobre la pequeña encimera, se afeitó cuidadosamente, se lavó la cara y las axilas con aquel jabón líquido que hacía tanta y tan buena espuma como jamás la había hecho ningún jabón ruso, se puso desodorante y colonia, se peinó, se cambió de camisa, se cepilló los dientes y volvió a mirarse al espejo. No quedó satisfecho. Hubiera necesitado ducharse, cambiarse de calzoncillos, calcetines, pantalones y zapatos para sentirse realmente cómodo, aunque aun así, lo sabía, tampoco hubiera quedado satisfecho con su imagen. Nunca se había gustado a sí mismo. Medía 1.77, no estaba mal, pero hubiera preferido llegar a 1.80, y además y sobre todo pensaba que su pelo era demasiado rebelde, su frente demasiado ancha, sus ojos demasiado grandes, sus labios demasiado finos, sus hombros demasiado estrechos, sus orejas demasiado paradas.

Por eso le gustaba tanto que Erika Fesse lo contradijera diciéndole al oído que era un hombre alto y hermoso, que sus ojos y su pelo eran negrísimos y sensuales como la noche de Cuba, su mirada profunda como el mar de Cuba, su piel clara como el amanecer de Cuba y su risa y su inteligencia radiantes como el sol de Cuba. Pero la maldita lo había abandonado, pese a todo, y él se disponía a empezar una nueva vida en Suiza y no tenía más remedio que olvidarlas, a ella y a Cuba. Volvió a sentarse y estuvo dos horas mirando el paisaje sin verlo, desesperado por llegar enseguida a Suiza y a la vez por no hacerlo nunca, aferrado a los brazos del asiento como si temiera caer por el hueco de aquella paradoja que le carcomía el cerebro como una pesadilla de la que sólo lograba huir a ratos, refugiándose en el recuerdo de Erika o en la remota memoria de su infancia en la isla, y que sólo se resolvió horas después, cuando el *Franz Kafka* entró en la estación de Basilea.

En un dos por tres se encontró frente a una policía joven y sonriente, ataviada con un uniforme verde esperanza, que revisó su pasaporte y lo invitó a entrar a Suiza con gesto amable. Cruzó la frontera sin dar crédito a lo que había ocurrido: la Unión Soviética y Cuba podían en cierto modo ser consideradas cárceles, los policías desconfiaban de todo dios y salir o entrar constituía un camino erizado de minas burocráticas, en cambio aquí no le registraron siquiera la mochila. El proceso fue tan extraordinariamente fácil que debía por fuerza ocultar algún engaño, pero él no imaginaba siquiera en qué podía consistir la trampa ni le quedaban fuerzas para pensar en ello.

Cambió algo de dinero y se acercó a un kiosco que estaba del otro lado de la calle pensando en comerse un sándwich; al mirar el mostrador se decidió por un pastel de chocolate tan bonito que daba pena partirlo con la cucharilla, tan delicioso como un bocadillo divino, tan caro como si hubiese sido de oro. Obtuvo fuerzas para emprender la búsqueda y empezó a desandar las calles de Basilea con la ilusión de encontrar las oficinas de la Cruz Roja; allí, siguiendo el consejo de Natalia, pediría apoyo y refugio. Basilea era linda, limpia, ordenada, elegante y tranquila como una postal. Se sintió culpable e inhibido en aquel mundo feliz, sin derecho a turbar la calma de los suizos preguntándoles por la Cruz Roja como si hubiera sufrido un accidente.

Pero lo había sufrido, se dijo, la tierra había temblado bajo sus pies de buenas a primeras dejándole sin lugar en el mundo. Por eso caminaba por aquella ciudad irreal donde no había ruinas, ni edificios percudidos de hollín, ni siquiera calor en pleno verano, y en la que no tenía una miserable puerta donde llamar. Ignoraba incluso la lengua del lugar y le irritaba sobremanera la creciente tensión entre su ansiedad y la placidez de aquel pueblo en el que hasta las aguas del río fluían con calma. Se acodó en la barandilla de piedra del *Pont Neuf,* la idea de tirarse al río le pasó por la cabeza como un celaje y de pronto echó a correr huyendo de sí mismo. Una señora que caminaba en sentido contrario se aferró a su bolso y se pegó a la barandilla mirándolo aterrada. Manuel se detuvo en seco frente a ella, temeroso de que se pusiera a gritar, y entonces la mujer lo hizo, *Police!,* y él reemprendió la carrera pensando que intentar explicarse hubiese sido peor, se sabía sin palabras para hacerlo.

Seis cuadras más allá volvió a detenerse, a punto de vomitar el pastel. En cuanto logró acompasar la respiración miró a su alrededor como un forajido. No vio ningún policía, pero sí otra estación de trenes a la que se dirigió esperanzado. Era un edificio limpísimo, elegante, perfecto, o sea, suizo, tenía una galería central presidida por un gran reloj de cuco y cuatro andenes. En conjunto resultaba una estación bastante pequeña y en sólo unos minutos comprobó que no había allí ninguna oficina de la Cruz Roja. Sin pensarlo dos veces compró un billete para el expreso *Max Frisch* que se disponía a partir hacia Berna, con la ilusión de que la capital sería lógicamente una ciudad más grande, donde por fin podría encontrar lo que buscaba.

El tren suizo era más limpio y moderno que el alemán, que a su vez lo era más que el ruso, y las distancias que cada uno tenía que recorrer eran cada vez más cortas, como si aquel camino sin fin hacia el corazón de Europa fuera también un viaje donde el espacio y el tiempo se iban comprimiendo hasta alcanzar la angustiosa perfección de un cronómetro. Se ratificó en esta idea cuando el *Max Frisch* atravesó los campos verdes y amarillos del verano suizo, tan bien dispuestos y ordenados como el juguete de un robot, y sobre todo una hora más tarde, al llegar a Berna. De acuerdo a sus experiencias cubana, rusa y ucraniana la capital era por definición la ciudad más grande e importante de un país, pero por lo visto Suiza constituía una excepción en ese sentido. Berna le pareció una colección de impecables casas de muñecas. Agobiado, entró a una oficina de información turística que encontró al paso y le preguntó a una empleada por la *Red Cross*. La mujer desplegó un mapa de la ciudad, y en un inglés perfecto empezó a explicar, mientras lo iba marcando en el mapa con un bolígrafo verde, el breve trayecto que separaba la oficina de turismo de la de la Cruz Roja.

Aceptó el mapa que la empleada le ofreció como regalo, devolvió la sonrisa y salió sintiéndose reconciliado con aquel país de políglotas donde, pensándolo bien, y si se exceptuaba a la señora que lo confundió con un ladrón, lo habían tratado con exquisita cortesía. Encontró enseguida la Cruz Roja, empujó la puerta acristalada y el sonido musical de un timbre avisó de su presencia. El recepcionista, un joven pelirrojo que vestía el uniforme gris de la organización, le ofreció una silla. Manuel se sentó con la vista fija en las fotografías pegadas con chinchetas al panel de corcho que le quedaba enfrente. Instantáneas tomadas en algún lugar de África en las que se veía a miembros de la Cruz Roja trasladando ancianos, mujeres y niños heridos u horriblemente mutilados hacia unas ambulancias. ¿Qué deseaba?, le preguntó en francés el recepcionista.

Manuel contó su historia en inglés. No pudo dejar de compararla con el horror que transmitían las fotos de África, y lo que al vivirlo le había parecido terrible ahora le pareció simplemente absurdo. Sin embargo, el joven recepcionista pelirrojo la escuchó interesadísimo e incluso conmovido, sin interrumpirlo ni una sola vez. Y al final se solidarizó con él: había hecho bien, le dijo en inglés, al fugarse de la Unión Soviética, aunque, según su criterio, debería haber vuelto a Cuba, pequeño país que era un verdadero ejemplo para el mundo. De todos modos, concluyó, ya el bien, o el mal, nadie podría decirlo, estaba hecho, y ahora debía presentarse en la policía de fronteras en Basilea, porque la Cruz Roja no atendía casos como el suyo. Le estrechó la mano, y Manuel se dirigió a la puerta sintiéndose estúpido.

El joven recepcionista lo alcanzó antes de que saliera, ¿tenía dinero para el viaje?, ¿para comer algo? Manuel miró por última vez las fotos de África, respondió que sí, dio las gracias por todo y salió a la calle. Encontró la estación a la que había arribado sin necesidad de consultar el mapa, apenas le quedaba dinero para otro pastel, otra cocacola y otro pasaje. Merendó, pese a todo, para no desfallecer de hambre, y no tuvo que esperar mucho para tomar el *Max Frisch*, que iba y volvía como un trompo de Berna a Basilea a través de los campos perfectos de aquel país perfecto.

Regresó a la estación a la que había arribado en el *Franz Kafka*, y comprendió que dada la posición de la garita tenía que salir y volver a entrar a Suiza antes de poder hablar con la policía y solicitar ayuda. Cuando se puso en la fila llegó a temer que lo confundieran con un contrabandista por entrar, salir y volver a entrar en apenas unas horas, pero al enfrentarse por segunda vez a la joven policía de uniforme verde esperanza comprendió instintivamente que ella ni siquiera lo recordaba, se sintió invisible, y decidió plantear de una buena vez su problema para evitarse al menos el ridículo de entrar otra vez a Suiza inútilmente.

Necesitaba refugio, susurró·al extender el pasaporte. La joven recibió el documento, se llevó la mano al oído y le preguntó qué había dicho. «¡Que busco refugio!» Manuel resultó sorprendido por la fuerza de su propio grito, se sintió blanco de todas las miradas y bajó la cabeza avergonzado. No había oído a nadie gritar en Suiza. La joven policía revisó atentamente el pasaporte, desplegó un mapa de la ciudad sobre el mostrador de la garita y explicó que esos trámites no se producían allí sino en este otro lugar, dijo mientras encerraba en un círculo rojo una dirección en el mapa que inmediatamente después alargó a Manuel junto al pasaporte, exhibiendo una sonrisa tan cortés como la que le había dirigido la empleada de la oficina de información en Berna.

Volvió a entrar a Suiza y echó a caminar de nuevo por Basilea en pos del lugar marcado en el mapa, que sólo consiguió encontrar cuarentaicinco minutos más tarde, cuando ya estaba reventado de cansancio, sed y hambre. Era una casa ocre, de techo a dos aguas, situada junto a otras casas exactamente iguales frente a una plantación de col en las afueras de la ciudad. En la zona izquierda de la planta baja había una calurosa oficinita en la que un ventilador de techo giraba lentamente, proyectando la sombra de las aspas en la pared. Sentado frente a un escritorio metálico, devorando una hamburguesa, estaba un sargento de mediana edad, trigueño, de fino bigote negro y breve barriguilla, que saludó al recién llegado en italiano y le pidió por favor que lo esperara un átimo.

Había hablado con la boca llena y esto tranquilizó a Manuel, que puso la mochila en el suelo, extrajo el pasaporte y se dejó caer en una silla, feliz de haber descubierto por fin un gesto de mala educación humana en Suiza. Minutos después el sargento le reclamó el pasaporte, copió algunos datos en la computadora con la seguridad maquinal de quien cumple una operación de rutina y le preguntó por qué disponía de un documento oficial, ¿acaso era diplomático? No, estudiante, respondió Manuel, aliviado al poder permitirse hablar en español, ya que el sargento lo hacía en italiano; en Cuba, añadió, todo el que viajaba enviado por el Estado usaba ese pasaporte. El sargento copió la respuesta a la velocidad de un dictáfono e inmediatamente preguntó por qué solicitaba asilo político. No estaba solicitando asilo político, precisó Manuel, orgulloso de su entereza ante aquella maniobra, quería un refugio, un estipendio y una beca para participar en experimentos de física; luego regresaría a Cuba para aportar allí su saber.

El sargento terminó de copiar, imprimió el texto, lo guardó en una gaveta junto al pasaporte, extrajo cinco francos y los extendió junto a un bolígrafo y a un recibo que Manuel debía firmar aquí debajo, dijo. Guardó el recibo y le pidió que lo acompañara; el pasaporte quedaría retenido, explicó, hasta que terminara el proceso. Subieron al primer piso y entraron a una habitación impoluta, pequeña y austera como la celda de un convento: un armario, dos camas personales cubiertas con sendas mantas marrones y un crucifijo. Ése sería su lugar hasta que terminara el proceso, dijo el sargento, los baños estaban en el pasillo, el comedor en la planta baja, recibiría cinco francos diarios, podía salir y entrar libremente, allí las puertas no se cerraban nunca, por lo demás le deseaba suerte en el proceso. Extendió la mano sonriendo cortésmente, como un suizo, Manuel se la estrechó, y en cuanto estuvo solo se tendió boca arriba en la cama de la izquierda preguntándose en qué consistiría exactamente el proceso.

Despertó catorce horas después, frente a dos policías que lo condujeron a un carro patrullero, le indicaron la parte trasera y le cedieron el paso. El asiento era de plástico, sin cojines, estaba aislado de la parte delantera por una mampara opaca, una tupida rejilla de hierro negro cubría las ventanillas e impedía mirar hacia el exterior. No entendió por qué estaba allí sin haber cometido ningún delito, pero se dijo que más le valdría no protestar; el patrullero se desplazó durante quince minutos por calles que ni siquiera pudo entrever y finalmente entró a un garaje. Los policías lo flanquearon de inmediato y lo condujeron a una habitación agresivamente iluminada en la que lo esperaban un capitán canoso, con arrugas profundas como cicatrices en el rostro, y un civil cejijunto, de traje gris.

El capitán le ordenó en inglés que se sentara frente a ellos e inició un interrogatorio sobre lo que ya sabía, a partir del expediente que tenía en las manos, apoyadas sobre un buró metálico. Después de hacerse repetir que Manuel Desdín se llamaba Manuel Desdín, que había nacido en Holguín, Cuba, el 29 de marzo de 1970, y que provenía de Járkov, en Ucrania, donde estudiaba física, hizo una larga pausa y cruzó una mirada cómplice con el civil cejijunto. Luego volvió a la carga, mostrando el pasaporte rojo, ¿por qué usaba documento oficial?

Manuel explicó otra vez que en Cuba todos los que salían enviados por el Estado usaban ese pasaporte. El capitán copió la información en la computadora y preguntó por qué solicitaba asilo político. ¡No había solicitado asilo político!, exclamó Manuel, y hundió la cabeza entre los hombros. Sentía mucho haber gritado, dijo, pero no quería asilo político. ¿Por qué?, la pregunta, seca como un disparo, provino del civil. Manuel se removió en el asiento, estaba dispuesto a regresar a Cuba una vez que terminara los estudios de física que deseaba hacer allí, en Basilea, dijo, y el asilo político podía complicarlo todo.

El capitán copió la respuesta y presionó una chicharra. Los policías se presentaron en la oficina, lo condujeron a un recinto sin ventanas y le ordenaron que se desnudara. Cuando estuvo en calzoncillos miró al policía alto, pero fue el bajito quien le dijo que desnudo quería decir desnudo. Al despojarse del calzoncillo sintió que la humillación lo carcomía. Entonces el policía bajito le ordenó que se inclinara hacia delante y el policía alto se puso un guante de goma, dio la vuelta y le revisó el trasero. Manuel estuvo a punto de estallar de rabia y vergüenza, pero el orgullo lo llevó a morderse los labios sin soltar una lágrima. El policía bajito le entregó un uniforme de algodón azul oscuro. Manuel se lo puso como un autómata y comprobó que le quedaba ridículamente grande. El policía alto tiró el guante usado en un cubo de basura, le sacó los cordones a los zapatos y se los entregó a Manuel, que procedió a calzarse y siguió a sus carceleros sintiéndose como un payaso. Llegaron frente a un portón de acero pintado de gris, el policía bajito operó algún mecanismo, el portón empezó a abrirse y el policía alto lo invitó a entrar al recinto con gesto cortés.

Dentro había dos literas. En una descansaba un tipo de semblante hosco y Manuel se tendió en la otra mientras el portón de acero terminaba de cerrarse a sus espaldas. Estuvo largo tiempo inmóvil, mirando al techo de la celda iluminada por un poderoso foco situado arriba y a la izquierda. Un radio parloteaba incesante en una lengua incomprensible, el ruido de un retrete le hizo darse la vuelta y vio a su compañero abrochándose el pantalón en el fondo del habitáculo. Lo siguió con la vista, era un tipo bajito, robusto y cetrino, que le dijo algo en una lengua extraña, llena de ues. Manuel le respondió en ucraniano, no quería ser descortés pero tampoco tenía deseos de hablar y esperaba que no lo entendieran. Consiguió su objetivo, el tipo se encogió de hombros, avanzó hasta el portón cerrado y empezó a pegar saltos como un mono. Al principio, Manuel creyó que se estaba haciendo el loco, pero poco después comprendió la razón de los saltos. En medio del portón, a casi dos metros del suelo, había una rejilla que permitía ver hacia fuera.

Cuando se cansó de mirar los saltos de aquel pobre diablo empezó a pasear la vista por la celda, un lugar más bien grande, iluminado, dotado de servicios mínimos pero suficientes, donde todo, paredes y piso, literas y mantas, sábanas y uniformes, estaba escrupulosamente limpio. Sin embargo el conjunto le resultó opresivo y acrecentó su angustia, sobre todo porque la puerta no tenía barrotes como las de las celdas que estaba acostumbrado a ver en las películas, sino que era una plancha de acero gris cerrada herméticamente, como la de un banco.

No hubiera sido capaz de decir cuánto tiempo había pasado allí, junto a alguien con quien ni siquiera podía hablar, cuando el policía bajito regresó a buscarlo, le entregó la mochila y las ropas y le pidió por favor que se vistiera de civil, dejara el uniforme de preso sobre la litera y pasara a la oficina en diez minutos. Manuel se aseó y se vistió en cinco, estimulado por la súbita certeza de que había quedado libre, y se dirigió a la oficina donde los policías le pidieron por favor que revisara la mochila para comprobar que no faltaba nada y lo hicieron firmar un recibo atestiguándolo; tenían razón, habían abierto el doble fondo de la bolsa de aseo, pero el anillo de oro y diamantes estaba en su sitio.

Les dio las gracias, los siguió hasta el garaje y subió al asiento trasero del auto, desde donde no podía ver la zona por la que empezaron a moverse ni identificar hacia dónde se dirigían. Al principio estuvo seguro de que iban en dirección al refugio, pero un sentido innato de la medición del tiempo lo llevó a colegir que se dirigían hacia un lugar más alejado, quizá a otra ciudad. Hacía rato ya que el auto corría libremente, como por una autopista, cuando disminuyó la velocidad, dobló a la derecha, salvó un montículo, volvió a correr, se detuvo en seco y el policía alto abrió la puerta y lo invitó a bajarse.

Salió a la pista de un aeropuerto, junto a un avión de Swissair que tenía los motores en marcha. El policía bajito le devolvió el pasaporte ceremoniosamente, abierto por una página en la que había un cuño oficial con un texto escrito en francés, italiano y alemán, de acuerdo al cual se le prohibía la entrada a territorio suizo. Manuel estaba tan aplastado que no se atrevió siquiera a preguntar por qué. El policía alto lo invitó a subir a la nave, llamada *Calvino*, el policía bajito lo acompañó por la escalerilla hasta la puerta del aparato, donde le estrechó la mano y lo presentó al capitán, que lo saludó respetuosamente y se encargó de conducirlo hasta un asiento en primera clase. Manuel se recostó a la amplísima poltrona, respiró profundo y se preguntó adónde coño lo estarían deportando.

Lo mandaron a Ucrania, con una escala en Moscú en la que apenas tuvo tiempo de abandonar el *Calvino* y subir a otro aparato llamado *Mendeleiev*. Aterrizó en Járkov tres horas después y el miedo a que algún espía de Lucas Barthelemy lo reconociera empezó a atenazarlo desde el propio aeropuerto. Emprendió el camino hacia la komunalka dispuesto a rescatar sus cartas, fotos, libros y notas de estudio y a pensar qué hacer con su vida. En cuanto tomó el trolebús se sintió como en casa. Járkov no sería comparable a Berlín, a Basilea ni a Berna, pero era su ciudad, conocía las calles, las plazas y los comportamientos de los lugareños mejor que los de ningún otro sitio de este mundo, incluyendo a La Habana, donde casi siempre había vivido confinado en el albergue de becarios. Estuvo bastante relajado hasta que el trolebús empezó a acercarse a la zona universitaria, donde el miedo a que algún chivato lo reconociera volvió a angustiarlo. Bajó la cabeza, abrió la mochila e hizo como si rebuscara algo en el interior para ocultar la cara. Se mantuvo así, espiando por el rabillo del ojo a los que subían, hasta que le tocó bajarse. Lo hizo ocultando el rostro tras la mochila y en el último segundo, cuando el trolebús ya estaba a punto de cerrar las puertas, para dejar al chivato que podría haberlo estado siguiendo con tres palmos de narices.

Emprendió un largo rodeo por callejuelas poco transitadas. Cada tanto se volvía, cambiaba de acera, doblaba en casi todas las esquinas y de inmediato se pegaba a los muros. Llegó frente a su komunalka convencido de que nadie lo seguía, pero allí recordó una película en la que los persecutores esperaban al fugitivo en su propia casa, y echó a correr. Instintivamente se dirigió a la komunalka donde vivía Natalia, subió la escalera a grandes trancos y aporreó la puerta. «¿Quién?», preguntó ella. «Yo», dijo él. Natalia abrió en bata de casa y chancletas, con el pelo empapado y los ojos como platos, lo hizo entrar, cerró la puerta y estalló en una batería de reproches sin darle siquiera tiempo para explicarse. ¿Qué hacía allí? ¿Por qué había vuelto? ¿Acaso estaba loco? ¿No se daba cuenta de que era muy peligroso? ¿No se imaginaba que lo estaban buscando? ¿Que el miserable de Lucas Barthelmy le había preguntado mil veces por él? ¿Que el colectivo cubano ya lo había declarado traidor a la patria? ¿Que si le echaban mano lo devolverían a Cuba preso? ¿Por qué había vuelto? ¡¿Por qué?!

Manuel se despojó de la mochila, la policía suiza lo había deportado, dijo, no tenía otro lugar donde ir. ¡Cualquiera mejor que Járkov!, exclamó Natalia, ¡cualquiera mejor que aquel cuarto! Él retomó la mochila, se dirigió a la puerta y ella se interpuso en su camino, ¿dónde iba? «¡Yo qué sé!», exclamó Manuel, «¡No tengo dónde ir!, ¿no te das cuenta?». Natalia le quitó la mochila y la dejó en el suelo, ¿por qué lo deportaron? Manuel se dejó caer en una silla y meneó la cabeza, no sabía, dijo, no entendía nada, necesitaba ayuda. Natalia se secó el pelo con una toalla raída, y encima, dijo, llegaba sin avisar y la encontraba echa una bruja, ¿había comido, por lo menos? ¿Qué importaba eso?, respondió Manuel, necesitaba pedirle un favor, que fuera a su cuarto a rescatar sus cosas. No quería ropa ni adornos, aclaró al entregarle la llave, sino notas de estudio, libros, casetes, fotos, cartas y poemas, lo haría, ¿verdad?

Enseguida, dijo Natalia, se despojó de la bata de casa y quedó desnuda frente a él. Manuel la miró sin ocultar su ansiedad, ¿a qué esperaba?, exclamó, ¿por qué no se movía, mujer? ¿Mujer?, preguntó ella con un retintín de ironía, se vistió en un dos por tres, empezó a pintarse y él la acusó de no tener sangre en las venas. Ella tiró la barra de labios, extrajo una vieja maleta del armario, la vació de libros y salió con ella a cuestas pegando un portazo. Manuel se estremeció con el golpe, y se dirigió hacia la tonga de libros que ella había dejado sobre la cama al vaciar la maleta. Empezó a revisarlos maquinalmente, pero no fue capaz de retener siquiera un título. Quince minutos después estaba mirando al vacío con un libro abierto en el regazo, cuando Natalia regresó y lo arrancó del letargo. ¡Le habían vaciado la habitación, Manuel! ¡No quedaba un libro, ni una foto, ni una carta! ¡Habían escrito *Apátrida* en todas las paredes! ¡Tenía que irse de Járkov, Manuel! ¡Tenía que fugarse enseguida!

Otoño

Se nos cae la penumbra de la mano
gruñe el silencio como un perro en vela

DIEGO

Miró las densas nubes grises apoderarse del campo de manzanos y se preguntó a qué país de Europa occidental podía entrar libremente un cubano, aparte de Suiza. No lo sabría hasta aquella noche, cuando Natalia y Sacha lo visitaran con la pregunta respondida y el viaje listo. Pero por más que lo intentaba no conseguía vencer la zozobra que le producía no saber siquiera hacia dónde tendría que fugarse al día siguiente. Las nubes estaban cada vez más oscuras, y no necesitó consultar el reloj para saber que apenas media hora más tarde la noche se apoderaría de la niebla y ambas de su alma. Era duro comprobar que desde comienzos del otoño su corazón se había habituado a gruñir otra vez como un perro en vela, porque hasta entonces, pese a todo, lo había pasado aceptablemente bien en aquella granja de las cercanías de Kiev donde sus amigos lo habían escondido como a un fugitivo.

¿Acaso no lo era? Sí, sin duda, pero al menos durante mes y medio había podido olvidarlo algunas veces. La granja pertenecía a Kristóforos y Efrosínia, abuelos paternos de Sacha, una pareja de ancianos desconfiados que no podían con su alma. La idea de esconder allí a Manuel apareció como solución de emergencia a dos problemas, él necesitaba borrarse del mundo desesperadamente y los ancianos necesitaban desesperadamente un peón y no estaban dispuestos a pagarlo. El trato fue rápido y sencillo y lo cumplió a rajatabla: se levantaba al alba, ordeñaba a las vacas, las sacaba a pastar junto a los caballos percherones, recogía los huevos de gallina, renovaba el rancho de los cerdos, acarreaba agua, recogía kilos y kilos de manzanas y cortaba y apilaba montañas de yerba y de leña para que tanto los animales como Kristóforos y Efrosínia pudieran afrontar el inminente otoño y el atroz invierno ucraniano. Nunca le dieron las gracias ni lo necesitó tampoco. Le bastaba con la seguridad de que allí no sería encontrado, con las tres comidas, la soledad y el jergón donde se dejaba caer en las noches sin fuerzas siquiera para evocar el fantasma de Erika Fesse.

Las manos se le desollaron, crió callos y poco a poco sus músculos se fueron habituando a la tarea. Le fue posible entonces, mientras trabajaba, evocar los años pasados en la finca de sus abuelos maternos en las afuera del remoto Holguín, en la inalcanzable Cuba, donde había sido feliz aprendiendo a ordeñar, a cortar leña y a recoger plátanos con su abuelo. A veces tenía la vívida impresión de que el tiempo no había transcurrido y de que la tierra no era distinta bajo sus pies. En esas ocasiones, para su corazón, los pinos de Ucrania eran caobos de Cuba; los manzanos, plátanos; el trigo, caña de azúcar; las rosas, rosas. Pero tarde o temprano despertaba de aquellas ensoñaciones porque ni su madre ni su abuelo aparecían nunca por sitio alguno y la finca de Holguín era sencillamente inconcebible sin ellos.

Entonces, cuando volvía a ser consciente de que no estaba acunado en Cuba sino perdido en Ucrania, solía cantar en voz muy baja un poema insondablemente triste. Se equivocó la paloma, se equivocaba, por ir al norte fue al sur, creyó que el trigo era agua, creyó que el mar era el cielo, que la calor la nevada, que las estrellas rocío y la noche la mañana. Sí, la paloma de la canción se equivocaba como lo había hecho él al escaparse a Suiza, al volver a Járkov, al huir a Kiev, y como había vuelto a hacerlo hacía apenas unos instantes, cuando ciertas zonas del cielo pasaron del gris al rojo y llegó a albergar la insensata esperanza de que estaba a punto de amanecer en Cuba.

Pero el cielo no pasó del rojo al azul clarísimo de los amaneceres de la isla sino al negro insondable de la noche ucraniana. Volvió a cantar la canción, dio por cumplida su última jornada de trabajo en aquel sitio y emprendió lentamente el camino de regreso con la opresiva certeza de que mañana, cuando le tocara huir otra vez hacia no sabía dónde, lo haría condenado a volver a equivocarse.

Entró al garaje donde dormía, un galpón de piso de tierra y paredes de piedra que olía a aceite quemado en el que había un tractor roto, un carro y una colección de herramientas. Encendió la lámpara de petróleo y se sentó en el jergón pensando que nadie podría enamorarse de aquel sitio. Mejor, se dijo, extrajo una muda de ropa limpia y una toalla de un armarito que había improvisado con cuatro tablas, así no lo extrañaría cuando se fuera. Salió del garaje y entró a la casa por detrás, como se había habituado a hacerlo para no cruzarse con Kristóforos y Efrosínia, aquellos ancianos malgeniosos que para colmo ya no lo necesitaban. Se dio un baño de despedida y por primera vez desde que vivía allí sintió frío, pero no se atrevió a encender la estufa para no despertar la ira de sus caseros, ni fue capaz de determinar si el helor que le erizaba la piel era consecuencia del otoño o del miedo a la fuga que ya anidaba en su corazón.

Salió al pasillo, pasó por frente al cuarto de los ancianos de puntillas, para no molestarlos, y abrió sigilosamente la puerta de la habitación contigua, una estancia grande, sin muebles, iluminada por diecinueve velitas, que olía a cera, a lágrimas y a muerte. El día que lo condujo a la finca y le mostró aquel cuarto, Sacha le contó que Kristóforos y Efrosínia habían tenido diecinueve hijos, todos varones, de los que no quedaba ninguno vivo. Sí, dijo Sacha ante el asombro de Manuel, su padre y sus tíos habían ido muriendo a cuentagotas en las hambrunas, pestes, deportaciones y guerras que resumían el dominio de Rusia sobre Ucrania, por eso aquella habitación estaba vacía y él pensaba que Manuel podría ocuparla mientras trabajara en la finca. Pero Kristóforos y Efrosínia se negaron de plano, aquélla no era una habitación, dijeron, sino un santuario.

Manuel se sintió aliviado por la decisión de los ancianos, que le relevaba del peso de convivir con fantasmas, aunque el santuario nunca dejó de atraerlo. Se asomaba a él todos las noches después del baño, y dirigía venias a las velitas. Después se iba a cenar solo a la cocina agradecido de estar vivo, diciéndose que no tenía motivos para la tristeza o la queja. Aquella noche cumplió el ritual, regresó al garaje, se dejó caer en el jergón y tomó del armarito las dos cartas con instrucciones que Natalia le había enviado desde Járkov, preguntándose si sería verdad que Erika Fesse no había vuelto a escribirle, o si simplemente Natalia no le habría reexpedido aquellas cartas.

Era consciente de que podía confiar en su amiga del alma para todo, incluso, como lo estaba haciendo, para ponerle en las manos su destino, pero también de que Natalia sería capaz de traicionarlo sin que le temblara el pulso en lo referido a sus relaciones con Erika Fesse. Aunque quizá tales relaciones ya no existían, pensar que Erika lo había borrado de su corazón le oprimía el pecho hasta de-

jarlo sin aire, pero no estar seguro de ello y no poder siquiera ponerlo en claro le producía la insoportable zozobra que lo abatía ahora. Y no tenía manera de aclararlo.

Natalia se lo había prohibido sin necesidad de mencionar siquiera el nombre de Erika Fesse, cuando le ordenó,
inmediatamente antes de que él partiera junto a Sacha hacia la finca de Kristóforos y Efrosínia, que no llamara por
teléfono ni le escribiera absolutamente a nadie, que nadie,
ni su propia madre en la remotísima Cuba, debía conocer
su paradero. Manuel se defendió entonces diciéndole que
exageraba y Natalia se puso hecha un basilisco. ¿Acaso no
conocía los métodos de sus compatriotas? ¿No sabía que
revisaban la correspondencia y grababan las llamadas?
¿Que los había puesto en ridículo al fugarse? ¿Que su caso
ya era conocido en todos los colectivos cubanos de la
Unión Soviética? ¿Que a quien lo ayudara se le considera-
ría traidor? ¿Que el Jefe de Centro de la embajada en
Moscú y sus muchachos darían la vida por encontrarlo y
devolverlo a Cuba prisionero? ¿No lo sabía, eh, no lo sabía?

Manuel había bajado entonces la cabeza y volvió a hacerlo ahora para repasar las noticias e instrucciones que
Natalia le había enviado por escrito. En cuanto miró la primera línea comprobó que de tanto leerlas había aprendido
las cartas de memoria. Ahora sólo le restaba quemarlas;
Natalia se lo había exigido argumentando que así no podrían acusar a nadie por su culpa en caso de que cayera
prisionero en algún momento de la fuga. Si tal desgracia
ocurriera, seguían rezando las instrucciones, tampoco debía recordar nombres, seudónimos, ni lugares en los que
había estado; hacerlo sería un desastre para ella, Sacha,
Derkáchev, y la cadena de amigos que estaba hilvanado
para garantizar su salvación. Como prueba de la bajeza
moral y de los métodos de sus enemigos, le pedía que le-
yera con calma la breve carta adjunta y que la perdonara

por haberla abierto y leído previamente; lo hizo para protegerlo, sin tener la menor idea de que trataba de un asunto tan íntimo, delicado y revelador.

Semanas atrás, al recibir aquel envío, Manuel albergó la esperanza de que la nota a que se refería Natalia fuera de Erika Fesse, y se deprimió hasta el punto de pensar en destruirla al comprobar que su autor era Juan Arizmendi. No lo hizo, se lo impidieron la curiosidad y la ternura que todavía entonces le inspiraba el mexicano. Ahora estaba convencido de que fue una suerte haber leído aquel texto desolador, donde Juan Arizmendi le confesaba que todo lo que le dijo semanas atrás en su habitación era cierto, que lo admiraba al modo de los guerreros y poetas griegos de la antigüedad, o sea, que lo amaba. Y sin embargo, ¿tendría el valor de ponerlo por escrito?, se preguntaba antes de concluir que sí, que debía escribir lo que había cometido la infamia de hacer. Lo amaba, pero aquella tarde de julio había ido a decírselo cumpliendo una orden de los camaradas cubanos, a quienes debía informar después sobre la respuesta de Manuel a su requerimiento. En el momento de escribir aquellas líneas, terminaba Juan, se sentía sumido en el horror de haberlo traicionado, y como única excusa se preguntaba si Manuel podría entender alguna vez lo que significaba Cuba para los latinoamericanos y las obligaciones que imponía ser comunista y deber fidelidad al Partido.

Manuel evocó ahora aquellas palabras diciéndose que era justamente el desgraciado de Juan Arizmendi quien no entendía nada; en cambio él, más que entender, sabía con toda exactitud lo que les tenían preparado para el caso de que su relación con aquel pobre diablo hubiese tenido lugar. No en balde era cubano, había sido becario y conocía perfectamente los métodos que se usaban en las escuelas de la isla contra los homosexuales: confrontarlos frente al colectivo en asambleas públicas y expulsarlos deshonrosamente. No le cabía la menor duda de que así hubiera procedido el hijodeputa de Lucas Barthelemy contra Juan Arizmendi, a quien no podía expulsar porque por suerte para él no era cubano, pero sí humillar y desprestigiar en público, y desde luego contra él, a quien hubiera devuelto a Cuba con un nuevo y terrible sambenito colgado del cuello. Pero ahora no podía seguir perdiendo tiempo con aquella historia, ni mucho menos responderle a Juan explicándole el modo en que sus camaradas cubanos habían intentado utilizarlo. Tenía que prepararse para huir.

Hizo la mochila, no encontró el pasaporte por parte alguna y se dejó caer en el jergón sumido en una asfixiante sensación de orfandad. ¿Dónde lo habría metido? ¿Dónde coño lo habría metido? ¿Dónde carajo estaría aquella maldita libreta de tapas rojas? La había perdido. Oh, sí, la había perdido. Había sido lo suficientemente imbécil como para quedarse sin pasaporte justo cuando los únicos que podían proporcionarle una copia se habían convertido en sus persecutores. Sin aquella maldita identificación sería una sombra; no podría salir de la Unión Soviética ni entrar a ningún lado. Debía pensar, buscarlo bien, con la cabeza fría. Registró la mochila, los bolsillos de camisas y pantalones, el jergón, el armarito y el suelo sin encontrar el cabrón pasaporte, y volvió a dejarse caer sentado en el camastro con los codos en los muslos y los puños en el mentón, convencido de que era un estúpido.

Para cualquier ciudadano normal de un país normal aquello hubiese sido un simple percance, pero ni él ni el maldito país donde había nacido eran normales. Sintió un golpe de rabia, tomó un litro de gasolina, la nota de Juan Arizmendi, las cartas de Natalia, las dos mudas de ropa de trabajo que había usado y destrozado en las labores de la finca y salió al campo cubierto por la noche y la niebla como en un cuento de brujas.

Se desplazó hasta el montoncito de leña que había acopiado el día anterior detrás del garaje, lo roció con gasolina, dio un paso atrás y tiró un fósforo encendido sobre la madera. Una llamarada azul, roja, naranja, se levantó de inmediato haciéndolo recordar los colores testigo de la pizarra del laboratorio del Instituto de Física de Bajas Temperaturas. Pero todo aquello había quedado tan atrás, le resultaba tan remoto como si perteneciera a una vida anterior en la que quizá había sido físico, de modo que la asociación se borró enseguida de su mente.

Entonces tiró al fuego las ropas desastradas que avivaron las llamas provocándole una impostergable necesidad de movimiento. Echó a correr alrededor de la hoguera como los indios de las películas de su infancia y estuvo haciéndolo hasta caer en la cuenta de que aún tenía las cartas en la mano. Se detuvo y las fue echando al fuego una a una, sin sentir el dolor por quemar las instrucciones de Natalia ni las confesiones de Juan Arizmendi. Total, ya había perdido el pasaporte, las cartas y fotos de su madre, su país de origen, su país de adopción, la ciudad en la que estudiaba, y para colmo también las cartas de amor de Erika Fesse.

De pronto todo se hizo negro; comprendió que unos dedos fríos como la noche le habían cubierto los ojos y sólo necesitó rozar las largas uñas que los coronaban para gritar el nombre del dueño de aquellas manos, «¡Sacha!». Se dio la vuelta e intentó abrazar a su amigo, no lo consiguió del todo porque éste era muy corpulento y además tenía un morral colgado del hombro derecho y una guitarra del izquierdo. Entonces vio a Natalia iluminada al sesgo por la luz de la hoguera, fue hacia ella, la levantó en peso y la sostuvo en el aire como solía hacerlo su madre con él en la finca de sus abuelos en Holguín. Se sintió eufórico, pero en cuanto entraron al galpón recordó que había perdido el pasaporte, su rostro se ensombreció de pronto y Natalia lo miró extrañada y le preguntó que si acaso ya sabía las malas nuevas.

Manuel meneó la cabeza, Natalia y Sacha se sentaron en el jergón y él lo hizo en el suelo, sobre una toalla vieja que puso a modo de alfombra, ¿qué malas nuevas?, dijo. Sacha exigió silencio, daba mala suerte empezar por las malas nuevas que además no eran tan malas, afirmó crípticamente mientras abría el morral, de donde, como un mago de feria, extrajo pepinos, salami, botellas de vodka y vasos que repartió y rellenó hasta los topes, antes de levantar el suyo y proponer un brindis por la libertad. Manuel bebió a la ucraniana, hasta el fondo, y pese a la preocupación que lo embargaba se sintió estimulado por la vitalidad que emitía Sacha, un joven alto, corpulento y fibroso, de cabellos alborotados, manos grandes e inquietas y ojos grises y sin embargo brillantes como la niebla cuando resulta atravesada por la luz.

Admirándolo, Manuel pensó que le encantaría encerrarse con su amigo en un laboratorio para medir en vatios cuánta electricidad positiva era capaz de trasmitir por minuto. En eso, Natalia chocó su vaso contra la botella, ¿la autorizaban los señores?, dijo con el retintín de ironía que manejaba tan bien como una daga. No, decidió Sacha, y propuso otro brindis. Manuel aceptó mirando de reojo a Natalia, que estaba a punto de estallar; también aquella mujer delgada y bajita, de pelo pajizo y corto y aspecto de niña trasmitía buenas dosis de electricidad, pero los polos de su energía estaban tan perfectamente equilibrados que a veces resultaba irritante, como ahora mismo, por ejemplo, cuando chocó de nuevo el vaso contra la botella e insistió, ¿la autorizaban los señores?

Sacha mordió un pepino, volvió a decir que no mientras le echaba mano a la guitarra y en eso Natalia le agarró la muñeca y exclamó, «¡A callar, huevón!». Manuel estalló en carcajadas. Aunque los dedos infantiles de Natalia no alcanzaban siquiera a rodear del todo la muñeca de leñador de Sacha, éste abandonó el intento de coger la guitarra como un gigante dominado por la fuerza de la niña que le soltó la mano y se volvió hacia Manuel: «Tú, ¿de qué te ríes?». Lo dejó helado y retomó enseguida la palabra, pésimas noticias, dijo, el golpe de estado contra Gorbachov había aterrado y confundido a la gente, nadie sabía a qué atenerse y eso había sido un desastre para ella, que no había podido organizar la fuga.

¿Golpe de estado contra Gorbachov?, preguntó Manuel sin darle crédito a las palabras de Natalia, que a su vez lo miró asombrada. «¿En qué mundo vives?», dijo, y se volvió hacia Sacha, «Todo se tambalea y éste tan campante». «¡La libertad está cerca!», Sacha se puso de pie y alzó su vaso, «¡Brindemos por la próxima independencia de Ucrania!». Nadie lo secundó. Natalia porque no estaba segura en absoluto, dijo, de que ni la libertad ni la independencia de Ucrania estuviesen cerca. Manuel porque no sabía de qué coño hablaban aquel par de locos, a quienes exigió una explicación. Todo se le hizo más confuso entonces; en lugar de explicarle, Sacha proclamó que Boris Yeltsin era un Dios llamado a romper las cadenas que ataban a Ucrania con Rusia, y Natalia saltó como una fiera, Yeltsin, dijo, ese reaccionario hijodelagranputa, pagaría caro el crimen de haber prohibido el Partido Comunista de la Unión Soviética.

Quedaron frente a frente, engrifados como gallos de pelea, un estallido de incomprensión rayano en el odio se interpuso entre ellos, y entregaron dos versiones contrapuestas de los acontecimientos que confundieron a Manuel todavía más porque, paradójicamente, coincidían en lo esencial. En la segunda mitad de agosto hubo un intento de golpe de estado contra Gorbachov, a quien Natalia calificó de renovador y Sacha de imbécil, el movimiento fue bloqueado por Yeltsin, un héroe para él y un canalla para ella, y ahora ni ellos ni nadie sabía qué iba a pasar ni en la Unión Soviética ni en el mundo.

Ambos hicieron silencio, perplejos ante sus propias conclusiones; Manuel todavía estaba intentando procesar lo que había escuchado cuando la bronca volvió a estallar inesperadamente. Natalia reivindicó su condición de comunista, Sacha la suya de nacionalista ucraniano. Los padres de ambos habían muerto por sus causas respectivas, pero aunque los dos los mencionaron en la refriega, ninguno basó en ello su ataque al contrario. Sacha se concentró en blasfemar contra Stalin; Natalia en hacerlo contra el nacionalismo. Para él, la Unión Soviética había sido pura y simplemente un horror; para ella había salvado al mundo al derrotar al fascismo. «Después siguió matando», acusó Sacha, «con más saña todavía». «No le habían dado tiempo», replicó Natalia como una saeta, una vena azul latiéndole en el cuello, «al socialismo no le habían dado tiempo nunca, ni en la Unión Soviética, ni en Cuba, ni en Chile». Sacha resopló con la fuerza de un toro, «¡Mentira!», dijo, «el comunismo tuvo tiempo y lo utilizó para matar. En Rusia, en Ucrania, en Corea y en Hungría». Natalia volvió a la carga, «fue el anticomunismo quien mató en Chile, Pinochet es un asesino como el ucraniano ese, el atamán Pletiura». «¡No hables de Ucrania!», la conminó Sacha, «¡qué sabes tú de Ucrania!».

Manuel decidió intervenir, lo último que podía pasarle era que sus amigos del alma se pelearan a muerte. ¡Por favor, queridos, por favor!, exclamó, no era el momento de aclarar la historia del siglo, tenían cosas más urgentes que resolver, su caso, por ejemplo, ¿qué habían conseguido?, ¿cómo iba la cosa? Natalia resopló, hizo una mueca e informó que Derkáchev no había podido conseguir un segundo permiso de salida de la Unión Soviética; en primer lugar porque las autoridades cubanas habían denunciado oficialmente a Manuel ante las soviéticas como fugitivo,

y en segundo lugar y sobre todo porque nadie se atrevía
a otorgarlos ahora, ¿qué hacer? Manuel se encogió de
hombros. Todo había terminado, dijo. Se hizo un silencio insoportable y él se arrepintió enseguida de haber
pronunciado aquella frase, que sus amigos podían inter-
pretar como una acusación, e intentó enmendarla, daba
igual, añadió, de todas formas había perdido el pasaporte.

¿Sería estúpido?, preguntó Natalia. Manuel miró al
suelo avergonzado, como si hubiese recibido un golpe en
la nuca. Ella lo tocó por el hombro, pero él no se atrevió a
levantar la vista. Natalia tenía razón, era un estúpido. De
pronto, el documento rojo con la leyenda *República de
Cuba, Pasaporte Oficial,* apareció ante sus ojos como caído
del cielo. «¿En qué rincón lo encontraste?», preguntó mirando a Natalia boquiabierto. Ella señaló su bolso. Manuel
recordó de inmediato que él mismo le había dejado el documento en Járkov para que ella le consiguiera el permiso
de salida de la Unión Soviética a través de Derkáchev.
«Perdona», murmuró, feliz de tener otra vez pasaporte.
Había dejado de ser una sombra para convertirse de
nuevo en una persona y lo dijo, entusiasmado. Pero Sacha
no compartió su entusiasmo, ¿de qué le servía tener pasaporte?, dijo, ¿si no tenía permiso de salida de la cárcel, perdón, de la Unión Soviética?

Le respondió el silencio. Natalia rellenó los vasos, Manuel cogió el suyo, se puso de pie, se encaminó hacia el
portón del garaje y se detuvo de cara a la noche para poder cagarse en su suerte sin que lo vieran. Sacha cantó una
balada que comparaba los campos de trigo de Ucrania con
mares de sangre. Manuel se defendió de sí mismo diciéndose que después de todo estaba vivo e inmediatamente
se preguntó de qué le servía. La luna llena, tapada por la
niebla, emitía una luminosidad derrotada, confusa y triste
como su corazón. Sacha atacó entonces su canción prefe-

rida, *La balada de los invencibles marinos de Odessa,* dueños de los océanos, mares y puertos del mundo, del Índico al Pacífico, del Tirreno al Atlántico, del Ártico al Antártico. Manuel sintió la fuerza de aquellas palabras que tantas veces había cantado junto a su amigo en Járkov y que volvió a cantar ahora: pasó los canales de Panamá y Suez, bordeó el cabo de Buena Esperanza y se dejó llevar por la música desde el vecino Estambul hasta el remoto Valparaíso, desde el helado San Petersburgo hasta la ardiente Cartagena, alrededor de un mundo que ahora le parecía más ancho y ajeno que nunca.

La balada terminaba cuando los invencibles marinos de Odessa revivían al Mar Muerto, un golpe de humor que siempre le había hecho reír y que ahora estuvo a punto de hacerlo llorar. En eso, Sacha empezó a llamarlo a gritos, asegurando que había encontrado una solución. Manuel volvió a sentarse frente al jergón preguntándose qué se le habría ocurrido a aquel loco. Natalia soltó la duda a bocajarro y Sacha propuso una simple adivinanza, ¿qué hacían los prisioneros para buscar la libertad?

Fugarse, murmuró Manuel desconcertado, preguntándose qué tendría que ver aquella obviedad con su problema. «Pues eso», dijo Sacha mientras repartía trozos de salami y pepino. «¿Eso qué?», preguntó Natalia con la boca llena. Sacha rellenó los vasos, eso mismo, dijo, fugarse de la cárcel de pueblos llamada Rusia, ¡lo había dicho el propio Lenin!, exclamó, entre la excusa y la ironía. «¿Pero cómo?», murmuró Manuel, incapaz de entender por dónde iba su amigo. Resoplando, Sacha cogió un palito, trazó una raya en el piso de tierra del garaje, escribió debajo la palabra frontera y cruzó la raya con una flecha, ¿entendían ahora?

Desde luego, respondió Natalia, pero aquella no era una solución sino un disparate, ¿no se daba cuenta de que Manuel podía morir en el intento? Sacha se echó al coleto un trago de vodka, claro, dijo, pero la libertad siempre tenía su precio y la vida de un hombre no era uno demasiado alto. Natalia lo acusó de desalmado. Sacha replicó que siempre había estado dispuesto a arriesgar la vida por la libertad con tal de no seguir el destino de su padre y sus tíos. La discusión volvió a subir de tono, pero Manuel dejó de interesarse en ella, tenía la vista fija en las rayas pintadas en el suelo, y de pronto cedió a la tentación de escribir su nombre sobre la flecha que cruzaba la frontera de la Unión Soviética como si hubiese firmado su destino.

Sacha se incorporó, propuso un brindis, rellenó los vasos, y después de que los tres bebieran a la vez y hasta el fondo volvió a tomar la guitarra. Pero Natalia le exigió que fuera serio, huevón, Manuel había decidido y ahora había que apoyarlo y elaborar un plan de fuga. Sacha se rascó la cabellera alborotada, esperaran un segundo, dijo, y sin más explicaciones abandonó el garaje a grandes trancos. Natalia se sentó en el suelo junto a Manuel, estuvo largo rato mirándolo en silencio y de pronto le preguntó que si la entendía, o sea, si entendía que ella lo ayudara a escapar, y a la vez defendiera al socialismo cubano frente al imperialismo. Manuel se mantuvo en silencio, obsesionado con la fuga, y Natalia le acarició la mejilla y le dijo que era un ingenuo, un genio que no tenía por qué sufrir las miserias de la historia y de la política, ¿no lo creía así? Pero él no le hizo el menor caso, había vuelto a clavar la vista en la raya que simbolizaba la frontera.

Entonces Natalia también inscribió su nombre sobre la flecha que atravesaba la raya, y besó tímidamente a Manuel en la mejilla. Él no se dio por aludido, borró el nombre de Natalia de un manotazo y siguió interrogando la encrucijada inscrita en la tierra. Ella se puso de pie, se dirigió hacia el portón y se detuvo donde él lo había hecho antes, de cara a la noche. Manuel permaneció sentado largo rato, tratando de imaginar qué le esperaba en el cruce de la frontera, calor o frío, bosques o prados, lagos o ríos, garitas o alambradas, hasta que todas aquellas imágenes fueron sustituidas por la de una celda. Levantó la vista de la tierra, descubrió a Natalia junto al portón y fue hacia allí. Ella se secó los ojos con un pañuelito de colores y forzó una sonrisa. «¿Estabas llorando?», preguntó él. Ella insistió en sonreír, «Qué va», dijo, «me resfrié, eso es todo». Se recostó a él, «Aunque la verdad es que me siento muy mal», añadió de pronto, llevó la mano de Manuel a la mejilla y preguntó mirándolo a los ojos: «¿Tendré fiebre?».

Manuel retiró la mano y se encogió de hombros, quizá un poco de destemplanza, dijo, y se emocionó por haber recordado aquella palabra que su madre utilizaba para designar los malestares ligeros. Eso, destemplanza, era lo que a todo dar tendría Natalia, que cuando se quedaba a solas con él trataba desesperadamente de llamar la atención como la niña que en el fondo nunca había dejado de ser. Y cuando se ponía ansiosa era mucho peor porque entonces transmitía pura electricidad negativa, como ahora, por ejemplo. De seguir así la muy tonta terminaría enfermándose y lo haría en el peor momento, justo cuando él más la necesitaba. Era una lástima, ya que de seguro no tendrían muchas más oportunidades de hablar cara a cara, y el tema que necesitaba abordar con ella no podía tratarse por teléfono ni mucho menos por carta. La experiencia acumulada en su amistad con Natalia le aconsejaba esperar a que ella saliera de aquel bache de egoísmo y volviera a sus cabales antes de plantearle cualquier asunto serio, pero esta vez no estaba en condiciones de darse ese lujo. Sacha podía regresar en cualquier momento, y él debía aprovechar la oportunidad de estar a solas con ella para salir de dudas, así que optó por arriesgarse incluso a provocar un malentendido antes que quedarse callado, pues sabía perfectamente que después, cuando estuviera huyendo, no se perdonaría aquel silencio.

Tenía que preparar la situación antes de lanzarse a fondo, de modo que pasó el brazo por sobre los hombros de Natalia, «¿Quieres un trago?», dijo con la intención de suavizarla, y añadió que el vodka la ayudaría a entrar en calor y le curaría la destemplanza. «Claro», respondió ella como si su malestar hubiese desaparecido por arte de magia, e inmediatamente retomó la iniciativa. Volvió al garaje, rellenó los vasos y se sentó en el suelo en actitud de espera sin perderle pie ni pisada a Manuel, que se dejó caer junto a ella, cogió un trozo de salami, otro de pepino, se ayudó a bajarlos con el vodka y decidió atacar. Quería preguntarle algo, murmuró, necesitaba que le respondiera la verdad, de todo corazón. Estaba tan tenso que no pudo seguir hablando e hizo una pausa que ella aprovechó para invitarlo a que confesara de una buena vez lo que tenía dentro. Entonces Manuel se aclaró la garganta y dijo que necesitaba saber si Erika Fesse le había escrito al menos una vez.

Natalia esbozó una risita incrédula, se hizo repetir la pregunta y soltó la carcajada. Manuel comprendió instintivamente que se había equivocado al poner al descubierto su costado más vulnerable. Natalia era capaz incluso de reírse de su dolor como lo estaba haciendo, pero nunca le diría la verdad respecto a Erika Fesse. En eso ella alcanzó la cúspide de las carcajadas y de pronto y sin transición se rajó en llanto. Manuel se sintió arrastrado y se abrió también a llorar sin saber porqué. Estuvieron haciéndolo juntos durante largo rato, hombro con hombro, hasta que Sacha reapareció de golpe; entonces, sin haberse puesto previamente de acuerdo, ambos trocaron al unísono el llanto en risotada.

Sacha les preguntó qué bicho les había picado y ni él ni ella fueron capaces de explicarse. Lo intentaron varias veces de manera siempre más disparatada que la anterior, y sus propias razones absurdas les provocaron nuevas carcajadas a las que Sacha terminó por sumarse; fue Natalia quien se secó los ojos e impuso la cordura preguntándole dónde había ido. Sacha blandió un gran mapa de Europa manchado de grasa, lo tenía en el auto, dijo desplegándolo en el suelo, sobre la encrucijada que formaban la raya de la frontera y la flecha de la fuga trazadas por él mismo anteriormente.

Manuel resopló ante aquella inmensidad preguntándose por dónde podría escapar. El rojo de la Unión Soviética cubría más de la mitad del mapa de Europa, extendía sus fronteras a lo ancho de todo el continente, desde Noruega hasta Turquía y desde los mares de Barents y Blanco en el norte hasta los de Azov y Negro en el sur. Por si fuera poco, hacia el Oriente ocupaba también un espacio gigantesco, aunque sin detallar, que aquel mapa identificaba simplemente como Asia.

Sacha recorrió lentamente con el largo índice de guitarrista los límites europeos de la Unión de Repúblicas Socialistas Soviéticas de norte a sur, desde Rusia hasta Moldavia. Escapar a través de aquellas fronteras era prácticamente imposible, dijo, estaban blindadas, como muy bien sabían los ucranianos que habían intentado fugarse por ellas. Se echó al pico un trago de vodka, se limpió los labios con el dorso de la mano y añadió que además de peligroso resultaba inútil intentarlo por aquellas vías, ir a dar a Polonia por el norte o a Rumania por el sur no era más que cambiar un infierno por otro. ¿Entonces?, preguntó Manuel con la impresión de que el propio Sacha acababa de echarle el cerrojo a la posibilidad de escapar que le había abierto un rato antes.

Quedaban los extremos, respondió Sacha escrutando el mapa como si lo interrogara, el extremo norte a través de Rusia hacia Finlandia, o el extremo sur a través de Armenia y las montañas del Cáucaso hacia Turquía. Manuel se sintió como ante un muro: no hablaba ni finlandés ni turco, dijo mirando a Sacha y a Natalia para que le ayudaran a pensar, por un lado prefería la planicie de la frontera norte a las montañas del sur, por otro prefería el calor turco al frío finlandés. «¡Turquía uno, Finlandia uno!», exclamó Sacha como si narrara el marcador de un partido de fútbol, «¿Decidían en tiempo extra en tanda de penaltis o tiraban una moneda al aire?». Se llevó la mano al bolsillo, Natalia le agarró otra vez la muñeca y lo detuvo: «¿Ni siquiera puedes tomarte en serio la libertad de un amigo?», dijo.

Manuel tuvo el pálpito de que en aquellas palabras estaba contenida la respuesta, como en un acertijo, y repitió la pregunta. «¿Ni siquiera puedes tomarte en serio la libertad de un amigo?» Hizo una pausa, resumió, «¿Ni siquiera puedes tomarte en serio la libertad?», y miró a Sacha y a Natalia con la certeza de que por fin había despejado la ecuación. La clave, dijo, no estaba en el idioma, ni en el frío, ni en el calor, ni en las montañas, ni en las planicies. Se fugaría a Finlandia, decidió, y no tuvo necesidad de explicar sus razones.

Sacha se entusiasmó hasta el extremo de proponer un brindis con vodka finlandés. No tenían, por supuesto, pero Natalia los invitó a cerrar los ojos y a beber así, ciegos, autoconvencidos de que el aguardiente que les daría calor provenía del Norte. Brindaron por Finlandia y Sacha tomó la guitarra y atacó *La danza de los libres*. Natalia sacó a bailar a Manuel, que se dejó llevar por aquella variante local de la polka, bailó un buen rato, y de pronto levantó en peso a Natalia, la depositó en el carro que estaba junto al tractor roto y se puso al timón de la máquina cantando a voz en cuello.

Después del acorde final Sacha propuso organizar la fuga, y se hizo un silencio doloroso, como si la frágil burbuja de felicidad que los envolvía hubiese estallado. Natalia abandonó el carro, Manuel el timón y ambos volvieron a sentarse junto al gran mapa desplegado en el piso de tierra, sobre el que ya Sacha desplazaba la uña como si midiera la infinita distancia que mediaba entre Kiev y la frontera finlandesa. «¿Cómo llegar?», dijo. Manuel y Natalia se encogieron de hombros al unísono y Sacha entrecerró los ojos, quizá sería bueno retrasar la salida, propuso como quien suelta un balón de ensayo. Natalia se negó de plano, esperar el invierno para cruzar la frontera norte era una estupidez, Manuel debía salir mañana mismo hacia Moscú donde ella tenía amigos que quizá podrían conseguirle un guía o algo. Sacha se entusiasmó con la idea; Manuel les recordó que no tenía un cópec y Natalia intentó tomar su bolso. Pero Sacha le rodeó la fina muñeca de niña con su manaza, inmovilizándola, extrajo un montón de rublos del bolsillo del pantalón y los depositó sobre el mapa, a la altura de la frontera finlandesa.

Manuel meneó la cabeza, no podía aceptar tanto dinero, dijo, no tendría con qué pagarlo. Natalia lo acusó de pequeñoburgués, Manuel no pudo contener la ira y se puso de pie dispuesto a abandonar el garaje. Sacha lo detuvo agarrándolo por los tobillos y se volvió hacia Natalia, ¿cómo se atrevía a decirle pequeñoburgués a quien había labrado la tierra como un siervo? Pequeñoburgués sería él mismo en todo caso, Sacha Duiaguilev, que no soportaba trabajar en el campo y por eso había enviado en su lugar a un amigo a quien ahora debía, por lo menos, pagarle un salario. Soltó los tobillos de Manuel y se incorporó con el montón de rublos en la mano: «Son tuyos», dijo, «te los ganaste». Manuel tomó el dinero, Sacha le tiró el brazo por sobre los hombros y caminaron juntos hacia el portón donde se les unió Natalia. En la línea del horizonte la intensa negrura de la noche empezaba a ser desmentida por el rosa pálido del amanecer.

Manuel comprendió que su rutina iba a volver a quebrarse y tragó aire para evitar las lágrimas, pero no pudo alejar de sí la idea de que en un día normal ahora estaría levantándose, dispuesto a empezar aquel trabajo que le daba calma y lo dispensaba tanto de la maldita obligación de huir como de la dichosa manía de pensar. De pronto, como respondiendo a un llamado, echó a caminar a grandes trancos hacia el establo. «¿Dónde vas?», preguntó Natalia, y él, sin volverse siquiera, respondió que lo esperaran en la casa. Sentía una acuciante necesidad de quedarse solo para hacer su despedida y su duelo, y le bastó con avanzar algunos pasos para que el intensísimo aroma que emanaba del establo lo erizara de felicidad y de nostalgia.

Aquella mezcla de olores a cuero de caballo, piel de vaca, leche, alfalfa, heno, madera, tierra, estiércol y orina le pareció la esencia misma de la vida. Se detuvo en la puerta del establo hasta que relinchos y mugidos saludaron su presencia como lo habían hecho cada día durante el último mes y medio. Entonces se acercó a los caballos, una pareja de percherones tan poderosos como antes sólo había visto en el circo. Al principio no le habían gustado aquellos animales de tiro, lentos y un poco lerdos, de pecho tan abultado y paso tan torpe que no servían como cabalgadura, absolutamente incomparables con *Pinta*, la vivaracha yegüita criolla de su infancia. Pero con el paso de los días fue apreciando la calma, la lealtad y la infinita capacidad de trabajo de aquellas bestias obstinadas. Le gustaba bañarlos después de la jornada, echarles mucha agua y cepillarlos mientras relinchaban de felicidad. Ahora unió en un abrazo sus enormes cabezas, besó sus testuces, les dijo adiós con la mano y fue a saludar a las vacas, sus preferidas.

¿Quién había dicho que las vacas eran tontas? Aquellas dos, por lo menos, tenían más carácter que los percherones y eran tan distintas entre sí como podían serlo dos personas, Erika y Natalia, por ejemplo. A la primera le gustaba perderse en el prado y un buen día Manuel se sorprendió llamándola *Rusia;* la segunda, en cambio, no le perdía pie ni pisada, y justamente por eso la llamó *Ucrania. Rusia* era arisca, de piel negrísima, bella como su nombre, y siempre exigía que la ordeñaran primera. *Ucrania* tenía una pelambrera gris que nunca parecía limpia del todo y una paciencia de santa para esperar la hora de pastar o de la vuelta al establo. En cuanto Manuel se acercó a ellas *Rusia* empezó a mugir y él le dijo que se estuviera quieta, pues hoy no era día de ordeño, pero la condenada insistió y él acercó el cubo y la banqueta y procedió a ordeñar a ambos animales y a darse el gusto de oler la leche fresca y de sentir el temblor de la vida en los dedos.

En eso, escuchó que Natalia lo llamaba, se dio la vuelta y la vio en la puerta del establo junto a Sacha, Kristóforos y Efrosínia, como componiendo una foto de familia recortada sobre la indecisa luz de la mañana. Terminó su tarea, se despidió de las vacas con las manos y los ojos húmedos y se unió al grupo. Kristóforos y Efrosínia querían decirle algo y como siempre en esos casos pugnaban por hacerlo hablando a la vez, de modo que Manuel no entendía nada. A veces aquellos ancianos detestables le resultaban simpáticos, pese a su avaricia. Eran bajitos, flacos, arrugadísimos, malgeniosos y encorvados, se parecían tanto entre sí que por momentos daban la extraña impresión de ser gemelos, como si sesenta años de sufrimientos en común los hubiesen empequeñecido e igualado. Manuel no alcanzaba a entenderlos precisamente porque gritaban a la vez con voces semejantes, roncas, cascadas. Sacha disfrutó como un niño de la singularidad de sus abuelos hasta que se decidió a interrumpirlos con una orden de silencio que Kristóforos y Efrosínia, para quienes su único nieto era Dios, acataron de inmediato.

Entonces Sacha transmitió el deseo de los ancianos, querían que Manuel se quedara con ellos para siempre a cambio de techo y comida, ¿qué les respondía? Sacha estaba bromeando, era evidente, pero Kristóforos y Efrosínia habían hablado en serio, los ojos brillándoles de codicia. Manuel se sintió en la obligación de responderles con toda claridad. «Gracias, pero no puedo quedarme», dijo, y les tendió la mano. Ellos se negaron a estrechársela, Sacha rompió a reír, propinó sendos besos a los ancianos y entró al auto, un desvencijado Dhizigulí detenido frente al establo. Manuel ocupó el asiento del copiloto, Natalia se sentó detrás y Sacha puso el auto en marcha. Kristóforos y Efrosínia se dirigieron a gritos a su nieto, preguntándole cuándo volvería, y permanecieron mirando cómo se perdía el Dhizigulí sin obtener respuesta, igual que una pareja de espantapájaros en medio del camino.

Sacha tomó la carretera comarcal bordeada de cipreses en dirección a Kiev, y Natalia intentó calmar a Manuel dándole las señas de Sonia Izaguirre, una camarada chilena que estudiaba en la Universidad Patricio Lumumba y le ayudaría a subsistir en Moscú hasta que él consiguiera organizar la fuga por la ruta del norte. Manuel, obsesionado con su futuro inmediato, no recordó la mochila hasta que descendieron del Dhizigulí frente a la estación de trenes de Kiev, entonces se llamó varias veces estúpido y le pidió a Sacha que regresara a buscarla porque él no tenía fuerzas para volver a la finca. Por toda respuesta Sacha abrió el maletero, extrajo la mochila, y encabezó la marcha hasta la estación donde compró un pasaje para Moscú en el expreso *Iván Turguéniev*, que salía en una hora, e invitó a Manuel y Natalia a desayunar.

Lo hicieron en silencio, cabizbajos, como si hubiesen consumido toda su alegría, su rabia, su tristeza, su pasión y su fuerza durante la noche. Quedaba la esperanza, dijo Natalia cuando se abrazó a Manuel en el andén, frente al coche 2009 del *Iván Turguéniev*, que ya estaba a punto de partir. Manuel subió urgido por un empleado, y se detuvo en el pasillo frente al cristal polvoriento tras el que se veían las imágenes de Natalia y de Sacha, difuminadas como en una pesadilla en la que se estuvieran despidiendo de él para siempre. El *Turguéniev* arrancó, se detuvo, volvió a arrancar, fue cobrando velocidad y Manuel se frotó los ojos ante la evidencia de que la pesadilla se había hecho realidad y sus amigos habían desaparecido.

Tragó en seco, ocupó su litera, dio gracias al cielo por sentirse tan agotado y se dispuso a dormir enseguida, en cuanto pasara el inspector. No lo consiguió, obsesionado como estaba al intentar representarse su futuro en Finlandia. Se sumió en una insoportable duermevela en la que unas veces era consciente de estar viajando en un tren con destino a Moscú, y otras caía en alucinaciones que le hacían sentirse prisionero en Suiza, campesino en Kiev o investigador en el Instituto de Física de Bajas Temperaturas de Járkov. Por momentos, sin embargo, no alcanzaba a representarse exactamente quién era ni dónde estaba, y terminó por sentarse en la litera aterrado ante la posibilidad de sumirse en un hueco sin fondo y perderse para siempre.

Cuando llegó a Moscú permanecía en estado de vigilia, estaba roto, y tuvo que hacer un esfuerzo enorme para abandonar el *Turguéniev* y emprender el camino hacia el albergue de Sonia Izaguirre en la Universidad Patricio Lumumba. La visión del hueco de la escalera del metro le reavivó el temor a perderse, retrocedió espantado y decidió tomar un taxi recurriendo al sistema de pagar doble para evitarse la cola, donde temía caer desmayado de agotamiento. Se durmió en el asiento del Volga, de modo que cuando el taxista lo despertó frente al albergue de Sonia Izaguirre no hubiera podido decir cuánto había durado el viaje. El taxímetro marcaba una cantidad exorbitante que pagó por partida doble sin rechistar, aun cuando era consciente de que lo habían estafado, porque no podía correr el riesgo de pelearse y de que aquel taxista azerbaijano llamara a la policía.

Se echó la mochila a la espalda, entró al albergue, le dio al bajtior un billete de tres rublos y le preguntó por Sonia Izaguirre. El bajtior salió de su cueva inmediatamente, los ojillos de rata brillando de codicia ante el montón de dinero de donde Manuel había extraído aquella generosa propina, limpió con su propia chaqueta el polvo de uno de los bancos de la entrada, le pidió que se sentara y se dirigió a buscar a Sonia sin dar nunca la espalda ni dejar de hacer venias como un siervo. Manuel puso la mochila en el banco, se recostó a la pared de mármol rosa y se quedó dormido. Quince minutos más tarde, cuando Sonia Izaguirre lo despertó, estaba tendido con la mochila como almohada sin recordar cómo ni cuándo había cambiado de posición.

Se presentó a Sonia como amigo de Natalia, y ella le preguntó al oído: «¿Es verdad que te dedicas al contrabando entre Járkov y Moscú?». Manuel murmuró que no estaba para bromas, ella repitió la pregunta y él estuvo a punto de mandarla al carajo, pero recordó a tiempo que no tenía otro lugar dónde meterse y se limitó a decirle que no y a seguirla a la habitación. En el camino, Sonia puso en claro el origen de aquella broma, Candela Peña, dijo, su compañera de cuarto, era buenísima gente, pero también bastante irresponsable y además no entendía nada, ¿cómo explicarle la presencia de Manuel, un perseguido político? Él se encogió de hombros, no tenía la menor idea, dijo. Pues ella sí, respondió Sonia mientras avanzaba por el largo pasillo, decirle que Manuel era un mulo y punto en boca.

Sonia se detuvo frente a la puerta de su habitación y lo miró a los ojos, ¿de acuerdo? Manuel asintió en silencio, había un montón de mulos en la Unión Soviética, estudiantes que se dedicaban a contrabandear drogas, joyas, ropas extranjeras, medicinas e incluso automóviles robados entre las distintas ciudades y repúblicas. No sería raro que él fuera un miembro más de aquel hormiguero, Candela Peña lo creería sin rechistar y punto en boca, como decía Sonia Izaguirre. Era una fórmula segura, los mulos solían tener cómplices en la policía, movían montones de marcos y de dólares, eran respetados y temidos y su presencia resultaba mucho más común que la de los disidentes políticos, verdaderos bichos raros, pobretones, objeto privilegiado de persecución y de confinamiento como si fueran leprosos.

La habitación olía a niño y apenas se podía caminar por ella, pues estaba prácticamente bloqueada por una cama grande, una camita plegable, un camastro y una cuna. Manuel interrogó a Sonia con la mirada y ella le explicó que la cuna pertenecía a León, el hijo de Candela, la camita personal a Patricia, su hija, la cama grande a Candela y a ella misma y el camastro a él, ¿qué le parecía? Bien, dijo Manuel mecánicamente, le parecía bien, claro. Pero en realidad pensaba que aquello era un desastre y no se le ocurrió mejor solución que largarse de allí cuanto antes en dirección a Finlandia.

Puso la mochila en el suelo, y al reparar en que había bloqueado el único pasillo libre de aquel laberinto volvió a cargarla de inmediato. «¿Quieres comer algo?», preguntó Sonia. Manuel meneó la cabeza, acababa de identificar la raíz de su incomodidad, extrañaba la independencia de que había disfrutado en el garaje de Kristóforos y Efrosínia. «¿Beber algo?», sugirió Sonia. «Dormir», dijo él. Los ojos le escocían, necesitaba soñar que estaba en otro sitio. Sonia le señaló el camastro con gesto teatral y se dispuso a abandonar el cuarto, tenía una reunión, dijo. Él vadeó la cuna y la camita, metió la mochila bajo el camastro y se tendió boca arriba pensando que hubiera preferido refugiarse en el infierno. Dormir vestido era muy molesto, dijo Sonia ya desde la puerta, allí podía hacerlo en paños menores, o desnudo, si así lo prefería. Cuando estuvo solo, Manuel se quedó en calzoncillos; no encontró dónde guardar la ropa ni los zapatos, los metió bajo el camastro, junto a la mochila, volvió a tenderse y se cubrió hasta la cabeza.

Horas después le levantaron tímidamente la sábana, descubriéndole el rostro, e inmediatamente estalló una discusión entre un niño y una niña. Lo habían engañado, clamó el varoncito, aquél no era ningún cubano porque era igual que ellos. Los cubanos eran como los demás, replicó la niña, ¿qué se creía? Manuel se sentó en el camastro, rascándose la cabeza. Una joven en bata de casa entró a la habitación con el pelo empapado, le exigió a los niños que dejaran tranquilo al invitado, se acercó a Manuel y le tendió la mano. «Soy Candela», dijo, «y éstos León y Patricia, ¿qué tal dormiste?». «Bien», respondió Manuel estrechando la mano de aquella aparición. Candela se secó la cabeza y su pelo corto y teñido de rubio se hizo más claro; entonces se puso de espaldas y se desnudó tranquilamente, tenía las nalgas planas y pecosas. Patricia empezó a gritar «¡Candela está desnuda!» y León la imitó. Candela les gritó y empezó a vestirse. Se enfundó en unos vaqueros y mientras trataba de abrocharse el sostén se dio la vuelta.

Manuel miró hacia otro lado, la muchacha tenía buenas tetas, pero a él no le parecía justo mirárselas. Ella le informó de que esa noche había una fiesta de camaradas latinoamericanos, chile con carne, canciones y esas cosas, ¿le apetecía ir? «Sí», dijo Patricia, «Sí», repitió León, y Candela les replicó que ellos se quedarían en casa, estaba invitando al invitado. Manuel volvió a rascarse la cabeza, también en Járkov algunas estudiantes tenían hijos, aunque por suerte él nunca había convivido con ninguna. Hacerlo con dos estaba más allá de sus fuerzas y no tenía deseos de ir a la fiesta, pero lo haría con tal de huir de aquel par de pequeños monstruos que ahora saltaban sobre las camas. Patricia se le paró enfrente moviéndose como si le corriera azogue por las venas. Tendría unos cinco años, era flaca, espigada y no cesaba de sacar la lengua provocando a León, que saltó por sobre el camastro con la intención de alcanzarla. En vano, Patricia saltó a su vez en sentido contrario y León quedó frente a Manuel y empezó a berrear. Era rubio, pecoso, tendría tres años y poseía un prodigioso galillo de falsete. Candela enloqueció con los berridos de su hijo, le propinó una nalgada y León chilló con más fuerza. Pero ella pareció complacida, le tendió una toalla a Manuel y le informó de que cenarían más tarde, en la fiesta, donde se encontrarían con Sonia, ¿las acompañaría, verdad?

Manuel asintió con tal de escapar de aquel encierro siquiera por un rato y se dispuso a ir al baño. Le molestaba exhibirse en calzoncillos ante desconocidas porque odiaba su cuerpo flaco y sus piernas arqueadas, pero en aquella habitación no tenía otro remedio. Al levantarse provocó la hilaridad de los niños y de Candela, y para salir al pasillo se puso una bata de casa de Sonia que le quedaba por las rodillas, lo que hizo subir más aún el tono de las carcajadas. Se dirigió al baño maldiciendo y no consiguió sentirse medianamente en paz consigo mismo hasta dos horas más tarde, ya en la fiesta, cuando terminó el tercer plato de chile con carne.

Poco después volvió a deprimirse. Le hartaban aquellas fiestas donde siempre se hacían los mismos chistes, se cantaban las mismas canciones y se coreaban las mismas consignas. Lo único que en verdad le apasionaba era discutir sobre política y ya ni siquiera podía darse ese gusto, meterse en el debate y argumentar a favor de Mijail Gorbachov, la perestroika y la glasnost como solía hacerlo en Járkov. Simplemente aquellos temas habían prescrito, ahora se discutía sobre Boris Yeltsin, la democracia, la prohibición del Partido Comunista y el futuro del socialismo, asuntos demasiado peligrosos para un cubano fugitivo como él. Más le valía arrumbarse a beber vino malo en un rincón y, si alguien venía a hablarle, hacerse pasar por Ricardo Soria, mulo, dominicano, taciturno, sin vocación ni opiniones políticas.

Estuvo solo durante largo rato, tragando juntos el vino y la tristeza de no poder incorporarse a la discusión que los otros sostenían en el extremo opuesto de la estancia, hasta que una muchacha de piel cobriza y pelo lacio, negro, brillante y fuerte como el de una yegua se sentó a su lado y se dirigió a él. Era chilena, dijo, se llamaba Ayinray y tampoco soportaba aquellas fiestas. Manuel ya estaba medio borracho pero aun así se puso en guardia, aquella mujer sería comunista, como casi todos los chilenos que estudiaban en la Unión Soviética, Ayinray no era su nombre sino su seudónimo y sabría dios con qué intenciones se le había acercado. En un caso así era mejor, definitivamente, tragarse la lengua y limitarse a proponer un brindis que ella aceptó en silencio. Al principio intentó no mirarla, sin embargo ella respiraba quedo a su lado, atrayéndolo con su simple presencia. Al rato él propuso otro brindis y la miró de frente. Ayinray sonrió al aceptarlo. No usaba maquillaje, pero su pelo negrísimo brillaba sobre el color cobre de su piel como una joya indígena.

Manuel le propuso un tercer brindis y Ayinray se excusó sonriendo. Sonreía siempre, aunque con tristeza, como si expresara a la vez una ternura y un dolor ancestrales. Él bebió solo, le dijo en ucraniano que era una espía bella y triste, y ella respondió, sonriendo, que no le entendía ni una palabra. Mejor, murmuró él volviendo a beber, así podía decirle que era bella como la noche, que su sonrisa era semejante a la noche, y que él estaba solo y borracho como un perro. Siguió bebiendo sin parar durante un rato, hasta que se sintió mal y decidió huir para no ceder a la tentación de sumergirse en la sonrisa de aquella desconocida.

Se levantó de pronto, pasó junto a un grupo que discutía y a otro que cantaba a voz en cuello *La Guantanamera* y abandonó la habitación. En el pasillo cayó en la cuenta de que llevaba una botella de vino en la mano. Perfecto, se dijo, dándose un lamparazo. Reanudó la marcha perseguido por el eco de las voces, que sólo dejó de oír al bajar la escalera corriendo como un fugitivo. Dos pisos más abajo se detuvo, no tenía por qué correr, nadie lo perseguía. Se dio otro trago, retomó la bajada e insensiblemente fue ganando velocidad hasta llegar a la calle.

Ayinray salió de entre las sombras y se le plantó enfrente. Manuel pegó un salto, ¿acaso era bruja? «Bajé por el ascensor», respondió ella sonriendo mientras le pasaba un pañuelo por la frente, «Sudas frío, estás borracho, pueden hacerte daño». Él empezó a caminar para quitarse de delante aquella peligrosa dulzura. Ella lo imitó en silencio, como una guardiana, pensó él, más tierna pero menos bella de lo que había parecido arriba, con el ruido y el sudor de la fiesta como fondo. Trigueña, cobriza, bajita y gordita, aquella mujer era algo así como la antítesis de Erika Fesse, sin embargo transmitía una calma entrañable, semejante a la noche, que le hacía sentirse protegido y lo invitaba a dejarse llevar, qué carajo.

Despertó con la boca pastosa, la cabeza taladrada por la migraña y Ayinray sentada a lo buda frente a él, sonriendo en silencio como un ídolo indio. El pelo negro y lacio le caía sobre los hombros, tenía los ojos grandes y rasgados, los labios gruesos, las tetas pequeñas, erectas, coronadas por grandes pezones color miel, y una leve hipótesis de barriguilla hasta donde le llegaba la cúspide del monte de Venus, encrespado y negro como una joya sobre la piel cobriza. Cuando lo supo despierto le dio un beso en la frente, le pidió que se relajara, se puso aceite en las manos y le aplicó un masaje en todo el cuerpo, desde la cabeza hasta los dedos de los pies.

Él se sintió renacer, se estiró ronroneando como un gato y ella preparó el desayuno en el infiernillo, lo trajo a la cama y le dijo, sonriendo, que iba a hablarle muy seriamente. Lo llamó Ricardo Soria, y Manuel estuvo a punto de sacarla del error, pero prefirió ser cauteloso y la dejó seguir regañándolo por la información que, evidentemente, él mismo le había suministrado la noche anterior y de la que ahora no recordaba una sola palabra. Ella no aprobaba el proceder de los mulos, dijo Ayinray mientras se inclinaba para servirle el café, pero no iba a juzgarlo por ser uno de ellos, a veces la vida obligaba, su propio padre, por ejemplo, había sido contrabandista en la frontera entre Chile y Argentina, la misma por la que después ayudó a pasar a tantos y tantos perseguidos políticos; sin embargo, le parecía una irresponsabilidad que él le fuese contando su oficio, sus riesgos y su destino a cualquiera, como lo había hecho la noche anterior con ella, porque en aquel país y en aquella ciudad nadie podía confiar en nadie.

Manuel se sorprendió a sí mismo precisándole que ella no era cualquiera, y estuvo a punto de aclararle que él no era dominicano, ni se llamaba Ricardo Soria, ni se dirigía a Finlandia como contrabandista sino como perseguido político, pero por segunda vez en aquella mañana volvió a contenerse y repitió, mirándola a los ojos, que ella no era cualquiera. Ayinray le sostuvo la mirada, sonrió tristemente y le dijo que estaba dispuesta a ayudarlo, pese a todo, con una sola condición, no quería enamorarse porque esas cosas hacían mucho daño.

Ese mismo día Manuel se mudó a su habitación, situada en un edificio que quedaba a unas cinco cuadras del de Sonia Izaguirre. Lo hizo aliviado por poder ahorrarse la miscelánea que existía donde Sonia, Candela y los niños, pero sobre todo excitado por la inminente convivencia con Ayinray. La nueva habitación era un poco más pequeña que la anterior, pero parecía más grande porque era sólo para ellos, estaba tocada por la gracia, y además tenía una ventana que daba a un patio interior donde crecía un castaño de hojas doradas por el otoño. En un abrir y cerrar de ojos la vida de Manuel se hizo tan suave que por momentos descreía que aquella felicidad le estuviera ocurriendo precisamente a él. Ayinray parecía bruja, tanta era su capacidad para descubrir y aliviar las necesidades de quien para ella seguía llamándose Ricardo.

Más de una vez estuvo a punto de confesarle la verdad, que no lo estaban buscando para matarlo a causa de cierta mercancía perdida que debía recuperar en Finlandia, como le había dicho estando borracho la noche de la fiesta, sino para devolverlo a Cuba por motivos políticos. No se atrevió a hacerlo porque ella era militante de las Juventudes Comunistas de Chile y por tanto admiradora de la revolución cubana; sin embargo, él ya no sentía miedo de que lo denunciara, pues estaba íntimamente convencido de que ella era incapaz de cometer semejante infamia. En realidad temía algo peor, que no lo entendiera y la magia de la felicidad que ahora sentía se esfumara, devolviéndolo a la soledad y al vacío.

Por otra parte, ella contribuía decisivamente a que él no dijera la verdad, pues cada vez que sentía la necesidad de confesarse se le adelantaba sellándole los labios con el índice. Él era un arriero, solía decirle en esos casos, un mulo del camino, se iría pronto, y ella estaba dispuesta a darle abrigo pero no amor, ¿la comprendía, verdad? Manuel asentía en silencio, convencido de que tampoco quería enamorarse. Pero cuando pensaba en la partida le invadía una pereza invencible.

No salía nunca, por miedo a que lo descubrieran y porque allí estaba francamente bien. Ayinray hacía el amor con tanta ternura como jamás lo había hecho Erika Fesse, y él dormía el cansancio del verano. Cuando ella iba a clases, él aprovechaba para arreglar los pequeños desperfectos de la habitación, limpiar, cocinar algo en el infiernillo y esperarla con la comida hecha. Tras muchos esfuerzos, consiguió convencerla de que le aceptara dinero para comprar pintura en el mercado negro y en un domingo memorable pintaron juntos las paredes de un cálido verde esperanza.

Justamente ese día se cumplieron dos semanas de su mudada a aquel cuarto, a lo largo de las cuales no había hecho absolutamente nada para preparar la partida. Fue Ayinray quien, después de regocijarse de lo linda que se veía la habitación recién pintada, señaló la lluvia que repiqueteaba con fuerza en el cristal de la ventana y lo puso a bocajarro ante la realidad. Si iba a cruzar la frontera norte debía hacerlo ahora, pues cada día perdido en el otoño era una estupidez de la que se arrepentiría pronto. Sorprendido, Manuel jugó a ganar tiempo preguntándole que si lo estaba echando, y ella le respondió lo que él ya sabía: «Ojalá no tuvieras que irte nunca».

Entonces lloraron juntos por primera vez. Él sintió que se desgarraba, en cambio ella lloró de manera callada, al cabo de un rato enjugó sus lágrimas y las de Manuel, su cara de india mapuche cobró el aspecto de una máscara impasiblemente decidida, y en voz muy baja le preguntó qué necesitaba para el viaje. Él hizo una lista enorme y absurda con la insensata esperanza de que ella no fuera capaz de cumplimentarla nunca, puso un montón de rublos sobre la mesilla, se metió en la cama y se cubrió hasta la cabeza preguntándose cómo quedarse allí para siempre.

Al amanecer la oyó partir pero se hizo el dormido; así lo encontró ella seis horas más tarde, cuando regresó cargada de paquetes de mercancía adquirida en el mercado negro, que contenían la décima parte de la lista de compras. Brújula, linterna, botas, calcetines y peales de lana, cantimplora, cuchilla suiza, dos botellas de vodka, embutidos, saco de dormir, pantalones y chaqueta impermeables, un sobre también impermeable para los documentos, jersey, mochilona, y un pasaje de tren a Leningrado. No le hacía falta más, dijo, se sentó en la cama y miró a Manuel con ojos tristes y tranquilos, antes de añadir que era suficiente, ¿no?

Él evaluó la compra de un golpe de vista, no había traído la chabka, protestó, sólo a una estúpida se le ocurría que alguien pudiera cruzar la frontera norte sin chabka. Ayinray le tendió un precioso gorro de alpaca teñido de verde y rojo, quería regalárselo, dijo. Él sintió un corrientazo de rabia, se levantó de un salto, tomó el grasiento mapa que le había dado Sacha y lo extendió sobre la cama, de Moscú a Leningrado, dijo, mientras recorría el camino con el índice como si ella no estuviera presente, con la seguridad de un experto contrabandista, de allí a Viborg, zona prohibida, añadió señalando el espacio sombreado que rodeaba aquella ciudad cercana a la frontera finlandesa, pero eso no importaba, concluyó mirando a Ayinray con tanto rencor como si ella fuera la verdadera culpable de la partida, sabría cómo pasar, estaba acostumbrado a las dificultades, se pondría aquel ridículo gorro de indio y se iría, en eso habían quedado, ¿no?

Ella se mantuvo en silencio, le dio de comer, lo ayudó a hacer la mochila con una calma apenas desmentida por el ligero temblor de las manos y después lo acompañó a la estación del norte. Ya en el andén, con el expreso *Mijail Dostoievski* a punto de partir, lo miró a los ojos y le confesó que lo quería. Manuel se arrepintió entonces de no haber tenido el coraje de decirle quién era, pensó que ya no tenía tiempo para hacerlo, rebuscó en el bolsillo interior del abrigo el anillo de oro y diamantes que constituía toda su fortuna, le pidió a Ayinray que cerrara los ojos y abriera las manos, la besó en los labios, le dejó el anillo en la palma de la derecha y subió al *Dostoievski* sin darle tiempo a protestar.

Pasó la noche en la litera del expreso sin dormir apenas, buscándola inconscientemente a cada rato. Llegó al amanecer, se entristeció ante la belleza del otoño en Leningrado y se sometió a la tortura de pasear un rato por la Perspectiva Nevsky herido por la ausencia de Ayinray, fascinado por el contraste entre la niebla y el torbellino de colores que todavía bailaba en los árboles, amedrentado por el gélido otoño del Norte. Regresó a la estación, ubicó el mostradorcito donde vendían los boletos para Viborg y se dispuso a abordar a alguien que se dirigiera allí y estuviera dispuesto a presentarlo como su invitado, única forma de tener acceso a las ciudades prohibidas de la Unión Soviética. Había empleado con éxito ese procedimiento alguna vez en el pasado para acercarse a las ciudades secretas de Ucrania, pero entonces lo había hecho por pura curiosidad y ahora lo tenía todo en juego.

En la fila había nueve personas de las que descartó a tres militares y a dos niños; quedaban un hombre y tres mujeres, dos de ellas viejas, la otra joven. Era una lástima que las viejas viajaran juntas; solas solían ser sensibles al reclamo de un joven que invariablemente les recordaba a un hijo, a un sobrino o a un nieto, en cambio en compañía no arriesgaban nada. La joven era campesina, tenía la cabeza cubierta con un pañuelo negro, de lana, atado bajo la barbilla. Quizá le gustaran los estudiantes o tal vez tendría prejuicios contra ellos. Nunca podía saberse. Echó a caminar hacia la fila decidido a abordarla, pero al acercarse reparó en que el hombre tenía la nariz roja, tuvo una inspiración y sin pensarlo dos veces fue hacia él y cruzó los índices de ambas manos.

El tipo asintió enseguida, abandonó la cola y lo siguió en dirección al bar. A medio camino, Manuel se detuvo junto a un banco, extrajo una botella de vodka de la mochila, la abrió y se la tendió a su improvisado compañero. Éste se echó al pico un trago generoso y devolvió la botella sonriendo, tenía tres dientes de plomo y uno de oro. Manuel recibió la botella, bebió sin respirar hasta que sintió náuseas, fijó con los dedos la gran cantidad de vodka que había consumido y la entregó con la esperanza de que el otro la terminara. No tenía alternativa, cruzar los índices ante un desconocido significaba invitarlo a compartir una botella hasta el fondo, beber con alguien en Rusia era el camino más directo a la complicidad.

El tipo bebió y devolvió la botella, había dejado dos dedos, probablemente por cortesía. Manuel cerró los ojos, la terminó de un trago y la puso en el banco mientras el tipo metía la mano en el bolsillo dispuesto a extraer la cartera. Manuel eructó al menear la cabeza, le había hecho una invitación, dijo, no iba a aceptarle un cópec, pero quería pedirle un favor, necesitaba ir a Viborg a ver a una mujer a quien había conocido en Moscú, ¿podría ayudarlo a comprar el pasaje? El hombre eructó también como señal de complicidad y asentimiento, le dirigió una sonrisa y el diente de oro brilló como un cuchillo.

En el camino de regreso hacia el mostradorcito se pusieron de acuerdo en cómo proceder. El tipo diría que Manuel era un camarada cubano, novio de su hija Liudmila, a quien él había invitado a su casa. Esperaron unos quince minutos, les tocó al fin el turno y el tipo de dientes de plomo y oro dio la explicación convenida. El empleado de la boletería, un gordo malhumorado, de boca pequeñísima, preguntó qué tiempo duraría la visita y con la brusquedad característica de los burócratas rusos le exigió a Manuel que se identificara. Él respondió que estaría en Viborg un máximo de cuarenta y ocho horas, mostró su pasaporte oficial de tapas rojas y el empleado cambió inmediatamente de actitud y emitió el boleto sonriendo con su boquilla de pez.

Manuel esperó a que su improvisado compañero obtuviera su boleto y siguió junto a él hasta el andén donde había estacionado un convoy decrépito, sin nombre. Se sentaron en un sucio banco de cemento y Manuel se cerró el cuello del abrigo, dejó caer la cabeza y se hizo el dormido.

No le fue difícil, estaba mareado por el vodka y por la noche en vela y no sentía el más mínimo deseo de entablar un diálogo con aquel hombre tan desagradable como el plomo de sus dientes. Media hora después lo despertaron los silbatos y el tren sin nombre se estremeció al arrancar. Esperó a que su compañero enfilara hacia un vagón, se dirigió a otro y avanzó todavía en sentido contrario a través de varios vagones hasta que estuvo completamente seguro de encontrarse solo. El tren sin nombre empezó a desplazarse por los arrabales de la ciudad, él dejó caer la cabeza sobre el hombro y volvió a adormecerse. Media hora más tarde lo despertó un inspector de uniforme azul, casi tan pequeño como un enano. Manuel mostró el boleto y miró el cielo gris pizarra a través de los cristales de la ventanilla. Nevaba.

Cuando el tren sin nombre se detuvo en la pequeña estación de Viborg, se echó la mochila a la espalda y fue el primero en salir, ansioso por abandonar la ciudad y alcanzar la frontera finlandesa mientras fuera de día. Se movió a grandes trancos por el andén con la cabeza gacha, evitando a quienes descendían de los primeros vagones, y en eso sintió que lo detenían aguantándolo por los hombros. Levantó la cabeza e instantáneamente identificó al tipo que le había facilitado la compra del billete y que ahora quería corresponder a su invitación compartiendo otra botella. Por puro instinto, desechó la idea de negarse, en aquel país nadie sabía quién era nadie, como le había dicho Ayinray, y no quería buscarse un problema ni señalarse. Acompañó al tipo hasta el astroso barcito de la estación, una vez allí le dijo que iba un segundo al baño, ganó la puerta y en cuanto estuvo seguro de hallarse fuera del campo de visión de su acompañante echó a correr, la mochila golpeándole la espalda.

No se detuvo hasta encontrarse fuera de la ciudad, junto a una carreterita secundaria, desierta y llena de baches, que debía conducir a la frontera. Caía una nieve blanda, acuosa. Echó a caminar por el arcén maldiciendo en silencio, había avanzado unos trescientos metros cuando sintió el ruido de un motor a su espalda. Instintivamente echó a correr hacia la izquierda, se metió en un bosque de coníferas y se escondió tras un árbol sudando frío, convencido de que su aventura había durado poco. El tipo del diente de oro sería un chivato, habría aceptado ayudarlo con lo del pasaje para poder cogerlo con las manos en la masa más allá de Viborg, en tierra prohibida. Ya estaban tras él, dentro de muy poco le echarían el guante; sacó la cabeza y vio pasar un Volga de color negro con los faros encendidos. Libre, se dijo, temblando de alegría, pero para no tentar a la suerte decidió avanzar a través del bosque. Sacó la brújula, se orientó rápidamente y echó a caminar a campo traviesa en dirección norte.

Por suerte no sentía frío, la ropa comprada por Ayinray en el mercado negro estaba hecha en Noruega y era a la vez cálida y flexible. Daba gusto caminar con ella, la mochila se ajustaba como un guante a la espalda, el gorro de alpaca a la cabeza, no sentía molestias ni siquiera en los pies, protegidos por calcetines y peales secos gracias al espléndido cuero impermeabilizado de las botas. Pero cada vez la marcha se le hacía más dura, el bosque más tupido, la nevada más fuerte. El agua no fluía, las pozas y arroyuelos tenían ahora la superficie helada. Lo peor, sin embargo, era el ritmo lentísimo a que lo obligaba a desplazarse la falta de un camino. Más de una vez sintió la tentación de regresar a la carretera, pero no se atrevió a hacerlo. Siempre que escuchaba a lo lejos el ruido de un motor se detenía tras un árbol y no retomaba la marcha hasta que el vehículo en cuestión se hubiese perdido de vista. Por suerte, pasaban pocos.

Había contado tres, el automóvil Volga, un todoterreno Niva y un camión Kamaz, cuando un estruendo de motores infinitamente más fuerte que los escuchados hasta entonces le hizo volver a detenerse. A lo lejos, en dirección a la frontera, la niebla era horadada por los potentes faros de una caravana encabezada por tres todoterreno pintados de verde oscuro, que ocupaban las dos vías de la carreterita y se desplazaban tan lentamente como un entierro. Detrás venían cinco camiones articulados Zil de veinticuatro ruedas con los remolques ocupados por sendos tanques de guerra cuyos cañones apuntaban hacia el bosque. Tardaban una eternidad en pasar, de modo que Manuel extrajo el saco de dormir, lo tendió en la nieve y se sentó tras un árbol a espiar el espectáculo mientras comía tajadas de salo, una especie de tocino con mucha grasa. Tras los grandes Zil aparecieron siete Kamaz todavía mayores, de treintaiséis ruedas, cada uno de los cuales cargaba un cohete de cabeza puntiaguda pintada de rojo sangre. Manuel se preguntó cómo sería el mecanismo que les permitía a aquellos artefactos hacer blanco a miles de kilómetros de distancia y concluyó que de acuerdo a su diseño aquellos aparatos no eran en realidad otra cosa que bárbaras lanzas modernas.

Por fin la caravana terminó de pasar en dirección a Viborg, cerrada por otros tres todoterreno. Manuel se dio un trago de vodka, recogió sus cosas y reemprendió el camino preguntándose si aún podría llegar a la frontera finlandesa durante el día. Al principio avanzó con cierta rapidez gracias al descanso y a la comida, pero poco a poco su marcha adquirió otra vez el ritmo lento y agobiante a que lo obligaba la espesura de aquel bosque virgen. La carreterita torció a la derecha y él se preguntó si debía seguir su trazado o confiar en la brújula. Prosiguió en línea recta, diciéndose que la carreterita conduciría sin duda a una zona protegida de la frontera, probablemente a una base militar, y que llegar a ella equivaldría a caer en una trampa. Al cabo de un rato se topó con un enorme lago semihelado, lo identificó en el mapa como el Ladoga y extremó los cuidados al rodearlo, temeroso de que la tierra nevada de las orillas ocultara una tembladera.

Más allá del Ladoga cesó de nevar, pero la temperatura se hizo más fría, la capa de nieve más densa y la vegetación más ligera, como si estuviera entrando en una región cercana a la tundra. Pudo acelerar el paso, lo que le provocó un entusiasmo, una especie de liberación que renovó sus fuerzas. Luego de dos horas de marcha rápida se detuvo, había creído ver una planicie a lo lejos y eso era absolutamente imposible en aquellas latitudes. Se frotó los ojos, la lejana planicie seguía allí, como una invitación o un espejismo. Inició una marcha todavía más rápida y durante largo rato tuvo la impresión de que no conseguía acercarse a su objetivo. Empezó a sudar, a sentir dolores en las piernas y a extrañar a Ayinray. Si ella estuviera allí le daría masajes y calma, le aliviaría los dolores y la ansiedad. Pero Ayinray no estaba y la maldita planicie, entrevista a ratos a través de las heladas ramas de los árboles, parecía tan lejana como al principio. Pensó en regresar, pero no tenía a dónde hacerlo, se dijo que incluso las paralelas se cortaban en algún punto del infinito y que aunque fuera necesario caminar hasta allí alcanzaría aquella esquiva planicie. Al cabo de un largo rato de marcha pudo divisarla con toda claridad, comprendió que se trataba de una explanada artificial, aceleró el paso y se detuvo jadeando al borde del bosque.

Detrás de la explanada se levantaba una alta cerca de alambre. Un escalofrío lo atravesó como un corrientazo desde los talones hasta la nuca, con sólo correr y salvar la alambrada sería libre. Estuvo a punto de lanzarse pero en el último instante decidió esconderse tras un árbol, recuperar fuerzas y estudiar el terreno. Poco después unos ladridos cruzaron el aire helado. Una pareja de guardafronteras pasó caminando a lo largo de la alambrada, cada uno con un perro negro atado a una traílla. Sobresaltado, Manuel consultó el reloj, eran apenas las cuatro y veinticinco de la tarde, pero ya el aire empezaba a estar oscuro como boca de perro. Extrajo el saco de dormir, lo tendió sobre la nieve y se acostó encima diciéndose que había estado a punto de caer en una trampa.

Pero ahora el camino estaba libre, sólo tenía que correr ciento cincuenta metros y salvar la cerca antes de que lo alcanzaran los guardias o sus perros. Eso era todo. Le bastaría con calcular el ritmo de la ronda y lanzarse cuando la guardia hubiera pasado. La frontera entre Rusia y Finlandia era extensísima, por muy bien cubierta que estuviera, cada ronda tardaría por lo menos media hora en pasar, tiempo más que suficiente para cumplir su objetivo. Creía llevar largo rato esperando cuando el haz de luz de un reflector se proyectó sobre la alambrada. Volvió a erizarse y a consultar su reloj, eran las cinco en sombra de la tarde. Pensó otra vez en regresar a Viborg, pero la sola idea de atravesar el bosque para llegar a una ciudad de acceso prohibido donde no conocía a nadie le quitó el impulso.

Aquel reflector sería automático, como lo eran ahora los de los faros, por tanto su problema seguía siendo el mismo, correr y escalar. Casi coser y cantar, como solía decir su madre. Bien pensadas las cosas aquella luz mejoraba su situación, pues por lo menos le permitiría ver dónde pisaba. De hecho, ya la había mejorado; ahora sabía, por ejemplo, que la alambrada se apoyaba en postes de cemento, aunque le era imposible determinar si estaba o no electrificada. Volvió a escuchar los ladridos a las cinco y cuarto. La ronda pasaba cada cincuenta minutos. Tenía dos alternativas, esperar un nuevo pase para estar completamente seguro de que ese era el tiempo con que contaba, con lo que corría el riesgo de helarse, o intentarlo ahora.

En cualquier caso tenía que esperar al menos diez o quince minutos para dar tiempo a que la ronda se alejara.

El pulso y la respiración empezaron a acelerársele, pensó en comer y beber algo y descartó la idea de inmediato, se dijo que debía meter el saco de dormir en la mochila y enseguida se contradijo, la mochila sería un peso muerto, perdería velocidad al correr y escalar con ella en la espalda. Pensó que sin duda sería mejor esperar, consultó el reloj, comprobó que la ronda había pasado hacía exactamente trece minutos y casi sin proponérselo echó a correr.

La cerca le parecía cada vez más lejana, como antes se lo había parecido la propia explanada. Más de una vez, al hundirse en la nieve, tuvo la impresión de que no llegaría nunca, de que alguna fuerza invisible lo detendría a medio camino. Al fin alcanzó la zona barrida por la luz, pero no oyó ladridos, ni disparos, ni voces. Llegó frente a la cerca; estaba a punto de empezar a subirla cuando recordó que podía estar electrificada. Se detuvo, extrajo la cuchilla suiza, la lanzó contra el alambre, no vio chispas y empezó a escalar como un gato.

Vista desde abajo la cerca mediría unos tres metros, pero en cuanto empezó a subirla tuvo la impresión de que se agigantaba a cada paso. Cuando por fin consiguió coronarla estuvo a punto de lanzar un aullido de alegría. No lo hizo. Calculó que bajar paso a paso le llevaría mucho tiempo y se atrevió a correr el riesgo de saltar. Cayó bien, sobre ambas piernas, aunque la inercia lo hizo rodar por el colchón de nieve. Se incorporó enseguida, pensando que era libre. Fue entonces cuando reparó en que a unos quince metros se alzaba una segunda cerca adonde no llegaba la luz del reflector. Trampa, se dijo, los rusos siempre hacían trampas. Echó a correr hacia el nuevo obstáculo a través de la tierra de nadie. No había alcanzado aún territorio finlandés, pero al menos había dejado atrás a Rusia. La patrulla fronteriza pasaba por el otro lado del primer obstáculo, de modo que ya no podría alcanzarlo. Llegó al pie de la nueva cerca, y se detuvo buscando un objeto de metal para lanzarlo y comprobar si estaba electrificada. Había empezado a quitarse el cinturón cuando dos sombras negras le saltaron encima. Una lo golpeó en la cabeza y la otra le aplastó la cara contra la nieve.

Quedó turulato, enceguecido e inmóvil. Cuatro manazas lo registraron rápida y profesionalmente; sintió que lo volteaban, le sustraían el reloj y el sobre donde estaban el pasaporte y el dinero, pero no hizo nada por resistirse. Un par de perros empezaron a olisquearlo gruñendo, le repasaron todo el cuerpo con los helados hocicos babeantes. Segundos después escuchó el ruido del motor de un todoterreno. Le taparon la cara con una capa negra, lo alzaron en vilo, lo embutieron en el piso del Gaz y le pusieron una bota apestosa en la cabeza. Las puertas del todoterreno se cerraron con estrépito y el vehículo reemprendió la marcha por la tierra de nadie.

No volvieron a pegarle, pero la pésima amortiguación del Gaz sumada a la enrevesada posición en que se hallaba, a la velocidad de la marcha, al pésimo estado del camino y a la duración del trayecto bastaron para molerle el cuerpo minuciosamente, como si lo hubieran sometido a una sesión de tortura. Estaba pensando que el infierno era eso, un interminable viaje a ciegas y a saltos con una bota en la cabeza, cuando el Gaz se detuvo. Un guardia tiró de sus tobillos, otros dos lo alzaron como a un pelele, lo agarraron por los sobacos y echaron a correr con él en andas por un camino oscuro, flanqueado por altísimos paredones pintados de negro. Pensó que iban a fusilarlo allí mismo, que era humillante ir como un ahorcado, sin pisar siquiera la tierra, y en eso los guardias entraron a un pasillo, abrieron una chirriante puerta de hierro y lo tiraron como un saco en una celda oscura.

Se orientó a tientas, y encontró una especie de banco de cemento adosado a la pared, cubierto por una colchoneta apestosa a humedad y orina. Se tendió cuan largo era e intentó entretenerse contando los dolores de su cuerpo. Eran tantos que a cada rato perdía la cuenta y volvía a empezar. Todavía estaba en eso cuando una lámpara se encendió en el techo formando un cono de luz amarillento sobre su cabeza. Quedó en el centro de la zona iluminada, como un payaso, se tapó la cara y luego se sentó para evitar el resplandor de la bombilla en los ojos.

La puerta se abrió chirriando y entró una sombra, un oficial de negras botas altas que se quedó parado fuera del cono de luz mirándolo en silencio. Pensó en ponerse de pie, pero el militar no se lo había ordenado y él no tenía fuerzas ni deseos de hacerlo. Transcurrió un insoportable cuarto de hora sin que el oficial pronunciara una sola palabra ni dejara de mirarlo acusadoramente, hasta que de pronto le espetó: «¿Tú qué?». Manuel no supo qué decir. El oficial volvió a callar, diez minutos más tarde vomitó otra pregunta: «¿A qué organización perteneces?». A ninguna, murmuró Manuel. «Espía», escupió entonces el oficial, «hablas tan bien el ruso como un espía».

Manuel sintió el gélido aliento del miedo en el cogote y se puso de pie, era estudiante, dijo intentando ser humilde y convincente, estudiaba física de bajas temperaturas en Járkov. «¿Y qué hacías aquí, tan lejos, intentando escapar por la frontera?», preguntó el oficial, «¿Estuviste en la base militar? ¿Viste la caravana? ¿Tomaste fotos?». Un ataque de tos estremeció a Manuel. «No», logró decir al fin, «No vi nada, ni retraté nada, ni estuve en ningún sitio». El oficial retornó a su hosco silencio, estuvo así un buen rato y de pronto salió de la celda con paso firme. Manuel se dejó caer a plomo en el camastro; las piernas, temblorosas, eran incapaces de sostenerlo.

Minutos después una mano anónima introdujo una bandeja de aluminio a través de una trampilla que la puerta de la celda tenía al nivel del suelo. Manuel suspiró al recordar el lema de Natalia, para sufrir había que comer, se dirigió a la puerta con pasos de anciano, tomó la bandeja y regresó al camastro. El rancho consistía en dos papas salcochadas y una salchicha grasienta y negra tan repugnante como un mojón. Con sólo mirarla se le hizo un nudo en el estómago, tenía la boca seca y la garganta ardiendo. Hubiera dado cualquier cosa por beberse un buen vaso de agua, pero no le habían servido ni una gota.

Dejó la bandeja en el suelo, intentó tenderse en el camastro y la luz volvió a herirlo en los ojos. Se sentó y se tocó la frente, estaba volado en fiebres. Un rato más tarde la mano anónima se introdujo otra vez en la trampilla y una voz de perro le exigió a gritos que devolviera la bandeja. Obedeció con cierto orgullo por haber sido capaz de no tocar siquiera aquel rancho, y regresó al camastro. La luz se apagó con un chasquido. Se tendió por fin, tiritando, mientras pensaba que el paraíso tendría forma de cárcel suiza. Pese a estar molido no conseguía dormirse, el frío de aquel recinto no le permitía conciliar el sueño pese a que conservaba la ropa de abrigo. Llevaba un buen rato sufriendo cuando la puerta de la celda volvió a abrirse y alguien tiró algo que cayó blandamente en el suelo. Fue a ver. Le habían dejado dos mantas de tejido casi tan áspero como el esparto. Peor es nada, se dijo, tragando en seco. Tomó las mantas, regresó al camastro y se tapó hasta la cabeza con la ilusión de poder abandonar aquel infierno aunque fuera en sueños.

La lámpara volvió a encenderse y el oficial de negras botas altas se le plantó enfrente, fuera del cono iluminado. Manuel se restregó los ojos, no podría decir con exactitud cuánto tiempo había transcurrido desde la última vez que apagaron la luz, pero tenía la impresión de que no serían más de una hora, a lo sumo dos. Seguía febril, agotadísimo, como si no hubiera descansado. El oficial repitió las preguntas que le había hecho en la primera visita, y él repitió las respuestas como si jugaran una partida de ajedrez destinada a terminar en tablas por repetición de movimientos. Pero Manuel sabía perfectamente que de acuerdo a las reglas de aquel juego tenía la partida perdida de antemano. Su única duda era cuánto tiempo sería capaz de resistir.

Poco después le dejaron en el suelo de la celda la misma bandeja de rancho que antes había rechazado y añadieron un vaso de aluminio con dos dedos de agua. Bebió lentísimamente, ahorrando cada gota, pero rehusó comer aun cuando intuía que le repetirían una y otra vez aquel rancho hasta doblegarlo, consiguiendo que se lo comiera. Cuando volvieron a apagar la luz se sintió algo mejor, como en una tregua que pensaba disfrutar durmiendo. Diez minutos después la luz volvió a encenderse y el ritual del interrogatorio y la comida se repitió punto por punto, aun cuando esta vez no le sirvieron agua. Fue entonces cuando cayó en la cuenta de que lo estaban sometiendo a una guerra de tiempo.

Los intervalos entre luz y oscuridad eran tan caprichosos que empezaron a volverlo loco, impidiéndole establecer cualquier rutina. Nunca podía saber cuánto había dormido, si era de día o de noche, ni imaginar siquiera qué tiempo llevaba encerrado. Cada vez se sentía más débil, pese a que, desde no recordaba cuándo, se había rebajado a comer salchichas podridas a cambio de unas gotas de agua. A cada rato pensaba en terminar con aquello reconociendo que sí, que era un espía; no se había decidido a hacerlo porque entonces ya no podría seguir ocultando que Natalia, Sacha, Sonia y Ayinray lo habían ayudado. Con la pérdida de la noción del tiempo empezó a perder también la memoria y llegó a desear que ese proceso se acelerara hasta convertirse en un vegetal y no recordar nada, así, al menos, no sufriría la tentación, que cada vez lo atormentaba con más fuerza, de convertirse en un chivato.

El ritual del interrogatorio se modificó de pronto, cuando el oficial de altas botas negras entró por primera vez al cono de luz. Era coronel, tenía la cara larga y huesuda, de caballo, y grandes bigotes negros como sus botas. «Sabemos quién eres, Manuel Desdín», dijo con sombría convicción, «Un traidor a tu patria cubana que robó secretos militares rusos para venderlos a Occidente». Hizo una larga pausa en la que Manuel no fue capaz de intentar defenderse, como si aquella acusación formara parte de una pesadilla en la que la voz le estuviera vedada. «Vamos a deportarte a Cuba», concluyó el oficial, «Ellos sabrán qué hacer contigo. Sígueme».

Salió de la celda a grandes trancos, Manuel lo siguió con paso inseguro y en el pasillo encontró a otro oficial, un capitán joven alto y rubio enfundado en un largo paltó de lana, que se hizo cargo de él y también le ordenó que lo siguiera. El pasillo terminaba en una escalerita de ladrillo que a su vez conducía a un portón de hierro pintado de negro, junto al que había un bebedero. El capitán bloqueó la salida con el corpachón, Manuel descubrió el bebedero, corrió hacia él sin pedir permiso y empezó a beber ansiosamente, convencido de que en cualquier momento le romperían la cara contra la pared de ladrillo.

No fue así, y al terminar de beber le dirigió al capitán una sonrisa de agradecimiento. El tipo le devolvió una mirada fría, abrió el portón, hizo lo mismo con la puerta trasera de un Gaz que estaba detenido justo enfrente, y le ordenó que subiera al vehículo manteniendo en todo momento la cabeza gacha. Manuel alcanzó a ver el asfalto y la puerta del Gaz bajo una luz lechosa y concluyó que ya había amanecido. El oficial subió tras él, cerró la puerta, activó un microfonillo y dio una orden: «¡*Paiéjali!*».

El Gaz arrancó de inmediato, tenía las ventanillas pintadas de verde oscuro, una mampara plástica del mismo color impedía ver la parte delantera y convertía a la trasera en una pequeña celda. Manuel recordó el automóvil de la policía suiza y se preguntó si esta vez también lo conducirían a un aeropuerto para deportarlo directamente. Era lo más probable, con la diferencia de que ahora no volaría solo sino escoltado por agentes cubanos, de los que no podría escapar. Para colmo lo haría acusado de ladrón de secretos militares dispuesto a vender el alma a Occidente, lo que en Cuba implicaba la pena de muerte por fusilamiento.

Se sorprendió proclamando su inocencia en alta voz y miró al capitán temeroso de que le propinara una bofetada. Pero el joven seguía callado, con la vista al frente, inmóvil pese a los frecuentes saltos del Gaz en los baches del camino. Tenía los ojos de un azul clarísimo y el rostro bello y anguloso, como tallado en piedra. Manuel se volvió directamente hacia él y siguió hablándole por pura compulsión en medio de los saltos, como si los días de silencio que se había impuesto en la celda hubieran terminado debido a aquella inicua decisión de deportarlo a Cuba acusado de espía.

Enumeró los sambenitos que le habían colgados desde la infancia, describió sus estudios en la Unión Soviética y proclamó que justamente allí, y pese a todo, se había convertido en quien era en realidad, un patriota y un genio de la física, un *atlichnik* a quien los imbéciles pretendían cortarle las alas deportándolo a Cuba para que lo fusilaran. Explicó por qué apoyaba la perestroika y la glasnost y narró su peregrinación a Suiza, su deportación a Rusia y su intento de huida por Finlandia. El joven capitán no le mandó a callar, pero tampoco movió un músculo de la cara, como si aquella compulsiva confesión no le incumbiera. Poco después el Gaz entró en lo que debía ser una autopista, dejó de saltar, ganó velocidad y Manuel se dijo que ya habrían enfilado hacia el aeropuerto y estuvo a punto de rajarse en llanto. Tragó aire a grandes bocanadas y consiguió evitarlo, su orgullo no le permitía llorar delante de aquel miserable.

El Gaz estuvo rodando durante un par de horas en las que jugó a soñar que era libre y estaba con Ayinray. La marcha se hizo más lenta y los ruidos de una ciudad empezaron a escucharse dentro del auto. Al principio tuvo la certeza de que rodaban por Viborg, posiblemente en dirección a una nueva cárcel, pero el desplazamiento a través de aquellas calles, invisibles para él, duró muchísimo y se dijo que quizá estarían cruzando Leningrado en busca del aeropuerto. Rechazó la fugaz idea de volver a defenderse, sería inútil hacerlo ante aquel capitán tallado en piedra. Poco después el Gaz se detuvo, subió a una acera y volvió a detenerse. El capitán abrió la puerta. Manuel vio una pared de piedra, parte de un portón de madera pintado de negro y una pizarrita de plástico que tenía inscritos los números del cero al nueve. El capitán extrajo una tarjeta del bolsillo interior del paltó, procedió a consultarla y desde el auto marcó rápidamente una combinación de cinco números en la pizarrita. Sonó una chicharra. El capitán bajó del Gaz, empujó una hoja del portón negro y conminó a Manuel a entrar al edificio con la cabeza gacha y las manos enlazadas en la espalda.

En el brevísimo trayecto entre el Gaz y el edificio Manuel alcanzó a oír el ruido de un tranvía y a ver un trozo de acera sobre el que caía un tenue rayo de sol. El portón se cerró a su espalda. Ahora el suelo era de un brillante mármol blanco. El capitán le ordenó que le precediera. Manuel empezó a subir una gran escalera con relucientes pasamanos dorados y se sintió sucio y miserable. Hacía días que no se bañaba, ni se afeitaba, ni se cambiaba de ropa. Mientras estuvo en la cárcel la asquerosidad fue apenas una molestia añadida a la tortura de la sed, el hambre, los interrogatorios y la duda con respecto al futuro, pero estar sucio como un pordiosero en aquel extraño palacete era una humillación insoportable.

Terminó de subir y se encontró de pronto frente a un basto mostradorcito de formica que interrumpía el paso. Sentada detrás una mulata se pintaba las uñas de las manos, era cuarentona, gorda y tenía el pelo teñido de color caoba. Al oírlos llegar levantó la cabeza, le preguntó a Manuel a bocajarro si él era el gusano fugado y se sopló las uñas. Él se limitó a mirarla con el desprecio que solía dirigir a los estúpidos en Járkov, vio una foto de Fidel Castro en traje de ceremonia y una placa en la pared: *Consulado General de Cuba, Leningrado,* detrás del mostrador había un ancho pasillo al que daban varias puertas cerradas.

El capitán se le acercó preguntándole qué le había preguntado la empleada. Manuel tradujo la frase al ruso y la mulata le preguntó qué le había dicho al oficial. Él la miró otra vez desde arriba y ella se dirigió al capitán: «¿Qué te dijo éste?». El oficial se encogió de hombros y se volvió hacia Manuel, ¿qué decía la empleada? Él tradujo como un autómata. Entonces el capitán extrajo del bolsillo interior del paltó el pasaporte rojo de Manuel, consultó su reloj y le preguntó a la empleada dónde estaban los que debían recibir al preso.

«¿Qué dice?», preguntó ella poniéndose la mano en la oreja. Manuel le dirigió una sonrisa helada, él era prisionero, no intérprete, dijo. «Tú tate quieto y traduce, niño, que vas a salir mejor», le amenazó la empleada con el índice en alto. Él repitió que era prisionero, no intérprete, y que no pensaba traducirle nada. «¿Que qué?», exclamó ella como si no creyera lo que había escuchado, «Mira, traduce y no jodas que aquí quien manda es menda». Manuel respondió en voz muy baja que en él no mandaba nadie. Entonces la empleada golpeó la formica con ambas manos, «¡Ta bueno ya, cojones!», exclamó mientras se incorporaba. La oyera bien, zarrapastroso, él era gusano, escoria, traidor, espía, pura mierda, y cuando estuviera frente al paredón en Cuba iba a cantar bonito, en ruso y en cubano y hasta en chino, así que más le valía empezar desde ahora aclarando qué pinga había dicho el ruso.

Manuel se obligó a contener la rabia, llegó a decirse incluso que le convendría traducir, pero una mezcla de tristeza y soberbia lo paralizó. La grosería de aquella mujer horrible también era Cuba y a él no le salía del alma rebajarse ante ella. Se limitó a sonreír fríamente, desde arriba. La mujer dejó de mirarlo, puso los brazos en jarras y se volvió hacia el oficial, habráse visto, dijo, y una vena empezó a latirle en el cuello mientras repetía las ofensas dividiéndolas en sílabas con la ilusión de hacerse entender. Pero sólo consiguió que el oficial volviera los claros ojos azules hacia Manuel, ¿qué decía aquella mujer?

Él tradujo la retahíla de insultos como si rezara un rosario. El capitán escuchó en silencio, consultó su reloj, se volvió hacia la empleada y agitó el pasaporte, ¿dónde estaban los que debían firmar el acta de entrega y recibir al prisionero? «Vienen enseguida», dijo ella como si hubiera intuido la pregunta, y volvió a mirar a Manuel, ahora con una extraña mezcla de ruego y desprecio, antes de aclarar, como una disculpa, «Es que hoy es domingo». Manuel se dirigió al oficial, dice que como es domingo demorarán por lo menos tres horas, dijo con la intención de burlarse y enredar la pita. El capitán volvió a consultar el reloj y empezó a dar zancadas de una pared a otra agitando el pasaporte. A la quinta vuelta se detuvo frente a la mujer, él había cumplido, dijo, y los cubanos no. Entonces se volvió hacia Manuel, le entregó el pasaporte y empezó a bajar la escalera a grandes trancos.

Atónito, Manuel cogió el documento, lo miró durante un segundo y de pronto echó a correr escaleras abajo perseguido por la empleada que empezó a gritar: «¡Párate, gusano!». Bajó los escalones a saltos espoleado por los gritos de su persecutora, vio la luz del día cuando el oficial abrió el portón, y alcanzó a salir a la calle antes de que la pesada hoja se cerrara del todo. Dobló a la izquierda, en sentido contrario a la dirección que ya tomaba el Gaz. No había llegado a la próxima esquina cuando volvió a escuchar: «¡Párate, gusano!». No miró hacia atrás, tenía que perdérsele a aquella hijadeputa, no fuera a ser que alguien lo detuviera, confundiéndolo con un ladrón. Se arriesgó a cruzar la calle vadeando ómnibus, autos y tranvías, corrió otro par de cuadras y se metió en la primera boca de metro que encontró al paso.

Era libre, se dijo, y el júbilo le hizo seguir bajando a saltos pese a saber que la empleada ya no podría alcanzarlo. Libre, repitió besando el pasaporte antes de guardarlo en el bolsillo interior del abrigo. Libre, se dijo de nuevo al saltar la barrera, entrar al andén, perderse entre las gentes que esperaban con cara de domingo y subir al primer tren sin preguntarse siquiera dónde lo llevaría. Estuvo largo rato sentado, pasando alegremente por paradas desconocidas, hasta que se dignó a salir del convoy en la estación Universidad y se detuvo frente al mapa del metro.

Estableció la ruta que le conducía a la estación de trenes y el entusiasmo de ser otra vez libre le duró hasta llegar allí. No tenía un cópec, ni conocía a nadie en la ciudad, no podía comprar un billete para regresar a Moscú, ni siquiera un bocadillo. Y encima tenía fiebre. Pensó en pedir limosnas, llegó a detenerse frente a una pareja bien vestida, de aspecto amable, pero el brazo derecho no respondió a la orden de extenderse ni la mano a la de abrirse y se limitó a dirigirles una pregunta cuya respuesta conocía: «Por favor, ¿desde dónde sale el tren para Moscú».

Después empezó a rondar el bufet. Tenía un hambre de lobo, y se convenció de que estaba incluso dispuesto a robar comida, que eso no era delito. No se decidió a hacerlo, si le cogían aquél sería el bocadito más caro de su vida. Rondaba por entre las mesas vacías cuando, sin pensarlo, cogió las sobras de unos pasteles, las guardó en el bolsillo del abrigo y abandonó el lugar a grandes zancadas, como un criminal.

Se encerró para comer en un gabinete del baño que apestaba a mierda, donde al menos no vendrían a buscarlo. Después salió disparado hacia los lavabos, sintiendo que él mismo apestaba a mierda, bebió agua hasta saciarse y al terminar se vio reflejado en el espejo. Tenía las pupilas dilatadas, los ojos hundidos, la barba de una semana, las ropas ajadas y asquerosas y las uñas largas y mugrientas. Regresó a la estación sin lavarse siquiera la cara, empezó a dar vueltas por los salones y se detuvo maquinalmente frente al mapa del Elektrícheskoe, los lentos convoyes que paraban en todos los pueblos de la zona europea de la Unión Soviética y que él había utilizado más de una vez en Ucrania.

Empezó a rastrear las vueltas de las líneas en el mapa, y concluyó que se enlazaban interconectando poblados desconocidos hasta formar una especie de caprichosa clave de sol que terminaba en Moscú. Lo intentaría, el Elektrícheskoe era muchísimo más barato y vecinal que el expreso, la pena por viajar en él sin boleto se limitaba a que te echaran en cualquier estación y él estaba dispuesto a sufrirla cien veces con tal de reunirse con Ayinray. Tuvo que esperar todavía una hora para subirse al primer Elektrícheskoe, se sentó en el último vagón y al menos consiguió salir de Leningrado. Abandonó el convoy en la primera estación, apenas media hora después, cuando el inspector no había pasado aún por su carro. Aplicó este sistema exactamente doce veces más antes de que un inspector lo encontrara dormido y lo echara del tren en la estación de un pueblo perdido en la estepa.

Llevaba largo rato en un banco, volado en fiebres, tiritando y tosiendo, cuando una anciana campesina que esperaba el Elektrícheskoe cargada de paquetes le regaló dos huevos, una manzana, un trozo de pan, un vaso de leche y una sonrisa. Besó a la abuela en la frente y devoró la comida, aunque tuvo la precaución de guardar la manzana en el bolsillo del abrigo. Con la llegada del próximo Elektrícheskoe volvió al torturante juego de subir al tren, bajar una estación más tarde, esperar una eternidad y tomar otro convoy, como si viviera una pesadilla que llegó al clímax después de Volokolamsk, cuando lo echaron en un barrio fantasma de la periferia de Moscú.

Quizá, de no haber estado tan cerca de llegar donde Ayinray, hubiera abandonado allí mismo el intento de seguir, pero la sola idea de verla y descansar junto a ella lo llevó a tomar el Elektrícheskoe número veinticinco de aquel viaje sin fin. En la estación de Moscú no pudo más, se sentó en un banco a comerse la manzana y allí mismo se quedó dormido. Al amanecer lo despertó una empleada de limpieza propinándole escobazos en las botas. «¡Fuera, basura!», decía la mujer mientras le pegaba como si pretendiera barrerlo. No encontró fuerzas para responderle, ni para correr cuando salió a la calle bajo un gélido aguacero de octubre, ni tampoco para saltar la barrera del metro al que llegó empapado.

Pasó por debajo, sufriendo la humillación de arrastrarse como un borracho, e hizo el trayecto hacia la Patricio Lumumba tiritando y tosiendo. Al salir del metro vio una densa cortina de lluvia, pero supo de inmediato que no podría atreverse a esperar a que escampara. Caminó tres cuadras interminables bajo el agua, llegó calado al edificio y cuando se disponía a subir el bajtior lo detuvo. Manuel le dijo que era el amigo de Ayinray, la chilena, la indita, y le pidió por favor que lo dejara subir o que al menos la llamara, pero el tipo ni siquiera se tomó el trabajo de intentar reconocerlo. Manuel decidió entonces esperar en el banco del recibidor hasta que ella saliera para ir a clases. El bajtior lo obligó a levantarse, le ordenó que abandonara el edificio y lo amenazó con llamar a la policía si no se largaba enseguida. Manuel comprendió que no podía correr ese riesgo, y como tampoco tenía un cópec con que sobornar a aquel hijodeputa le pidió disculpas, salió del edificio y se refugió bajo un extremo de la marquesina, donde el bajtior no podía verlo.

A menudo llegaban hasta allí intensas ráfagas de lluvia, muy pronto la tos y los temblores le impidieron seguir sosteniéndose en pie, se pegó a la pared y se fue resbalando hasta caer sentado en un charquito. Poco después empezaron a salir estudiantes que pasaban junto a él mirándolo sin verlo, como a un pordiosero. Se estaba preguntando si debía intentar al menos enviarle un mensaje a Ayinray cuando la vio salir bajo un paraguas negro, envuelta en un poncho de colores. La alegría le dio fuerzas para incorporarse, avanzar hacia ella y llamarla, «Ayinray». Ella se detuvo en seco al escuchar aquella voz, «Ricardo», dijo, se dio la vuelta, ahogó un grito, dejó caer el paraguas y se abrazó a Manuel bajo la lluvia.

INVIERNO

Pues el invierno es amo de la noche
y la tiniebla arrecia y ya no espera

DIEGO

Al sentir las mejillas ardientes de Manuel bajo la lluvia helada Ayinray abandonó las intenciones de ir a clases, sobornó al bajtior, condujo al enfermo a su habitación y decidió llamar una ambulancia. Pero los ojos febriles de Manuel se dilataron de miedo, al hospital no, dijo temblando, de ninguna manera, con un par de aspirinas bastaría. Ella aceptó a regañadientes, le dio un baño de alcohol, le puso un supositorio y permaneció a su lado hasta que lo vio dormido. Él se sumió en una interminable pesadilla que le provocó delirios recurrentes, creía estar en una asamblea en la que se defendía de un sinfín de acusaciones, o en un laboratorio de física como responsable de un experimento cuyo algoritmo no era capaz de descifrar porque había olvidado las claves de la ciencia.

Cuando despertó la fiebre le había bajado y se sentía tan débil como si flotara en una especie de bruma. Ayinray le obligó a tomar un plato de sopa, le cogió la mano y se sentó a su lado en la cama. Estaba dispuesta a hacer cualquier cosa con tal de ayudarlo, dijo, a correr todo tipo de riesgos, pero antes necesitaba saber quién era él en realidad.

«Yo soy yo», murmuró Manuel como quien confirma una evidencia. Estaba hablando en serio, dijo Ayinray, hasta entonces había creído que se llamaba Ricardo Soria, que era dominicano y mulo, pero al ir a lavar sus ropas había descubierto esto: mostró la libreta de tapas rojas con la leyenda *República de Cuba, Pasaporte Oficial,* y ante el perplejo silencio de Manuel formuló una retahíla de preguntas. ¿Quién era, Ricardo Soria o Manuel Desdín? ¿Qué le había pasado en Finlandia? ¿Por qué le aterraba la idea de ir a un hospital? ¿Por qué volvió donde ella, una comunista chilena que justamente por serlo tampoco usaba su nombre verdadero?

Manuel intentó sonreír, sufrió un ataque de tos y se sentó en la cama con la cara roja por el esfuerzo, frente a un póster clavado con chinchetas a la pared que él mismo había pintado días atrás de verde esperanza en el que Che Guevara miraba fijamente al infinito, la estrella dorada brillándole sobre la boina negra.

Ayinray le alcanzó un vaso de agua, procedió a pasarle la mano por la espalda, lo estrechó contra su pecho y empezó a mecerlo, si estaba muy débil como para responder, le dijo al oído, o si había recibido instrucciones precisas de guardar silencio con respecto a ciertos asuntos, no hacía falta que hablara. Dejó descansar con suavidad la cabeza de Manuel sobre la almohada y añadió, nunca le había parecido un verdadero mulo, siempre respiró algo distinto en sus ojos, algo limpio, y ahora tenía una intuición profunda que le nacía aquí, dijo tocándose el vientre, no solía equivocarse en sus presentimientos de india e iba a soltarle éste a bocajarro: Ricardo Soria, Manuel Desdín, o como quiera que se llamara, era un agente secreto al servicio de la revolución cubana, ¿cierto?

Manuel cerró los ojos. No tenía valor para contar la verdad, ni fuerzas para mentir. Ayinray lo había confundido con un policía, con alguien perteneciente a la raza de Lucas Barthelemy, nada menos, cuando en realidad no era otra cosa que un fugitivo. Pero estaba tan débil, confuso y atemorizado que se sentía incapaz de correr el riesgo de explicarse. Por una parte, le parecía imposible que incluso si llegaba a saber la verdad Ayinray lo chivateara o lo echara a la calle; por otra, conocía demasiado bien los delirios del sectarismo como para confiar ni siquiera en ella, a quien apenas conocía, en un asunto en el que le iba la vida.

De puro miedo prefirió escudarse en el silencio, no estaba autorizado a hablar de eso, dijo. Poco después la fiebre volvió a subirle y se sintió sumido de nuevo en pesadillas que le provocaron repetidos ataques de pánico. Estaba luchando por escapar de las manazas de un soldado ruso que le apretaban el pecho hasta ahogarlo cuando consiguió despertar. Pegó un grito y un respingo. Inclinado sobre él, un desconocido de grandes bigotes rubios le apretaba el pecho con los dedos manchados de nicotina.

Ayinray le acarició la frente sudorosa, tranquilo, dijo, aquél era Patricio Oyárzun, un camarada chileno, estudiante de medicina, en el que podía confiar. Manuel dudó unos segundos y al fin estrechó la mano del estudiante y se identificó como Ricardo Soria, dominicano. El chileno extrajo un estetoscopio, le auscultó el pecho y la espalda y emitió un diagnóstico provisional, aquello parecía pleuritis, dijo, aunque sin hacer una radiografía era imposible saberlo a ciencia cierta, de modo que resultaba imprescindible ingresar al enfermo de inmediato.

Ayinray cortó por lo sano, ya habían hablado de eso y todo estaba decidido, dijo, el camarada Ricardo se quedaría allí, ella sería la enfermera, su cuarto el hospital y Patricio el médico. El chileno se opuso, desde un punto de vista puramente profesional, dijo mientras devolvía el estetoscopio a la cartera, hacer aquello era un disparate, no podía asumir tamaña responsabilidad sólo porque ella quería darse el gusto de estar con un hombre.

Aquel hombre era un camarada enfermo y en peligro, exclamó Ayinray, tenía que atenderlo sin hacer preguntas, ella era su jefa política y se lo estaba ordenando, ¿quedaba claro? Patricio encendió un cigarrillo y resopló, los riesgos médicos eran muy grandes, dijo. Ayinray manoteó para quitarse el humo de la cara, otras veces había corrido riesgos más grandes, le espetó con un desprecio apenas contenido, hecho cosas más sucias, más injustificables, más canallescas, ¿acaso ya no se acordaba? Patricio bajó la cabeza, garabateó una receta y abandonó la habitación sin despedirse.

Manuel comprendió en un fogonazo que entre Ayinray y aquel tipejo había habido fuego y se sintió excluido e irritado. Miró a Ayinray, que había empezado a llorar inmediatamente después del portazo de Patricio, pero renunció a preguntarle por qué había recurrido precisamente a un tipo contra quien sentía tanto rencor para que le echara un cabo en un asunto tan delicado. No quería darle pie para que se sintiera autorizada a insistir en preguntarle quién era él, y decidió permanecer al margen de aquella historia que después de todo ni le iba ni le venía. Pero en cuanto vio a Ayinray desplomarse en la cama se sintió conmovido, como si en realidad el hijodeputa de Patricio lo hubiera agredido a él, e intentó consolarla acariciándola con toda la dulzura de que fue capaz. Ella no respondió y él ensayó una estratagema para sacarla de la crisis, simuló un ataque de tos que muy pronto se convirtió en verdadero, estremeciéndolo de pies a cabeza.

Ella tampoco reaccionó ante aquel reclamo y Manuel tuvo que apechar solo con sus bronquios. Le acometió un nuevo ataque de tos acompañado de fuertes temblores, dijo que se sentía mal e intentó estrechar a Ayinray. Ella se limitó a darle la espalda sollozando en silencio y él descubrió entonces que la quería, no soportaba verla sufrir así, dijo, ¿por qué no se recostaba en su hombro y le contaba?, no debería darle vergüenza hacerlo, también él había sufrido por amor, sabía lo que era eso. Pero ella no dejó de llorar, no le dirigió una palabra, ni una mirada.

Al despertar, Manuel apenas podía tenerse en pie. Ayinray lo acompañó al servicio, le sirvió el desayuno y le dio otro baño de alcohol antipirético, pero lo hizo con la distancia de una enfermera o de una monja, la misma que mantuvo al suministrarle las pócimas, pastillas e inyecciones recetadas por Patricio, que había comprado mientras él dormía. Luego volvió a tenderse en silencio, reconcentrada en sí misma como lo que era, una india.

Así se estableció una rutina horrible, en la que yacían durante horas sin hablarse ni tocarse. Para colmo, el final del otoño estaba siendo tan frío como la soledad y la calefacción del cuarto no era buena. Ayinray sólo se imponía a la depresión para cumplir mínimamente con sus deberes de enfermera y de estudiante de ciencias políticas, lo que al menos la obligaba a salir cada día para asistir a clases. Manuel, en cambio, miraba al techo obsesionado con ayudarla a vencer la pena, aunque sin saber cómo.

Tuvieron que soportar otras tres visitas de Patricio Oyárzun, aquel tipo de anchas caderas, hombros estrechos, pelo cenizo y ojos azules y fríos, que tenía la capacidad de dejar hundida a Ayinray tras cada encuentro. En la última de aquellas visitas Patricio insistió en llevar a Manuel al hospital para hacerle una radiografía y confirmar si podía darle el alta, y Ayinray estalló replicándole que a ella nunca la había llevado a ningún sitio, ni siquiera cuando se estaba desangrando. Patricio esbozó una sonrisa helada, ella le había hecho trampa, dijo, así que no podía quejarse, después de todo estaba viva, vampirizando a otro hombre. Ayinray quedó boquiabierta, incapaz de reaccionar ante aquella bofetada. Manuel cedió al impulso de intervenir, echó a empujones a Patricio gritándole que no volviera nunca, e inmediatamente se volvió hacia Ayinray, cuya piel cobriza había cobrado el tono amarillento de la cera. La quería, dijo, ¿por qué no se desahogaba con él?

Por toda respuesta, ella volvió a tenderse boca arriba. Él dio unos cuantos pasos sin sentido y terminó por tenderse también, pensando que aquella habitación había terminado por convertirse en otra celda. Llegó a odiarla, a alegrarse cuando ella se iba a clases y lo dejaba solo, mirando el árbol ya sin hojas que entristecía el patio. Llegó también a temer el momento en que ella regresaba sin pronunciar palabra, cargada con los libros y la compra, hacía algo de comer, lo medicaba y se tendía a su lado a sufrir en silencio.

Por eso se sorprendió tanto aquella tarde oscura y fría de principios de diciembre, cuando la vio llegar sobresaltada, con la incredulidad y el miedo reflejados en el rostro. «¡Qué horror, Ricardo!», exclamó al entrar, «¡Qué horror!». Manuel se sentó en la cama de un salto, estimulado porque ella había salido al fin del letargo, ¿alguna desgracia?, dijo. Sí, respondió Ayinray sentándose junto a él sin quitarse siquiera el abrigo, la desgracia más grande, la más increíble, ¡qué horror! Manuel le acarició la mejilla helada, ¿tu madre?, preguntó con suavidad. Ayinray se arrancó los guantes con los dientes y los tiró al suelo. No, dijo, su madre estaba bien, gracias a Dios. ¿Entonces?, preguntó Manuel, le sacó el gorro multicolor, empezó a acariciarle el pelo y ella le agarró la mano y se la apretó como si estuviera a punto de hundirse, «Ricardo», dijo entonces, «la Unión Soviética ha desaparecido hoy».

Manuel no la entendió, los países no desaparecen, dijo, tenía que haber algún error. «¡La Historia es un error!», exclamó Ayinray arrancándose la bufanda de un tirón mientras añadía, ¿qué iban a hacer ahora los comunistas de este mundo, Dios? Manuel no supo qué decir y le pidió detalles, pero ella no les concedió ninguna importancia, ¿qué importaban los detalles?, dijo, ¿qué importaba que tres canallas se hubiesen reunido en Minsk para proclamar que la Unión de Repúblicas Socialistas Soviéticas había dejado de existir? ¡Lo único importante era el crimen que eso implicaba contra la humanidad, Ricardo! Dejara de fingir, por favor, él, como agente cubano, lo sabía muchísimo mejor que ella.

Permaneció mirándolo a los ojos, como si lo retara, y de pronto bajó la cabeza y le pidió perdón, él no podía hablar de esos temas, cierto, pero ella necesitaba que la acompañara en el duelo. ¿Alguien podía imaginar lo que hubiera sido la humanidad sin el comunismo, Dios? ¡Cuánta y cuánta gente había muerto, cuantos habían cifrado su esperanza en ese ideal que ahora cuatro borrachos pisoteaban! ¿Y qué iba a ser de Chile?, ¿qué de los camaradas?, ¿qué iba a ser de Cuba, nuestra llamita de esperanza? El futuro estaba perdido, afirmó volviendo a mirarlo a los ojos, ¿no lo creía así?

Manuel le dio la razón, no podía hacer otra cosa de cara a Ayinray, aunque en el fondo de su corazón no se sentía capaz de determinar si aquel acontecimiento era bueno o malo. Estaba atónito, superado por la situación. Sabía, por ejemplo, que Stalin había sido un criminal, que Yeltsin era un canalla, que Cuba era un desastre; pero no simpatizaba para nada con los yanquis y tenía amigos del alma en ambos bandos. Sacha estaría de fiesta, Natalia, de luto. Él, metido hasta las cejas en la confusión de su propio caos, hubiera preferido que la perestroika y la glasnost siguieran su curso, y ahora no veía otra alternativa que suspender el juicio. Atinó a ayudar a Ayinray a despojarse del abrigo, le preparó algo de comer y la acostó como a una niña, pero no consiguió que se durmiera. Por amor, compartió a fondo su duelo en aquella noche interminable, en la que Ayinray lo invitó a fundirse por primera vez después de tanto tiempo y se le entregó con una pasión obscena, rayana en la locura, como si estuviera convencida de hallarse en la víspera del Juicio Final.

Desde entonces se aferró a él de manera enfermiza, como lo único seguro en medio de su angustia. Manuel probó a darle la espalda a ver si así conseguía arrancarla de la obsesión, hasta que una noche ella le preguntó a bocajarro: «¿Soy bonita?». «¡No!», dijo él, «Pareces una bruja, tienes el pelo hecho un desastre, los ojos irritados, la nariz llena de mocos y la piel amarilla. ¿Acaso no te has mirado al espejo?». Ella le devolvió la mirada con una triste tranquilidad. «Patricio dice que las indias somos feas», dijo. Manuel sintió un latigazo de ira al comprobar que aquel hijodeputa había vuelto a interponerse entre ellos, «¿Y qué importa lo que diga ése?», preguntó sentándose en la cama. Ella bajó la cabeza, «Patricio dice que las indias somos bajitas y gordas, que tenemos la cabeza muy grande, el pelo muy lacio y las piernas muy cortas y muy arqueadas».

Manuel resopló, ¿a quién coño le importaban las opiniones de un estúpido? Patricio no era un estúpido, lo rectificó Ayinray, sino un canalla, y empezó a confesarse. Entre ellos había habido una historia clandestina y claustrofóbica, una historia que nunca salió de aquellas cuatro paredes porque a él le daba vergüenza que lo vieran con una india. Manuel pensó preguntarle cómo era posible que hubiera soportado aquella humillación, mas no fue necesario. La propia Ayinray le dio la clave al confesarle cuánto la fascinaban entonces los ojos azules de Patricio, un comunista que además pertenecía a una de las mejores familias de Chile. Todo había ido bien, concluyó, hasta que quedó embarazada, quiso tenerlo, y Patricio le cogió horror a ser padre de un indito y a que los demás se enteraran de la historia y la obligó a abortar en secreto allí mismo, en aquel cuarto.

Manuel empezó a acariciarle la larga cabellera, a besarle la cara y los ojos, que no habían derramado ni una lágrima, y le dijo que era bella y que la quería. Ayinray no le creyó, ella era fea y ningún blanco la querría nunca, dijo, aunque al menos él era bueno y valiente. El haberse atrevido a confesarse, y la extrema dulzura que Manuel le prodigó desde entonces la ayudaron a reaccionar. Volvió a darle aquellos masajes que lo hacían renacer, e incluso se escaparon algunas veces al cine, escudados en las sombras del invierno. Un buen día ella le preguntó cuándo tenía que continuar su misión y él no supo qué decir.

Debía escapar, cierto, pero justamente ahora no quería hacerlo; además, ¿cómo explicarle a Ayinray que en realidad era una especie de apátrida? Se escudó en un silencio que ella interpretó como la defensa de un secreto, pero muy pronto cayó en la cuenta de que no podía vivir indefinidamente encerrado allí sin que algo se quebrara entre ellos. Unos días más tarde le dijo que su contacto en Finlandia había caído, que como consecuencia de la desaparición de la Unión Soviética él corría peligro, y le pidió que lo ayudara a preparar la partida hacia Occidente, donde ya se encargaría de buscarse la vida.

Ayinray asumió aquel encargo como un deber sin hacer siquiera una pregunta, y puso en juego su innata calidad de organizadora y las relaciones clandestinas que había ido trenzando a través de la juventud comunista chilena en aquel mundo en crisis. No consideró siquiera la posibilidad de un nuevo intento de salida ilegal, que muy bien podría terminar en la cárcel o la muerte, y decidió concentrarse en obtener un cuño ruso y un visado extranjero. Para eso, dijo, necesitaría el pasaporte oficial cubano que quizá, aunque nadie podría afirmarlo, les facilitaría las cosas. Al entregárselo, Manuel vio en sus ojos una admiración tan luminosa que otra vez estuvo a punto de revelarle quién era. No se atrevió, ni tampoco lo hizo dos días más tarde, el veinte de diciembre, cuando Ayinray regresó a la casa como una flor de Pascua y le dijo que en cualquier momento podría salir legalmente de Rusia por la frontera de Polonia.

Manuel recibió aquella información como un mazazo, y escuchó en silencio el plan de Ayinray mientras calentaba una sopa de coles en el infiernillo. No había podido conseguir visado ni cuño, dijo ella al quitarse el abrigo que la hacía parecer una bolita, sino algo mucho mejor, más seguro, afirmó al descalzarse, su cadena de contactos había dado con un oficial destacado en la frontera de Brest que estaba dispuesto a dejar pasar a Manuel hacia Polonia sin cuño de salida, sólo les faltaba saber con exactitud cuándo estaría de guardia el gallo, qué coche le correspondería revisar, y miel sobre hojuelas. Levantó los pulgares de ambas manos, abrió los brazos y se dirigió a Manuel, que pretendió estar ocupado con la sopa para no corresponderle.

«¿Qué pasa?», preguntó ella, dejando caer los brazos a lo largo del cuerpo. «Nada, no pasa nada», dijo él, dedicado a revolver la sopa con tanta rabia que parte del líquido ardiente saltó del cazo y le alcanzó los dedos. «¡Coñoésumadre!», exclamó en cubano, como siempre que perdía el control sobre sí mismo. Ella le untó una pomada verde que le calmó el ardor, decidió que la sopa estaba a punto, extrajo las banqueticas japonesas que guardaba bajo la mesita, sirvió los platos, abrió una botella de tinto Concha y Toro que le habían enviado sus padres y propuso un brindis. Pero Manuel no levantó su copa. «¿Qué pasa?», repitió ella.

Él siguió en silencio, sin brindar ni explicarse. Ahora que todo estaba a punto de terminar entre ellos no se sentía capaz de seguir fingiendo y cedió a la tentación de encerrarse en sí mismo y tenderse en la cama sin probar el vino ni la sopa. Ella se limitó a apagar la luz y a tenderse a su lado sin siquiera volver a preguntar qué pasa. Manuel se dijo que en un caso así Erika Fesse no habría cejado hasta hacerlo confesar el por qué de su mutismo, y quizá él le hubiera agradecido que lo obligara a reventar de una buena vez la burbuja de presión que recién se había instalado en la estancia.

La mesita seguía puesta, iluminada al sesgo por la luna reflejada en la nieve, como para fantasmas. Tendidos boca arriba, sin sueño siquiera para evadirse, ellos respiraban al unísono, como si tuvieran el corazón y los pulmones acoplados a la misma fuente. Manuel sintió en los huesos que aquella comunión sería incompleta si no se confesaba, sacó coraje de su propio miedo y empezó a hablar en voz muy baja sobre su pasado.

El silencio de Ayinray le dio confianza, se dejó ir, y permitió que el río de sus fugas, frustraciones, cárceles y miedos corriera libremente hasta desembocar allí, en aquella cama. Ése era él, dijo al terminar, un apátrida, y quedó pendiente de la reacción de la muchacha como ante un precipicio. Ella permaneció en silencio. Manuel pensó que ya no tenía derecho a mantener su respiración acompasada a la de Ayinray, que estaba moralmente obligado a romper la sincronía del vínculo de aire que aún los enlazaba, consiguió quebrar su ritmo y la dejó libre. Durante largo rato respiraron cada uno por su cuenta, a contratiempo, hasta que ella volvió a acoplársele y él aceptó regresar a aquella comunión que poco a poco consiguió calmarlo. Ya había hablado. ¿Por qué no concentrarse en ver sus respectivos pechos respirar a la vez, como si bebieran de la misma fuente? ¿Por qué no aceptar, al menos, aquella paz?

Intentó recuperarla dos días después, cuando enfiló junto a Ayinray por entre la niebla que cubría el andén de donde el expreso *León Tolstoi* estaba a punto de partir con destino a Varsovia. Tenía tanto miedo a irse y tanta conciencia de la imperiosa necesidad de hacerlo, que desde el amanecer había estado inventándose excusas para retrasarse y luego corriendo para llegar a tiempo a la estación. A Ayinray le había costado asumir que él no era quien ella pensaba y aceptarlo así, pero lo hizo, según confesión propia, porque lo seguía queriendo, pese a todo, como si el mundo se hubiese vuelto loco y ella también, y ya no supiera siquiera dónde quedaba el norte, dónde el sur, dónde el bien, dónde el mal.

Manuel la besó en los labios y se aferró a ella como a la única verdad; sabía que el oficial encargado de revisar el coche 2462 del *León Tolstoi* en la frontera lo estaría esperando para dejarlo pasar hacia Polonia precisamente ese día, pero aun así no soportaba la idea de perder la paz que había conseguido junto a Ayinray. El choque entre la realidad y el deseo le provocó una taquicardia tan violenta al separarse que le fue imposible seguir caminando. A través de las ventanillas escarchadas de los vagones se veían sombras de pasajeros acomodando sus bultos. Los inspectores, uniformados con gruesos paltós color azul de Prusia y altas gorras de plato, formaban una suerte de hilera frente a las puertas de sus respectivos coches, que iba difuminándose en la niebla hasta hacerse invisible hacia la mitad del convoy. Él había conseguido al fin calmar el ritmo de su respiración cuando sonó un silbato, sobresaltándolo. Ayinray propuso buscar el coche 2462 y despedirse frente a él, pero Manuel volvió a abrazarla en el principio mismo del andén.

El grosor de los abrigos le impidió comprobar si al fin latían otra vez al mismo ritmo, se demoró en bajar las cremalleras y volvió a abrazarla. En eso, sonó un segundo silbato. Ella le rogó «¡Corre!». Pero él la retuvo, «Te quiero», dijo, y buscó acompasar su respiración a la de ella con tanta ansiedad que no lo consiguió. Cuando sonó el tercer silbato Ayinray volvió a rogarle que corriera, por favor, y él obedeció al fin, como si despertara de un sueño. Pero ya el *Tolstoi* había empezado a alejarse y él corrió calculando que no podría alcanzarlo. Entonces el expreso se detuvo, como suelen hacer los trenes rusos inmediatamente después de haber arrancado, y él apretó el paso por puro instinto, consiguió golpear la puerta del último vagón, obtuvo la ayuda de un inspector y subió a bordo justo antes de que el convoy reemprendiera la marcha.

Se desplazó jadeando hasta la primera ventanilla, pero ya no pudo volver a ver a Ayinray. Tenía enfrente los oscuros vagones de un interminable tren de mercancías. No era justo, se dijo, no era justo perder así a la mujer de su vida. Estuvo largo rato buscando el rostro de Ayinray en las sombras de la noche, intentó dibujarlo con el dedo en el cristal escarchado de la ventanilla, y terminó borrando de un manotazo sus torpes líneas inútiles. Entonces golpeó la pared del vagón con la frente, la muy tonta se lo había dado todo, amor, contacto, pasaje, mochila, ropa, cien dólares, doscientos rublos y el anillo de oro y diamantes que él le había entregado en otoño, antes de partir hacia el norte, todo, menos una foto, porque estaba convencida de que era fea.

Echó a andar pasillo arriba en busca del coche 2462 con la ilusión de alejarse también del recuerdo de Ayinray, se bamboleó al cruzar la trepidante junta que unía dos vagones, miró a la tierra congelada del invierno que se iba quedando atrás como una cinta sin fin, y pensó fugazmente en dejarse caer, ¿qué mas daba? Entró al siguiente vagón huyendo de sí mismo, agradeció el calor, siempre se agradecía el calor, se dijo, y eso le dio fuerzas para atravesar otras juntas, otros golpes de viento helado.

En el coche restaurante le mostró el billete a un camarero que lo remitió a un inspector de cara colorada. El 2462 estaba enganchado delante, le dijo éste, más allá del vagón de primera. La certeza de que su número de la suerte existía le dio fuerzas para seguir avanzando hasta la altura de los tres cuartos del tren, donde encontró su sitio. ¿Su sitio? ¿Había creído encontrar su sitio? ¿Acaso había un sitio en este mundo que pudiera llamar suyo? Se echó a reír, se sintió observado por sus compañeros de compartimento e hizo silencio, sólo le faltaba que lo confundieran con un loco. Dio las buenas noches a la pareja de jóvenes y a la viajera solitaria que serían sus compañeros de viaje, puso la mochila en el portaequipajes, se tendió en la litera recordando las patrullas de guardafronteras y perros durante su paso por la frontera de Brest camino de Suiza, y concluyó que si lo del oficial de la cadena de contacto no funcionaba no tendría la más mínima posibilidad de escapar.

Después de que el inspector comprobó su boleto se sumió en una larga duermevela de la que despertó de pronto, pegando un respingo. ¿Sería imbécil? Había estado a punto de olvidar lo más importante, esconder las divisas. Era parte del plan, Ayinray le había advertido que lo hiciera para dejar limpio al oficial cómplice ante el soldado que inevitablemente lo acompañaría en el registro. Una vez en el baño volvió a preguntarse cómo había podido ser tan imbécil y dejarse ganar por el agotamiento sin haber asegurado previamente lo más importante. Extrajo los cinco billetes de veinte dólares, el anillo de oro y diamantes y un preservativo de la carterita de cuero que llevaba colgada al cuello, donde tenía además los rublos y el pasaporte. Extendió los dólares sobre la tapa plástica del inodoro, puso el anillo en medio de los billetes y los enrolló hasta formar un apretado bultito que guardó dentro del preservativo. Suspiró, se bajó el pantalón y el calzoncillo, se inclinó hacia delante, presentó el preservativo en el ojo del culo y empujó hacia dentro con el índice de la mano derecha, profundamente, como solía hacerlo Ayinray cuando le ponía los supositorios, hasta experimentar una mezcla inconfesable de placer, vergüenza y asco.

Se miró al espejo del lavamanos, estaba rojo como un camarón, tenía el pantalón por los tobillos. Al bajar la cabeza comprobó lo que temía: no había jabón, como solía ocurrir en los trenes rusos. Se lavó las manos con agua caliente, puso la uña sucia de mierda directamente bajo el chorro hasta sentir que se escaldaba y luego la hurgó con la del dedo contrario. No logró limpiarla del todo, un fino hilo de mierda seguía marcándole la base de la uña como una cicatriz. Se subió el pantalón con rabia, regresó al compartimento y se acostó pensando que al fin podría descansar.

No pudo. La imagen de la uña con la base orlada por un inalcanzable filo de mierda empezó a perseguirlo hasta convertirse en una obsesión que miraba como hipnotizado, preguntándose si no sería una buena metáfora de su vida. Deseó tener un palillo de dientes o encontrar al menos una astilla de madera con la que poder borrar la huella de sus miserias, pero el vagón era de metal y la base de las literas de plástico. Intentó limpiarse con el filo de un billete de diez rublos e invariablemente el dinero terminó doblándose y perdiendo fuerza ante aquella mierda ahora seca, que había adquirido un color semejante al de la sangre coagulada.

Mirándola, recordó el chiste de las tres moralejas que solía contar Sacha durante sus actuaciones en las noches de Járkov, y que anunciaba a bombo y platillo como una síntesis filosófica de las paradojas de la vida. Un pajarito tiritaba bajo la lluvia helada, a punto de morir de frío. Parecía que nada podía salvar a aquella criatura de Dios cuando una vaca cagaba sobre él y el calor de la mierda fresca lo revivía. ¡Milagro! Entonces salía el sol. La criatura de Dios empezaba a removerse intentando escapar de lo que se había convertido en una cárcel de mierda. Atraído por el movimiento, un gato negro escarbaba, encontraba al pajarito y se lo comía. ¡Horror! De aquellos hechos dramáticos, felices y finalmente trágicos, concluía Sacha, se deducían tres moralejas. Primera: no todo el que te echaba mierda arriba te quería hundir. Segunda: no todo el que te quitaba la mierda de arriba te quería salvar. Tercera, el que tenía mierda arriba no debía moverse si quería salvar las plumas.

A Manuel siempre le había llamado la atención que aquel chiste tan bueno no provocara risas sino una mezcla de perplejidad e inquietud. Pero ahora concluyó que en realidad se trataba de un chiste demasiado bueno. Gorbachov, por ejemplo, había sacado a flote la mierda de la Unión Soviética con la intención de ayudarla; el pueblo, débil pajarito, se había removido; Yeltsin, el gato negro, se lo había comido. Volvió a mirarse la uña manchada, perplejo e inquieto; estuvo así largo rato, hasta caer en una interminable duermevela de la que regresó varias veces, a intervalos irregulares e imprevisibles, para interrogarse acerca del mensaje inscrito en aquella mierda. La fragmentación del sueño le impidió descansar, como si se estuviera sometiendo a sí mismo a una guerra del tiempo, a una tortura semejante a la que había sufrido en la cárcel cercana a la frontera finlandesa. De pronto, el *León Tolstoi* empezó a ralentizar la marcha hasta detenerse. Manuel dio un respingo, sobresaltado, cayó en la cuenta de que acababan de llegar a la frontera polaca y se preguntó si el plan de Ayinray funcionaría.

Entre la densa niebla del amanecer vio acercarse patrullas de guardafronteras uniformados de negro, armados con negros fusiles Kalashnikov, acompañados por negros perros de presa, como móviles manchas de terror sobre la nieve blanca. Se miró la uña manchada preguntándose qué hacer en caso de una eventualidad. Nada, se dijo, tenía mierda arriba, no podía moverse pero tampoco podía salvar las plumas, su causa por espionaje y su fuga del consulado cubano saldrían a flote y tendría que pagar con la vida. Le costó mucho mantenerse en su sitio, dominar la creciente corcomilla que lo invadió de pies a cabeza provocándole una necesidad casi irresistible de salir al pasillo a estirar las piernas. Oyó los ruidos secos de la puerta del vagón al abrirse, supuso que la pareja de militares había subido y pensó asomarse a echarle al menos una ojeada al oficial que dentro de unos minutos decidiría su destino.

No lo hizo, no quería llamar la atención. Lo ideal sería desaparecer, desde luego, contradecir a Arquímides, no desplazar siquiera aire. Se sorprendió a punto de morderse la uña manchada de mierda, escondió la mano bajo el muslo para vencer la tentación y al moverse cobró conciencia de que tenía en el culo el anillo y los dólares. ¿Qué tal si le registraban hasta el alma, como en Suiza, y lo despojaban no sólo de su libertad sino también de su riqueza?

La puerta del compartimento se abrió de pronto y un capitán joven, flaco, de pequeñísimos ojos negros, larga nariz ganchuda y rostro picado de viruelas hizo un parco saludo militar y solicitó los pasaportes; venía acompañado por un soldado alto, fortachón, de cara de niño. Manuel extrajo el documento de la carterita de cuero que llevaba colgada del cuello y lo entregó al oficial con la esperanza de recibir a cambio un guiño, una sonrisa, alguna mínima señal de complicidad. Pero el hombre sumó el pasaporte a los restantes con ademán rutinario, dio media vuelta, pegó un taconazo y abandonó el compartimento. Manuel sufrió un sobresalto, las brillantes botas negras de aquel tipo eran exactamente iguales a las del coronel que lo había interrogado en la cárcel cercana a la frontera finlandesa. Se dijo que era lógico, que se trataba del uniforme del cuerpo de guardafronteras, pero aun así no consiguió tranquilizarse, aquellas malditas botas de caña alta estaban clavadas en su retina como un cuchillo. Además el tipo no le había dirigido ni siquiera un gesto, no había despegado los labios finos y crueles, ni movido un músculo de la cara picada de viruelas al tomar el pasaporte que supuestamente debía reconocer. No, aquel no era su hombre. La cadena de contactos de Ayinray se había roto.

De pronto, el tren se puso en marcha, y Manuel se incorporó de un salto antes de comprender que había empezado la operación de cambiar las ruedas rusas del convoy por otras de eje europeo, más estrecho. El *Tolstoi* retrocedió unos diez metros, avanzó quince, se detuvo del todo e inmediatamente se desató a su alrededor un aquelarre de chirridos, martillazos y entrechocar de hierros. Manuel se tapó las orejas, le hubiera encantado observar el proceso completo desde abajo, para entenderlo mejor, pero estaba estrictamente prohibido abandonar el tren en aquel punto. Los pasajeros debían tragarse el ruido y esperar sentados el final del trámite migratorio, que en su caso era una variante burocrática de la ruleta rusa.

Como estaba todavía de pie, cedió a la tentación de mirar por la ventanilla. A las escuadras de guardias se habían unido ahora cuadrillas de obreros ataviados con gruesos monos grises; guardias y perros controlaban puertas y ventanas mientras los obreros se afanaban junto a los vagones para efectuar el cambio de ruedas con la ayuda de toscas máquinas negras que se desplazaban lentamente por vías auxiliares. La niebla difuminaba los contornos de aparatos, obreros, perros y policías, cuyas tareas y gestos respectivos contribuían a otorgarle al conjunto el aspecto de un campo de trabajo forzado. Manuel quiso coger aire fresco y entender cómo se llevaba a cabo exactamente el cambio de ruedas, abrió la ventanilla y sacó la cabeza. Un mastín se encabritó de inmediato, como si lo hubiera presentido, empezó a ladrarle y a tirar de la traílla poniendo sobre aviso a su amo, que instintivamente le apuntó con el Kalashnikov y le ordenó que metiera la cabeza y cerrara la ventanilla.

Obedeció enseguida, pidió excusas a la tetona, que protestaba por el frío que había entrado al compartimento, y volvió a sentarse en la litera. Era un imbécil. Pese a toda la experiencia acumulada en cárceles y huidas no aprendería nunca que quien tenía mierda arriba no podía moverse. Pensó en matar el tiempo y la angustia estudiando la línea de fuga que había trazado en el mapa de Polonia que llevaba en la mochila, pero abandonó la idea de inmediato. Mejor poner la mente en blanco si quería salvar las plumas. Recordó la uña manchada, pensó que nadie podría acusarlo de estarse mirando el dedo y volvió a examinarla con la curiosidad de un entomólogo. La mierda seca era ahora un hilillo apenas visible.

La puerta del compartimento volvió a abrirse y el soldado de cara de niño apareció en el vano. «¡Tú!», señalaba a Manuel, «Coge tus cosas y sígueme». No se atrevió a pronunciar palabra, pensó que estaba jodido y punto, que otra vez empezaban sus trabajos de Sísifo. Cogió la mochila y el abrigo y echó a caminar pasillo arriba, precedido por el soldado. En la cabecera del vagón, junto al samovar, había una mesita portátil sobre la que reposaba la pila de pasaportes, parado detrás, el oficial de rostro picado de viruelas y botas de caña alta lo miró acercarse sin perderle pie ni pisada. Manuel se inclinó al llegar, esbozó una sonrisa obsecuente y dio los buenos días. Por toda respuesta, el oficial se dirigió al soldado, «Proceda», dijo.

El soldado le ordenó que levantara los brazos y empezó a registrarlo. Era joven, torpe, alto como una torre, tenía la piel rosada, una vellosidad femenina en las mejillas y una profunda peste a rayo en los sobacos. Manuel giró la cabeza e hizo un esfuerzo por dominar sus deseos de devolver, sería el colmo vomitar sobre el carcelero. El soldado terminó de palparlo, le volteó los bolsillos del pantalón, que estaban vacíos, le sacó la carterita de piel y volcó el contenido sobre la mesa. «Doscientos rublos y un pañuelo», informó como si su jefe fuera ciego.

Sin pronunciar palabra, el capitán dirigió la quijada prognática a la mano derecha de Manuel, que sostenía en el aire la mochila y el abrigo. El soldado enrojeció como un escolar cogido en falta, agarró ambas piezas, las depositó sobre la mesita y empezó a registrarlas. Manuel perdió toda esperanza, el próximo paso sería meterlo en el baño, desnudarlo y sacarle del culo el preservativo con los doscientos dólares y el anillo de oro y diamantes, la prueba de que había vendido secretos militares a Occidente y de que además de espía era traficante de divisas.

El soldado terminó de revisar los bolsillos y de palpar el forro del abrigo, al ir a volcar el contenido de la mochila sobre la mesita tiró al piso la pila de pasaportes. Manuel se agachó para ayudar a recogerlos pensando que quizá ese gesto lo ayudaría en algo. «¡Quieto!», tronó el oficial. Obedeció como un soldado. El tipo de cara de niño rehizo la pila de pasaportes y vació la mochila en un extremo de la mesita. «Nada», dijo, «Ropa. Un mapa turístico». El oficial, incómodo, tamborileó sobre la madera, tenía las uñas fuertes y curvadas. El soldado enrojeció de nuevo y procedió a voltear uno a uno los calcetines que Ayinray había doblado por pares, como una profesional. «Vacíos», dijo. «Bien, entonces proceda», ordenó el capitán.

Manuel cerró los ojos, ahora lo conducirían al baño y todo habría terminado. Pero la peste del soldado se alejó por el pasillo y él volvió a mirar a ver qué pasaba. El oficial estaba revisando la pila de pasaportes, cuyo orden se había trastrocado cuando cayeron al suelo. Finalmente encontró el de Manuel, lo abrió por la página donde estaba la fotografía, lo miró a la cara para asegurarse de que era la misma persona del retrato, y le extendió el documento con gesto brusco, «Suerte, cubano», dijo.

Media hora más tarde, cuando el *León Tolstoi* circulaba por Polonia, Manuel se sacó el preservativo y guardó sus riquezas junto al pasaporte. Festejaba su libertad, y no dejó de hacerlo en la estación central de Varsovia, donde se detuvo frente a aquel belén de tamaño natural que le impresionó tanto y le hizo evocar el humilde nacimiento casero que su madre solía armar en Holguín, ni en el expreso *Andrzej Wajda* que tomó allí mismo y que lo condujo a la ciudad portuaria de Gdynia, en el Báltico, donde se llenó los pulmones de aire de mar y vio volar los primeros alcatraces de su vida. Ya entrada la tarde abordó el ferry *Nicolás Copérnico* con destino a Ystad, en el extremo sur de Suecia.

Fue durante la horrible noche que pasó en los pasillos de aquella embarcación cuando se atrevió a preguntarse qué hacer si en Suecia lo registraban y le decomisaban sus riquezas. No, en Occidente no hacían esas cosas. ¿O sí? Decidió ir al baño, un gabinete pequeñísimo por cuya escotilla abierta entraba un viento helado como una maldición. Metió el anillo y los billetes en un preservativo nuevo que luego se introdujo en el ano, profundamente, diciéndose que en cualquier caso allí estaría más seguro. No había jabón ni agua caliente, de modo que las manos se le pusieron azules de frío al lavárselas y un filo color marrón volvió a marcarle la uña del dedo corazón. Al salir miró al Báltico, abierto tras la escotilla como una inmensa boca negra, y sintió que le embargaba una tristeza sin fondo. Había conseguido escapar de Rusia, cierto, pero Polonia sólo le había traído frío y soledad. No se había decidido a pagar el derecho a compartir un camarote en el *Copérnico* y vagaba por los estrechos pasillos de la nave muerto de sed y sueño, bamboleándose como un mendigo, con la uña manchada de mierda.

Le estaba dando vueltas a su situación cuando vio a través de la escotilla las lejanas luces de la isla de Bodjörn brillando en medio de la noche como una llamita de esperanza. ¿Lo aceptarían en Suecia? Todo dependía del modo en que planteara su problema: si se limitaba a pedir refugio y una beca de estudios, como había hecho en Suiza, corría el riesgo de que le denegaran ambas cosas y lo deportaran a Rusia o, peor aún, a la propia Cuba. Pero le repugnaba la idea de solicitar asilo político simplemente para agradar a aquellos capitalistas y granjearse su buena voluntad. Hacerlo sería una traición a los ideales de Ayinray y quizá también a los del oficial de rostro picado de viruelas que había corrido el riesgo de dejarlo escapar de Rusia; no hacerlo, sin embargo, sería sencillamente una estupidez.

Fue hasta la cafetería, pidió un sándwich de jamón y un yogur y obtuvo a cambio el privilegio de una banqueta vacía donde se sentó a comer, con los codos sobre el mostrador de formica verde, mientras se preguntaba qué coño hacía en aquel barco. Así lo sorprendieron el amanecer y las maniobras de atraque; no había podido dormir ni decidido si debía rebajarse a pedir asilo político o limitarse a pedir refugio y ayuda. Se puso de pie y sólo entonces cayó en la cuenta de que casi frente a él había una palillera plástica, extrajo un grupito de palillos de dientes y lo guardó en el bolsillo del abrigo.

Fue el último en abandonar el *Nicolás Copérnico*. Mochila al hombro, echó a caminar muy lentamente por el pasillo que conducía a la oficinita de la policía de inmigración en el puerto de Ystad, una construcción baja, de madera embreada, frente a la cual había un mástil coronado por una bandera azul y oro que el viento del Báltico batía con fuerza. Se quitó los guantes bajo la bandera y utilizó tres palillos en limpiarse la uña del índice de la mano derecha. No cesó en su empeño hasta que se hizo daño y un hilo de sangre barrió al de mierda, entonces hundió las manos en la nieve acumulada en la base del mástil, respiró profundamente para limpiarse los pulmones del aire viciado del ferry, miró las olas del Báltico romper contra el muelle y se dirigió a la oficinita de inmigración con paso firme.

«Vengo a pedir asilo», dijo en inglés al entrar. Pero la voz le salió quebrada y el oficial de guardia, un hombre bajito, robusto, de piel rojísima, que estaba de espaldas a la puerta convencido de que ya todos los viajeros habían pasado, se dio la vuelta y le preguntó algo en su idioma.

Él no entendió una palabra, miró el retrato de los reyes de Suecia que presidía la estancia, puso el pasaporte rojo sobre el mostrador de madera y repitió en inglés, esforzándose por hablar alto y claro, que era cubano y venía a pedir asilo. El oficial esbozó la típica sonrisa de inteligencia de quien, sin tener educación superior, ha conseguido entender un idioma extranjero. «¿Político?», dijo en un inglés tosco, pero comprensible. Manuel permaneció en silencio, la estratagema que había inventado para resolver su angustia sin tomar partido explícitamente había estallado como un globo. «¿Asilo político?», insistió el oficial. Manuel tragó en seco, volvió a mirar la foto de los reyes y asintió con la cabeza. El oficial se rascó la suya, indicó un banco de madera que estaba junto a la puerta e hizo una llamada telefónica. «Ahora vienen», dijo.

Poco después llegaron dos policías con saludable aspecto de marinos, recogieron el pasaporte y escoltaron a Manuel hasta un flamante Volvo que a él le pareció el colmo de la comodidad: las ventanillas traseras no eran ciegas y no estaba dividido por ninguna mampara. Podía mirar. Suecia le pareció más natural que Suiza, más libre. Ystad, con sus construcciones de madera, la cercanía del bosque y la omnipresencia del mar era un pueblito en el que podría vivir, donde no resultaría aplastado por la barroca complejidad de Basilea. ¿No habría allí un Instituto de Física de Bajas Temperaturas? Le constaba que no, desgraciadamente, pero en todo caso siempre podría viajar a Malmö, donde sin duda habría una buena Escuela de Física y además vivía Erika Fesse, que quizá le tiraría un cabo como homenaje a los viejos tiempos.

El Volvo se detuvo. Manuel calculó que no habrían recorrido ni siquiera mil metros. Uno de los guardias con aspecto de marino lo invitó a bajar y lo escoltó hasta la estación de policía, un edificio de bloques prefabricados que rompía la línea arquitectónica del pueblo, presidido por la

bandera azul y oro que el viento hacía restallar furiosa-
mente. Allí lo condujeron a una oficinita donde había una
teniente sentada frente a una máquina de escribir eléctrica.
La mujer, de huesos grandes y fuertes, pelo rubio corto y
lacio y ojos azules recibió el pasaporte de Manuel, copió
las generales y le preguntó en perfecto inglés por qué llevaba documento oficial, ¿acaso era diplomático?

No, por favor, dijo él, súbitamente aplastado por el renacer de aquel escollo que ya lo había perjudicado en
Suiza, e intentó explicar con calma la verdad: todo el que
salía de Cuba enviado por el gobierno estaba obligado a
usar ese pasaporte, era la ley, no le daban otro. Ella lo recorrió con la vista de pies a cabeza, sin mover un músculo
de la cara, y le preguntó que si traía cocaína, hachís, marihuana, heroína o algún tipo de droga sintética. Él negó
con la cabeza, enfáticamente. La teniente oprimió cinco veces la tecla X con el anular de la mano izquierda y preguntó, ¿alguna enfermedad hereditaria, infecciosa o dege-
nerativa? No, dijo él. Ella marcó otras tres veces la X y le
miró a los ojos, ¿por qué pedía asilo político? Manuel sintió la pregunta como un disparo y tuvo que desviar la
vista para atreverse a contar su historia. Ella la copió con
pelos y señales, sus uñas cortas, coloreadas apenas por
una leve capa de brillo, parecían volar sobre el teclado. Al
terminar se volvió hacia él, «Desnúdese», dijo.

Manuel permaneció inmóvil, como si no hubiere entendido la orden. «Espero por usted», lo urgió ella, «No
tenemos todo el día». Él cerró los ojos antes de empezar:
quería creer que no estaba allí, que aquella ceremonia no
estaba ocurriendo, pero cuando se despojó del pantalón
y el calzoncillo un golpe de sangre le subió desde el pecho hasta la cara. Pasaron unos segundos interminables
hasta que escuchó una nueva orden, «Dése la vuelta».
Obedeció de inmediato, a ver si así podía al menos acor-
tar el tiempo de aquella humillación, y entonces ella le

ordenó que pusiera las manos sobre la mesa y se inclinara hacia delante. Lo hizo a tientas, como un ciego. Sintió que aquella mujer le hurgaba las entrañas, extraía el preservativo, decía «Ajá», como si hubiera descubierto alguna terrible prueba en su contra, y abandonaba la habitación a grandes trancos, las botas resonando sobre las baldosas.

Se puso erecto pero no se atrevió a abrir los ojos; segundos después la escuchó regresar y ordenarle, «Póngase esto». No le quedó otro remedio que mirar para orientarse. Ella le alargaba una especie de pijama verduzco, de algodón, que al menos le sirvió para taparse las vergüenzas. La teniente volvió a sentarse ante la máquina, tecleó unas líneas, extrajo el papel, lo puso sobre la mesa y dijo: «Firme aquí». Era un recibo escrito en sueco del que Manuel no entendió una sola palabra. Firmó, sin embargo. No se sentía con fuerzas para negarse a nada.

«¿Quiere que le diga lo que pienso?», preguntó entonces la teniente con una extrema tensión en la voz, como si ella, y no él, hubiese sido la humillada. «Que usted es un gusano. Una rata que salta del barco y traiciona a su país ahora que la Unión Soviética se ha desplomado. Pero escúcheme bien, Cuba no se desplomará; no permitiremos que se desplome porque es la única esperanza del Tercer Mundo, y del nuestro. Ahora sígame.» Manuel obedeció arrastrando los pies como un anciano. La mujer lo condujo a una escalera que desembocaba en el sótano, donde había un pasillo intensamente iluminado, al que daban varias puertas de acero. La del extremo estaba abierta y él entró sin que se lo ordenaran, paseó la vista por aquella celda limpia como un quirófano, comprobó que estaba solo, se desplomó en la cama personal situada a un costado, junto a la pared, y se rajó en llanto.

Al amanecer del día siguiente uno de los policías con aspecto de marino le trajo el desayuno y la ropa, le dijo que lo esperaban arriba y al salir dejó abierta la puerta de acero de la celda. Manuel subió a la oficina deseando no volver a encontrarse a la oficial que lo había interrogado, pero era justamente ella quien lo estaba esperando junto a una mesa de madera donde estaban desplegadas, en riguroso orden, las pertenencias que le habían requisado el día anterior. «Revíselas», dijo la teniente, «y si no falta nada firme aquí». Manuel comprobó de un golpe de vista que allí estaba todo cuanto tenía: la mochila, un poco de ropa, unos cuantos dólares, otros tantos rublos y zlotys, el anillo de oro y diamantes, e incluso, como una horrible prueba de la honestidad de aquella sueca, un preservativo nuevo.

Lo metió todo de cualquier manera en la mochila y firmó el recibo sin levantar la cabeza ni conseguir alegrarse por haber recuperado sus bienes. «Su solicitud de asilo político ha sido rechazada», le informó fríamente la mujer, devolviéndole el maldito pasaporte oficial que había creado tantos malentendidos, «Será deportado al país de donde vino». Manuel tomó el documento y comprobó lo que temía, junto al cuño que le prohibía entrar a Suiza le habían estampado otro que le prohibía entrar a Suecia. Guardó el pasaporte y pensó preguntarle a la mujer si lo deportarían a Rusia o a Polonia, pero no se decidió a hacerlo. Regresar a Rusia sería una derrota de la que no podría reponerse, aunque allí, al menos, podría refugiarse donde Ayinray. Polonia, en cambio, podría ser una estación para una nueva huida hacia no sabía dónde, sólo que allí no conocía a nadie.

Le dio las gracias a la teniente, respondiendo a una costumbre, y cuando ya no podía rectificar se maldijo por haber sido cortés con aquella malvada. El policía con aspecto de marino lo condujo al Volvo, donde los esperaba el otro policía. En el breve trayecto hacia el muelle tuvo tiempo de despedirse de Ystad, aquel pueblo marinero en el que apenas un día antes había soñado con ser feliz.

La policía sueca lo puso directamente en manos del capitán del *Nicolás Copérnico*, aclarándole que debía tener
cuidado con él y entregarlo a las autoridades en cuanto llegara a Polonia, pues se trataba de un deportado. El capitán, un cincuentón de barba blanca y apestosa pipa, les ga-
rantizó que así se haría, pero en cuanto levantaron anclas
le dijo a Manuel que no se preocupara, que detestaba a los
policías y simpatizaba con los deportados, pues también
él lo había sido durante la dictadura comunista, acusado
de complicidad con los mismos suecos que ahora lo expul-
saban a él. No le cobró el pasaje, ordenó que le regalaran
la comida, y le otorgó el derecho a compartir un camarote
desde el que Manuel vio brillar el Báltico y los acantilados
de la isla de Bodjörn en aquel día bellísimo, frío y resplan-
deciente como la hoja de un cuchillo.

Después de atracar en Gdynia, el capitán le ayudó a
evadir con asombrosa facilidad los controles de la policía
polaca de fronteras, donde lo respetaban como a un pa-
triarca, le dio un abrazo y le deseó buena suerte. En el expreso *Federico Chopin* que lo condujo de vuelta a Varsovia,
Manuel tuvo tiempo para soñar un infierno donde sufri-
rían por siempre jamás todos los que alguna vez le habían
hecho daño, desde Lucas Barthelemy a la teniente sueca,
un limbo donde perderían su tiempo los estúpidos que lo
habían envidiado, y un mundo feliz, pequeño, privado, en
el que vivirían su madre, sus amigos, sus novias y también
el capitán del *Nicolás Copérnico*, un hombre que respiraba
la calma de la sabiduría y la desesperanza y a quien le hubiera encantado tener como amigo y consejero. Sí, necesitaba a alguien como el capitán o como Ignati Derkáchev,
un hombre mayor, cariñoso y sabio, en quien poder recos-
tarse como en un tronco.

Lo necesitó más que nunca en la Estación Central de
trenes de Varsovia, a la que llegó de noche y donde se acu-
rrucó en un banco con la mochila como almohada. El frío

le impedía descansar y no tuvo más remedio que colarse en un vagón vacío en el que quedaban rescoldos de calefacción. Durmió fatal, aterrado ante la idea de que en cualquier momento engancharían aquel vagón para devolverlo a Rusia. Amaneció aterido, con la ropa empapada por la humedad, sintiéndose otra vez como un pordiosero. Las vías y vagones estaban blancos como en una postal de Navidad y seguía nevando, pero la belleza del entorno acrecentó aún más la humillación que lo agobiaba. Estaba jugueteando con la idea de tirarse bajo un tren cuando lo asaltó una iluminación como un relámpago. ¡Se iría a Miami! ¿No decían que era un gusano? ¿Una rata que saltaba del barco? Pues bien, lo sería.

Hasta entonces había tenido una opinión tan nefasta sobre aquella ciudad y los cubanos que vivían en ella que no le había pasado por la cabeza la posibilidad de irse a vivir allí, pero después de abandonar el coche helado, y mientras desayunaba en la propia cafetería de la estación, concluyó que aquel criterio estaba basado en puros prejuicios. Jamás había estado en Miami, donde tenía un tío que, pensándolo bien, no había hecho más que ayudar a la familia de Cuba con sistemáticos envíos de dinero. La idea de trasladarse a vivir a una ciudad que siempre había identificado con el mal volvió a repugnarle mientras pasaba frente al nacimiento que iluminaba el salón central de la estación camino de la puerta de salida. No tuvo fuerzas para vencer aquel sentimiento y justificó su decisión de irse a Miami, pese a todo, pensando que cubanos, rusos, suecos y suizos no le habían dejado otra alternativa. En el parquecillo situado frente al edificio de la estación había un árbol de Navidad, un enorme abeto adornado con brillantes bolas de colores y coronado por una gran estrella blanca, bajo el que se detuvo y se repitió varias veces que sí, que tenía todo el derecho del mundo a defenderse largándose a Miami. Inmediatamente después tomó un taxi y le ordenó al chófer que lo llevara al consulado de los Estados Unidos de América.

Lo dejaron frente a una palacete rococó pintado de blanco que resultó ser la embajada, donde la guardia le informó de que el consulado estaba en la otra cuadra, a la vuelta de la esquina. Ambas construcciones compartían el jardín y la cerca de altos barrotes negros rematados en lanzas pintadas de dorado, pero el consulado ocupaba la planta baja de un edificio moderno, de tres pisos, cuya forma recordaba un paquete de cigarrillos. Pasó la mochila por el escáner y accedió a un salón rectangular presidido por un retrato de George Bush con gesto de *pater familias* donde había veinticuatro sillas plásticas alicatadas al suelo de linóleo, una serie de paneles de instrucciones en inglés y polaco, un fotomatón, varias máquinas y tres ventanillas numeradas.

Siguió al pie de la letra las instrucciones inscritas en los paneles: obtuvo un turno, rellenó un formulario por triplicado, introdujo veinticinco dólares en una de las máquinas, aun cuando el punto cinco de las instrucciones advertía que a quienes no se les otorgara el visado tampoco se les devolvería el dinero, recibió el correspondiente recibo y entró al fotomatón que estaba al lado. Se peinó frente al espejo de la máquina, lamentando tener aquella sucia barbita de varios días que le otorgó un aspecto patibulario a sus fotos de carné. Pero no había nada que hacer, salvo esperar. Dos horas más tarde su número brilló por fin sobre la ventanilla número tres, y avanzó hasta el cristal tras el que estaba sentado un negro joven, de camisa blanca y flamante corbata amarillo canario.

Pasó la documentación a través de la trampilla. El joven negro apartó las fotos, el formulario y el recibo, y se concentró en examinar el pasaporte rojo. Al fin levantó la cabeza, ¿por qué usaba documento oficial?, ¿por qué lo habían expulsado de Suiza y de Suecia? Manuel se explicó como pudo, había sido prisionero de los rusos, dijo, estaba perseguido por ellos y por los cubanos y venía a solicitar asilo político en el país de la libertad.

Se sintió fatal después de haber pronunciado aquellas palabras, tan ajenas a sus oídos que le parecieron dichas por otra persona, pero no tuvo valor ni tiempo para rectificarlas. El negro de corbata amarilla le pidió que esperara un segundo y partió hacia el interior de la oficina con el pasaporte, las fotos, el recibo y el formulario en la mano.

Diez minutos después Manuel estaba sentado en un lujoso despacho, una empleada pecosa le había servido café y el cónsul repasaba su pasaporte página a página, con curiosidad de miniaturista. Manuel se sintió incómodo por estar tan sucio en un lugar tan limpio, e intentó inútilmente tapar la empercudida mochila con las piernas mientras paseaba la vista por la estancia. El salón estaba presidido por el escudo del águila imperial, al fondo había una gran estantería de roble en cuyo centro se hallaba el consabido retrato de George Bush en el despacho oval, un escritorio de roble, una bandera norteamericana en un mástil de roble y un sillón de cuero; en el extremo opuesto, frente a la gran puerta pintada de blanco, una mesita con el servicio de café, un sofá y dos butacones tapizados en blanco. Sentado en uno de ellos el cónsul estudiaba el pasaporte rojo, en el otro, él luchaba por dominar sus nervios.

Simplemente no quería estar allí. Se había educado en el odio a los símbolos que enmarcaban aquel espacio hasta el extremo de que aceptar ahora su mera presencia le parecía una traición. Pero, ¿qué otra cosa podía hacer más que tranquilizarse? No era un traidor a Cuba ni lo sería nunca, en todo caso Cuba le había traicionado a él al no permitirle desarrollarse como científico y servirla. La serviría en el futuro, estaba convencido, pero antes tenía que encontrar un lugar en el mundo, y pensándolo bien no estaba nada mal que ese lugar fuera Estados Unidos de América, un país donde vivían tantísimos cubanos y que era también, por otra parte, el paraíso de la física.

El cónsul dejó el pasaporte sobre la mesita y miró a Manuel con una mezcla de curiosidad y simpatía. Era alto, delgado, de maneras suaves y calva brillante en forma de huevo, su nariz, sin embargo, era demasiado ancha, como si correspondiera a otro rostro. ¿Por qué usaba documento oficial?, preguntó. Manuel no pudo evitar un chasquido de irritación, estaba hasta los mismísimos cojones de aquella pregunta. Perdón, dijo antes de responder lo de siempre: ése era el pasaporte que le daban en Cuba a quien salía al extranjero enviado por el gobierno. El cónsul extrajo un kleenex y se sonó ruidosamente la nariz, ¿eso significaba que no era diplomático ni...?, hizo una pausa, dejó caer el kleenex en un cesto, añadió, ¿ni, en fin...?, y dejó la pregunta incompleta en el aire.

Para ganar tiempo, Manuel se sirvió café, comprobó con rabia que las manos le temblaban y se dio un trago que le quemó la lengua y le dejó un sabor amargo en la boca. No, dijo, no era diplomático ni... en fin... El cónsul le dirigió una sonrisa de inteligencia, allí podía hablar en confianza, lo animó, si quería un visado para Miami. Manuel tomó la tenacita de plata, echó dos terrones de azúcar en la taza y volvió a servirse café, «¿Usted no toma?», dijo. «Padezco de gastritis», el cónsul juntó las manos en el regazo, tenía los dedos largos y finos. Manuel levantó la taza pero no se decidió a beber, las manos le seguían temblando y le escocía la lengua. Iba a hablar en confianza, dijo, hizo un resumen de su huida a través de Europa y concluyó: tres fugas, tres cárceles, tres deportaciones. El cónsul extrajo otro kleenex, empezó a doblarlo, hizo un botecito y lo depositó sobre la mesa con el orgullo de un niño, Polonia era ya un país libre, dijo, desde un punto de vista estrictamente legal no podía concederle un visado para Estados Unidos, a menos que... Y dejó la frase en el aire como parecía ser su costumbre.

Manuel bebió el café que ya se había enfriado y le supo a mierda, algo se le escapaba en los silencios de aquel funcionario de cabeza de huevo. «¿A menos que qué?», preguntó con cierta violencia. El cónsul resopló como si estuviera hablando con un tonto, a menos, dijo, que estuviera en el interés nacional de Estados Unidos recibirlo a usted por alguna razón especial, en fin...

«Entiendo», respondió Manuel. No era verdad del todo, algo seguía escapándosele en aquella nebulosa de sobreentendidos, pero estaba irritado porque aquel estúpido lo hubiera considerado tonto, y además tenía que entender, le iba la vida en entender. Miró al cónsul, que estaba empeñado en hacer otro barquito de papel, y se preguntó si habría quizá alguna razón por la que Estados Unidos pudiera estar interesado en recibirlo. La pregunta misma le parecía un sinsentido, pero aun así agotó las posibilidades que se le ocurrieron sin encontrar ninguna respuesta positiva.

¿Qué coño podría interesarle a Estados Unidos la ayuda brindada por Natalia y Sacha, la finca de Kristóforos y Efrosínia, unas cuantas cárceles e incluso un convoy militar ruso visto a distancia por alguien cagado de miedo y de frío? ¿Qué más les daría saber quién era Lucas Barthelemy, Erika Fesse, o cómo se había escapado él del consulado cubano en Leningrado? ¿Quién allí tendría paciencia para escuchar siquiera la historia de su amor con una india mapuche? ¿Qué podría aportarle a Estados Unidos un pobre estudiante de física?

«¡Un momento!», exclamó sobresaltando al cónsul, que soltó el barquito de papel a medio terminar y dijo: «¿Ya?». Manuel no respondió, todavía estaba pensando, él no era ningún pobre estudiante de física sino un *atlichnik*, qué cojones, el mejor discípulo que había tenido nunca el profesor Ignati Derkáchev, el único extranjero que había sido autorizado a investigar en el Instituto de Física de Bajas Temperaturas de la Unión de Repúblicas Socialistas Soviéticas, la más pobre y la mejor de las instituciones de su tipo que había en el mundo. ¡Lo tenía! Conocer el *modus operandi* del Instituto sería una razón por la que Estados Unidos estaría sin duda interesado en recibirlo. Abrió la boca, e instantáneamente cayó en la cuenta de que revelar lo que sabía sobre el Instituto implicaría también traicionar no a la Unión Soviética, que había desaparecido y en el fondo le importaba un carajo, sino a Derkáchev. Y no estaba dispuesto a ello por nada del mundo. «Tiene usted razón», dijo cabizbajo, mientras recogía el pasaporte que estaba sobre la mesita, «Polonia es un país libre».

Regresó a la terminal de trenes como un criminal que debía volver inexorablemente al lugar del crimen. No conocía otro lugar en Varsovia, no conocía a nadie. Había perdido los veinticinco dólares de la inscripción en el consulado americano más el montón de zlotys que pagó en taxis sin obtener nada a cambio. Era un imbécil. Se detuvo frente al nacimiento tamaño natural, el único rincón cálido en aquel enorme salón desastrado, y tuvo que dominar los deseos de guarecerse bajo la paja del establo. Allí habría calor, pero la policía lo sacaría a palos acusándolo de hereje. Se sintió mal, no le gustaban las fiestas de Navidad en las que era obligatorio ser feliz y amar al prójimo. Era infeliz y estaba lleno de odio.

Empezó a errar por los pasillos de la terminal mientras recordaba que en una Navidad ya remota su padre había abandonado la casa para siempre, y miraba sin ningún interés los escaparates de las tienditas. Allí, por lo menos, no llamaba la atención, parecía un viajero más con su mochila al hombro. Sólo que no tenía dónde ir. Encontró al paso una oficinita de la Cruz Roja, entró y le preguntó en ruso a la única empleada que si podía recomendarle un albergue barato, con calefacción, donde pasar un par de noches. La mujer, sentada en una silla de tijera, lo miró de pies a cabeza, estaba comiendo salchichas con mostaza en un plato de cartón que tenía sobre la polvorienta mesita. «Depende», dijo al fin, con la boca llena. Manuel paseó la vista por el pequeño local, aparte de la mesita y la silla sólo había un vetusto archivo metálico, probablemente vacío. «¿De qué depende?», preguntó. La mujer terminó de comer, «De si tienes dinero», dijo, y se limpió los dedos en el vestido, tendría cuarenta años, pero se movía con la agotada lentitud de una anciana. Manuel puso un puñado de zlotys sobre la mesita con cierto desprecio. La mujer hizo una mueca al pretender reír y mantener cerrados los labios a un tiempo, pero la risotada despectiva pudo más y quedó claro que le faltaba un diente, dinero quería decir marcos, dijo.

La casucha de la mujer olía a perro. Estaba en las afueras de Varsovia y al llegar Manuel se vio rodeado por una jauría y comprendió que había hecho un pésimo negocio. Por cinco dólares diarios hubiera podido conseguir algo mejor en el centro, pero no tenía fuerzas para regresar e intentarlo. Exigió que le quitaran de encima los perros que luchaban entre sí por lamerlo, tiró la mochila en la desvencijada silla de extensión de la salita que la mujer le asignó como cama y echó una ojeada. Aquello era un horror que la mujer se empeñaba en presentar como un palacio: un salón comedor desangelado y frío, un bañito en el que todo parecía plástico, una cocina sucia, larga como un pasillo, la habitación de la mujer cerrada a cal y canto y una huerta tapada por la nieve. De pésimo humor, impuso condiciones, mientras él estuviera allí la mujer debía encerrar los cinco perros que atronaban la casa, no admitiría más molestias.

Una profunda voz de bajo llegó desde el cuarto dándole la razón, tras ella vino su dueño envuelto en una vieja bata de seda azul. Era un hombre más bien alto, histriónico, con el pelo y el bigote mal teñidos de negro y granos en la cara, que se presentó ceremoniosamente como Dimitri Andújov, ingeniero ruso en tránsito hacia Occidente y huésped de pani Belisa; Manuel comprendió instintivamente que en polaco pani significaba señora. Los perros aumentaron la algarabía y pani Belisa se los llevó a la cocina llamándolos por sus nombres respectivos, *Chopin, Mozart, Liszt, Vivaldi* y *Debussy*. Dimitri Andújov quiso saber quién era el invitado. Manuel se presentó en ucraniano, cuando estuvo seguro de que ni Andújov ni pani Belisa entendían dicha lengua retomó el ruso y dijo ser Alexander Derkáchev, nativo de Kiev, estudiante de química que había venido a hacer la especialidad en Varsovia.

¡Error!, exclamó Dimitri con la pasión de un cantante de ópera, ¡craso error! ¿A quién se le ocurría estudiar en Polonia, país de ignorantes, como había demostrado el gran Fiódor Mijáilovich Dostoievski? ¿Química?, en Rusia, tierra de Mendeléiev, o en Alemania, patria de la filosofía y de la ciencia. Pani Belisa dijo que alemanes, rusos y polacos eran lo mismo, bárbaros antisemitas, y declaró que el futuro estaba en Israel, la tierra prometida. Dimitri amagó con pegarle, Manuel se sintió como espectador involuntario de una ópera grotesca, reparó en que pani Belisa y Dimitri tenían el pelo teñido con el mismo pésimo tinte, y exigió a gritos su derecho a quedarse solo.

Pasó dos semanas en medio de aquella mezcla de farsa y manicomio, donde llegó a dudar hasta de sí mismo. Estaba convencido de haber hecho bien en inventarse otra identidad, aunque muchas veces le asaltaba el temor de olvidar el guión y ser descubierto, y otras se preguntaba a santo de qué tenía que fingir. Lo hacía por instinto, ¿quién le aseguraba que aquel par de locos o de truhanes dijeran la verdad? Pani Belisa, la perrera, podía perfectamente no ser profesora de música, ni haber perdido su empleo por la presión de lo que calificaba como «la mafia antisemita de Lech Walesa», ni haberse visto obligada a empeñar su precioso piano. Dimitri no tenía tipo de ingeniero, ni de haber sido prisionero político en la época soviética, ni mucho menos de estar perseguido en la actualidad por lo que solía llamar «los nuevos amos de Rusia, la pandilla de Yeltsin».

Dormían juntos, y sin embargo escenificaban cada día dos o tres broncas operáticas, la mayor de las cuales se produjo la víspera del veinticinco de diciembre, cuando pani Belisa se negó en redondo a que en su casa se celebrara la Navidad, que calificó de ceremonia idólatra de estúpidos goyim. Dimitri sufrió un arrebato de rabia, la llamó deicida, pani Belisa le lanzó un escupitajo y el ruso le cruzó la cara con una bofetada. Manuel estuvo a punto de interponerse, temeroso de que lo grotesco se trocara en tragedia, pero lo pensó mejor y optó por pegar el portazo. Estuvo horas dando vueltas por el barrio entre la niebla, bajo la nevada azul, escuchando aquí y allá ecos de los villancicos que salían de las tristes casuchas. Cuando regresó a la de pani Belisa y se acostó en la desvencijada silla de extensión apestosa a perro que ya había empezado a provocarle dolores en la espalda, tuvo que soportar durante un buen rato los turbios jadeos y las obscenidades que al hacer el amor se dedicaban mutuamente el ruso y la judía.

Desde entonces, estuvo varias veces a punto de estallar e irse definitivamente de casa de pani Belisa. No se decidió a hacerlo porque aspiraba a confirmar si había allí al menos una verdad que pudiera utilizar en provecho propio. Una de las veces en que se quedó a solas con Dimitri, después de que pani Belisa encerrara a los perros en el cuarto y partiera hacia la oficinita de la Cruz Roja, donde hacía negocios de bolsa negra y eventualmente pescaba huéspedes incautos entre los viajeros que arribaban a Varsovia, el ruso le aseguró que había cruzado una vez la frontera con Alemania, de donde había cometido el error de regresar, dijo, por amor a pani Belisa, aquella estúpida judía que lo despreciaba por eslavo. Pero ya no más, ahora se consideraba otra vez en tránsito hacia Occidente, estaba dispuesto a servirle de guía a Alexander, su hermano ucraniano, y a conducirlo sano y salvo hasta Alemania por la ridícula cantidad de cien dólares.

Manuel tardó unos segundos en caer en la cuenta de que Alexander, el hermano ucraniano del loco Dimitri, no era otro que él mismo, y desde entonces empezó a darle vueltas a la posibilidad de aceptar aquella propuesta. Para hacerlo necesitaba vencer su rechazo a trasladarse a Alemania, convencerse de que efectivamente Dimitri sabía cómo cruzar la frontera, tener al menos la esperanza de poder evitar que lo deportaran y conseguir dinero.

Debía sus sentimientos antialemanes a María y Rudolf Desdín-Lampe, sus abuelos maternos, protestantes que habían salido huyendo del nazismo en 1938 en el *Martín Lutero,* un barco que zarpó de Rostock cargado de gente con destino a Liverpool, donde no le permitieron atracar, y que se convirtió desde entonces en una especie de buque fantasma. Según sus abuelos, el *Martín Lutero* peregrinó durante varios meses por el Atlántico y el Caribe, y fue rechazado sucesivamente en A Coruña, Santa Cruz de Tenerife, Nueva York, Veracruz, La Guaira y San Juan de Puerto Rico. En todos aquellos puertos les vendieron a sobreprecio agua, carbón y comida, pero en ninguno otorgaron refugio a los pasajeros.

Sólo pudieron conseguir el milagro en el remoto puerto de Antilla, al noreste de Cuba, previo pago de una fuerte suma que los propios refugiados abonaron con sus joyas. Pero los abuelos maternos de Manuel no guardaron rencor por los rechazos ni por el expolio, para María y Rudolf Desdín-Lampe la responsabilidad de la odisea que los había marcado a fuego correspondía única y exclusivamente a Alemania, país del diablo, que no volverían a visitar jamás, bajo ninguna circunstancia. Aquel rencor inagotable había sido heredado por su hija Migdalia y luego por el propio Manuel, que se preguntó durante horas, tumbado en la silla de extensión apestosa a perro de la casucha de pani Belisa, si buscar refugio justamente allí, en el país del diablo, no sería una traición a sus abuelos.

Se respondió por eliminación, casi por agotamiento. Si era fugitivo de Cuba y de Rusia, si no habían querido aceptarlo en Suiza, ni en Suecia, ni en Estados Unidos, si no quería vivir en la triste pobreza polaca, ¿qué le quedaba? A la mañana siguiente, en cuanto pani Belisa encerró a los perros en el cuarto y partió hacia la oficinita de la Cruz Roja, fue a buscar a Dimitri a la cocina y le preguntó a bocajarro cómo cruzar la frontera alemana. El ruso se atusó el pelo mal teñido, le mostró los dientes manchados, gruñó a imitación de *Mozart,* el de peor carácter entre los cinco perros de pani Belisa, y le recordó que esa información, guía incluido, le costaría la bicoca de cien dólares o, si así lo prefería, de doscientos marcos. De inmediato se robó un yogur identificado explícitamente como propiedad de pani Belisa y empezó a beberlo en el propio envase, manchándose el bigote de blanco.

Manuel tomó su yogur, que pagaba aparte del alquiler, se sentó en una silla de tijera que probablemente pani Belisa había robado de la oficina, y para provocar a Dimitri y ver si así podía sacar algo en claro, lo acusó de delincuente, ladrón y timador. El ruso escenificó de inmediato un estallido de cólera. ¿Delincuente él, que había sufrido los horrores del gulag en la tenebrosa Siberia por oponerse a la camarilla de Breznev? ¿Justamente él, que ahora sufría los rigores del exilio político en la incalificable Polonia por haberse opuesto a Yeltsin y a su gavilla de salteadores de caminos, los nuevos amos, los imperdonables violadores de la virgen y desventurada Rusia? ¿Ladrón él, a quien la sanguijuela de pani Belisa había chupado la sangre dejándolo sin un pfennig? ¿Timador él, que le había ofrecido graciosamente sus valiosísimos consejos a su hermano ucraniano? ¿Él, Cristo Pantocrátor redivivo, que estaba dispuesto a poner en riesgo su vida con tal de sacar a su hermano del infierno polaco?

Manuel se echó a reír, a veces le encantaba aquel tipo, su mal modulado vozarrón de bajo, el modo en que era capaz de abrir el ojo izquierdo hasta desorbitarlo, al tiempo que cerraba el derecho, la forma en que podía, a voluntad, transformar la feroz crispación del rostro en una obscena mueca de pedigüeño y ésta en un conciliador gesto de hombre honrado, dispuesto a convencer al interlocutor más reacio de la absoluta rectitud de sus intenciones. Era lógico, dijo Dimitri con su cara más presentable, que su hermano ucraniano se preguntara si él sería o no un buen guía, pues bien, como prueba de seriedad iba a regalarle un dato capital, uno solo, pero decisivo, clave, aun a riesgo de que su hermano lo traicionara, como más de una vez habían hecho los ucranianos con los rusos, como había hecho también el judío Caín con el eslavo Abel.

Dimitri hizo una pausa para rebañar el tarro de yogur con la lengua, como solía hacerlo *Vivaldi*, el más lengüino de los perros de pani Belisa, y Manuel experimentó un ataque de asco. Tenía que largarse de allí cuanto antes, a cualquier precio. Dimitri se sentó frente a él, los bigotes mal teñidos de negro manchados de blanco, con la actitud de quien está dispuesto a ganar la partida, y le preguntó cuál era el principal obstáculo a vencer en la frontera germano-polaca. ¿La policía?, adelantó inseguro Manuel. El ruso empezó a menear su largo dedo índice con el tempo de un encantador de serpientes, de modo que Manuel bizqueó al preguntar, ¿los perros? Dimitri siguió meneando el índice, Manuel dijo ¿una cerca de alambre?, y añadió, ¿electrificada quizá? El índice del ruso no se detuvo ni alteró su ritmo hasta que Manuel sufrió un mareo y se dio por vencido, no sabía, dijo.

Entonces Dimitri volvió a su estilo operístico, se puso de pie, cantó un trozo de *Los boteros del Volga* y preguntó, ¿no le decía nada el título de aquella canción? «¡El obstáculo!», estalló Manuel, «¿cuál es el obstáculo!». Dimitri abrió y cerró las manazas sugiriendo que tenía a Manuel agarrado por el cuello, dijo que el obstáculo era..., e hizo una pausa antes de revelar a grito pelado que el obstáculo era... ¡el río Oder!

La frontera natural entre Polonia y Alemania, explicó en un estilo más sosegado, era el Oder, en cuyos puentes, claro, había guardias y perros, de modo que desgraciadamente su hermano ucraniano no podría cruzarlo y llegar a Alemania a menos que él, el hermano mayor, el ruso, el poderoso, exclamó golpeándose el pecho con la fuerza de un orangután, lo guiara como a un niño, cosa que no pensaba hacer, concluyó bajando el tono, a menos que por algún lugar de aquel cubil aparecieran, revoloteando como mariposas, cien dólares o doscientos marcos.

Aquella misma noche, mientras Dimitri cantaba el «aria del Toreador» de *Carmen* al tomar su baño semanal, Manuel corrió el riesgo de mostrarle a pani Belisa el anillo de oro y diamantes. La mujer no pudo evitar una expresión de asombro, fue a la habitación, regresó con una lente de aumento, examinó la joya y dictaminó que no valía nada, quizá diez marcos. Manuel guardó el anillo en silencio. Entonces pani Belisa dijo que tal vez valdría veinte marcos. Manuel empezó a silbar «el Toreador», animado por la vehemencia del vozarrón de Dimitri, y pani Belisa fingió darse por vencida, la pieza era una buena imitación, aceptó, quizá podría venderse hasta en doscientos marcos.

«Quinientos», exigió Manuel, «ni uno menos». La mujer aceptó enseguida y él le entregó el anillo consciente de que iban a estafarlo, pese a todo. Pero no tenía alternativa, aquella quejumbrosa arpía era su único vínculo con el mundo. Se preguntó qué hacer si pani Belisa convertía la estafa en robo y no le daba ni siquiera un marco a cambio del anillo. Pensó que la estrangularía, se lo dijo, y llegó al extremo de rodearle el cuello con las manos para convencerla de que hablaba en serio. «¡Por Dios, joven Alexander, con lo que yo le quiero!», exclamó pani Belisa.

Manuel deshizo el lazo, lo peor era que aquella tramposa fingía ser su amiga y enmascaraba su natural avaro en buenos consejos. No soportaba que él se duchara todos los días, porque el agua era cara, pero además de cobrarle un dólar extra por cada baño pretendía convencerlo de que el exceso de jabón era perjudicial para la piel; tampoco soportaba que él simpatizara a veces con los excesos melodramáticos de Dimitri y solía intrigar contra el ruso. Ahora, después de poner el anillo a buen recaudo y comprometerse ante los ojos de Dios a entregarle mañana mismo los quinientos marcos, lo llamó joven e inexperto Alexander y le rogó que abriera bien las orejas, pues iba a confiarle un secreto horrible.

El ruso, susurró con los labios pegados al oído de Manuel, no se llamaba Dimitri Andújov sino Igor, Igor Belianzky, y no era un perseguido político sino un asesino que había destrozado a hachazos a su mujer y a sus dos hijos en la ciudad de Tula. Era un forajido, un desequilibrado, un místico que había usado el hacha porque se creía la reencarnación de Rodión Romanovich Raskólnikov, el protagonista de *Crimen y castigo,* y era también un chulo, vivía allí, en su casa, sin pagarle un pfennig, y le había contado la siniestra historia de su crimen para dominarla por el terror. Manuel estaba considerando si aquellas acusaciones tan disparatadas como verosímiles serían ciertas o falsas cuando la puerta del baño empezó a abrirse y pani Belisa le dijo en sordina al oído «¡Ahora finja, Alexander, por el amor de Dios! ¡Finja!».

Manuel no había hecho otra cosa desde su arribo a la casucha de pani Belisa, y aunque estaba especialmente impresionado por la historia que recién acababa de escuchar consiguió seguir fingiendo. Pero aquella noche se preguntó una y otra vez si debía correr el riesgo de emprender su cuarta fuga guiado por quien quizá fuera un asesino. Al amanecer se respondió que sí, que no estaba dispuesto a seguir soportando el frío ni la peste a perro de aquel asqueroso cubil, que prefería decididamente la riesgosa libertad del camino.

Dos días después, al volver del trabajo, pani Belisa le dio cuatrocientos marcos y una explicación, no había podido conseguir ni un pfennig más, joven Alexander, los polacos estaban enfermos de avaricia. Aun sabiendo que lo habían estafado doblemente Manuel no protestó, ¿para qué? Con aquel dinero podría pagar los servicios de Dimitri Andújov y preparar la fuga. Sin embargo no hubo preparación, en la mañana del día siguiente, en cuanto el ruso tuvo en el bolsillo sus doscientos marcos, decidió partir. Manuel le preguntó que si no pensaba despedirse de pani Belisa, y Dimitri se echó a reír, ¿para qué despedirse de alguien a quien no se volverá a ver jamás?, sería como la muerte, dijo, y a renglón seguido se dignó a revelar su secreto mejor guardado.

La única forma de cruzar el río Oder sin tener que vérselas con la policía alemana de fronteras, dijo, era hacerlo por el extremo norte de Polonia, un territorio que los alemanes llamaba Stettin y los polacos Szczecin, que ambos se disputaban desde siglos y que en realidad pertenecía a los cachubos, un pueblo pequeño y pobre a quien, lógicamente, nadie hacía caso. Ahora, por suerte para ellos dos, añadió clavando el índice en el pecho de Manuel, la Cachubia pertenecía a Polonia y el Oder, allí, fluía por territorio polaco, de modo que lo cruzarían en ómnibus, y luego pasarían a pie la frontera alemana tranquilamente, como quien vuelve a casa.

Tuvo razón en lo que se refería al Oder, no así en la facilidad prometida para cruzar la frontera alemana, hacia la que empezaron a avanzar al atardecer, luego de abandonar el ómnibus en un apeadero perdido. En el norte hacía mucho más frío que en Varsovia, tenían que caminar campo traviesa, Dimitri no estaba en absoluto seguro de la ruta a seguir y no disponían siquiera de una brújula. Para colmo, el ruso era lento y torpe y llevaba sus pertenencias en una vieja maleta de madera, por lo que avanzaba golpeándose las piernas. Más de una vez Manuel estuvo a punto de abandonarlo; no lo hizo porque ignoraba en qué dirección caminar y albergaba la esperanza de que, pese a las dudas, Dimitri sí lo supiera.

Anocheció temprano. Por suerte había luna llena, por desgracia había también una niebla espesa, grandes nubes gordas como corderas se desplazaban lentamente por el cielo. La amarillenta luz de la luna, filtrada por el gris de las nubes y la niebla, creaba una penumbra verdosa que los hacía parecer espectros al caminar por sobre la engañosa tierra del invierno. Los desniveles de surcos y camellones del verano estaban ahora tapados por la nieve, lo que dificultaba verlos y conservar el equilibrio, por lo que con cierta frecuencia Dimitri caía al suelo.

Manuel soñaba con seguir adelante en solitario, pero terminaba por ayudar a incorporarse al ruso, que invariablemente se ponía en pie maldiciendo a la tierra polaca. A veces, Manuel aflojaba el paso para permitir que Dimitri se adelantara y mirarlo a placer, ¿quién era aquella sombra de gabán negro y raído que trastabillaba entre la nieve y la luna, Dimitri Abdújov o Igor Belianzky, un perseguido político o un prófugo de la justicia común, un asesino o un payaso? No le temía, porque el ruso dependía absolutamente de él para avanzar, pero llegó un momento en que con el cansancio la curiosidad fue desapareciendo hasta disolverse en la nada. Tenía una idea fija, llegar a la frontera alemana, y un temor cerval, estar avanzando en la dirección equivocada, hacia Polonia.

De pronto, dieron con un barranco enorme como un cráter lunar por el que era absolutamente imposible descender. ¿Qué hacían?, preguntó Dimitri, perplejo y derrotado. Manuel lo agarró por la bufanda y alcanzó a ver, como en un sueño, que lo ahorcaba y despeñaba el cadáver barranco abajo. Pero dejó caer las manos a lo largo del cuerpo, no sabía, dijo, no sabía qué hacer. Luego de unos momentos de duda acordaron tirar a cara o cruz la dirección que tomarían, izquierda o derecha. Manuel lanzó una moneda al aire y la cara de vieja de Konrad Adenauer decidió por ellos.

Vadearon el barranco por la izquierda, en una caminata interminable durante la que Dimitri empezó a quejarse de dolores en las rodillas. Ya se habían librado del barranco cuando oyeron el ruido de un motor y vieron la luz de unos faros que se difuminaba en la niebla como un halo espectral. Manuel tiró a Dimitri al suelo y se tendió a su lado sobre la nieve: un jeep pasó a unos cincuenta metros, pero les fue imposible determinar si era alemán o polaco. ¿Deberían atreverse a cruzar la carretera? Manuel decidió que sí y Dimitri le dijo que lo hiciera solo, que él no podía más. Manuel se puso en pie, agarró al ruso por los sobacos y lo paró de un tirón, tenía que seguir, dijo, ¿acaso quería morirse? Estaban en medio de la carretera cuando se oyó otro motor y brillaron otros faros. Manuel echó a correr y le gritó al ruso que se apurara, pero Dimitri siguió renqueando y resultó iluminado por las luces de un auto que, por suerte, no se detuvo.

Del otro lado había un bosquecillo que atravesaron preguntándose si el automóvil sería alemán o polaco, si sus tripulantes darían o no el chivatazo. Al arribar a un nuevo campo de labranza cubierto de nieve creyeron escuchar el tableteo de una ametralladora. Manuel se tiró al suelo por instinto, sin detenerse siquiera a empujar a Dimitri. No fue necesario, el ruso cayó junto a él y se le abrazó temblando. El cielo se iluminó con una cascada de luces verdes, rojas, amarillas, naranjas, magentas. «Nos buscan», dijo Dimitri, el rostro iluminado por las bengalas oscurecido de espanto. «No», replicó Manuel, «celebran el año nuevo».

En cuanto el castillo de luces se disolvió en la niebla retomaron el camino, seguros de que había un pueblo cerca, aunque sin saber si era alemán o polaco, por lo que Manuel decidió dejarlo atrás. Dimitri caminaba cada vez más lentamente, arrastrando la pierna derecha, quejándose de la rodilla inflamada. A Manuel le dio por desfogar su miedo, su rabia y su cansancio ofendiendo a su compañero de camino. Vago, mentiroso, farsante, ladrón, timador, le decía sin que Dimitri acertara a pronunciar ni una sola palabra en su defensa. Manuel temía sobre todo que clareara antes de que hubieran conseguido alcanzar la frontera, le parecía que la noche era un manto insustituible. Era consciente de que cada vez avanzaban más despacio, de que no sólo a Dimitri sino también a él le dolían los huesos del frío y le faltaban las fuerzas. En cambio, le sobraba obstinación para dar un paso tras otro y seguir tirando del ruso durante horas, como efectivamente lo hizo, a la manera de los callados caballos percherones de la finca de Kristóforos y Efrosínia.

Aquella mezcla de rabia, decisión y agotamiento lo cegó de tal modo que fue Dimitri quien tuvo que advertirle de la presencia de la cerca fronteriza, pese a que él la había visto antes, aunque sin comprender que aquello era justamente lo que estaban buscando. Su confusión se debió también a que esperaba encontrar una cerca semejante a la de la frontera ruso-finlandesa. Por suerte no fue así, comparado con aquel obstáculo formidable éste era un juego de niños, aunque Dimitri se declaró sin fuerzas para salvarlo. Manuel comprobó que no había guardias a la redonda, convenció al ruso para que lo acompañara hasta el pie de la cerca con el objetivo de medirla bien desde abajo, y una vez allí le arrancó de un tirón la maleta de la mano y la lanzó por el aire hacia territorio alemán.

«¡Ucraniano traidor!», exclamó Dimitri. Manuel le agarró la bufanda, formó un lazo y tiró de los extremos hasta que la cara llena de granos del ruso se puso púrpura. Oyera bien, eslavo hijodeputa, dijo mirando de frente los ojos desorbitados de Dimitri, debió de haberlo matado en el barranco, pero no lo hizo y ahora no lo iba a dejar allí para que lo denunciara al primero en pasar, fuera alemán o polaco, ¿entendido? Soltó la bufanda, hizo un estribo con las manos enguantadas, conminó a Dimitri a poner allí el pie y lo impulsó hacia arriba hasta que el ruso empezó a trepar por sí mismo con la lentitud de un buey y consiguió pasar una pierna por sobre el alambre, pero no tiró bien de la otra, el pantalón se le enganchó y quedó en lo alto, paralizado por el miedo como un espantapájaros absurdo.

Manuel se puso el índice en los labios exigiéndole silencio, tiró su mochila hacia el otro lado, se agarró al alambre, trepó como un gato el metro y medio de cerca y cayó de un salto en Alemania. Entonces volvió a escalar hasta la mitad, desgarró del todo el pantalón de Dimitri enganchado en el alambre y le fue dando instrucciones al ruso, que braceaba en el aire como un náufrago. Se diera la vuelta hasta ponerse de cara a la cerca, así, afincara un pie, así, bajara la mano contraria, así, ahora el otro pie, así, la otra mano ahora, despacio, así. Al principio Dimitri consiguió seguir las instrucciones, pero a mitad de camino un pie le resbaló en el alambre, abrió las manos y cayó a plomo sobre la nieve. Tenía tanto dolor y tanto miedo que no pudo ponerse en pie. Manuel intentó ayudarlo, pero el ruso no atinaba a colaborar, pesaba como un saco de cemento, y él le dio la espalda, se colgó la mochila, agarró la maleta, dio un par de pasos y escuchó un ruego: «¡Alexei, hermano, no me abandones, por el amor de Dios!».

Consiguió que Dimitri le pasara un brazo por sobre el hombro e hiciera palanca con la rodilla sana hasta ponerse en pie, y así empezaron a avanzar lenta, martirizadamente. Una hora después, cuando había decidido rendirse, Manuel entrevió a lo lejos una luz de alumbrado urbano y consiguió arrastrar a Dimitri asegurándole que estaban salvados. Al llegar lo recostó a un poste y le examinó la pierna, que sangraba por un desgarrón a la altura del muslo. «Vamos, ruso hijodeputa», dijo, «de ésta no te mueres». Tomaron por el adoquinado haciendo eses y entraron al pueblo. Dimitri quiso ir a un médico, Manuel le replicó que estaba loco, y uno empezó a decir «Tétanos», y el otro a replicarle «Cállate», y vuelta a empezar en un sonsonete exasperante.

En una esquina frente a la que se abría un campo de labor Manuel descubrió una línea de tren y empezó a avanzar paralelamente a ella, arrastrando a Dimitri, hasta que llegaron a una pequeña estación donde había un banco sobre el que se desplomaron y se abrazaron instintivamente para protegerse del frío. Manuel no hubiera sabido decir cuánto tiempo después lo despertó el ruido de un tren que se detuvo frente a ellos. Estaba aterido, abrazado a Dimitri, y le costó tanto reaccionar como si se estuviera moviendo en la irrealidad de una pesadilla, pero en cuanto alcanzó a comprender lo que pasaba despertó al ruso y consiguió convencerlo de que hiciera un esfuerzo último para subir al tren; no obstante, tuvo que izarlo para que se incorporara, transportarle la maleta y tenderle una mano en la escalerilla.

Entraron a un vagón desierto, con buena calefacción alemana, en el que Dimitri volvió a dormirse tan rápidamente como si en realidad nunca se hubiera despertado. Manuel bostezó, pero la excitación lo mantuvo despierto. Minutos después, cuando el convoy empezó a moverse, sufrió un ataque de pánico al pensar que quizá el maldito se dirigía a Polonia. Calma, se dijo aferrándose a los brazos del asiento para no ceder a la tentación de tirar del freno de emergencia. Tenso como un cuero de tambor, comprobó que el tren avanzaba en la misma dirección en la que ellos habían caminado, hacia Alemania. La cabeza de Dimitri cayó sobre su hombro y el ruso empezó a ronronear de placer, como un gato.

Manuel le acarició la mejilla, cerró los ojos, y tuvo que volver a abrirlos casi enseguida, cuando el inspector entró al vagón, se les paró enfrente y soltó una monserga. Manuel no hablaba alemán, pero tenía don de lenguas y en la infancia había escuchado a sus abuelos lo suficiente como para poder intuir el sentido de ciertas palabras. Estaba prácticamente seguro de que aquel tipo flaco e inflexible como un poste les había llamado borrachos. Sin pronunciar palabra, extrajo sus doscientos marcos y con mano intencionadamente temblorosa los tendió al inspector, que resopló, volvió a llamarle borracho y le dirigió una pregunta incomprensible. No supo qué decir ni qué hacer, se encogió de hombros, y el inspector exclamó, rojo de ira, «¿*Preuzlau, Templin, Berlín?*». «Berlín», respondió él de inmediato, «Berlín». El inspector le entregó dos boletos, le devolvió más de la mitad del dinero y abandonó el vagón despotricando contra los borrachos. Manuel estiró brazos y piernas, bostezó ruidosamente y acomodó su cabeza sobre la de Dimitri.

Creía estar soñando cuando escuchó unos ladridos que le recordaron a los perros de pani Belisa. Unas zarpas lo agarraron por los hombros remeciéndolo. Abrió los ojos, una boca muy pegada a su cara exclamaba «*Raus!*». Le costó comprender lo que pasaba, pero en cuanto lo consiguió hizo un gesto servil para tranquilizar al inspector, se puso de pie, remeció a Dimitri y le dijo cariñosamente al oído: «Berlín». Tuvo que ayudarlo a bajar del vagón y llevarle la maleta de madera, en medio de la turbia neblina de aquel amanecer del nuevo año, a todo lo largo del andén número seis de la Berliner Hauptbahnhof, la catedral de hierro.

El ruso caminaba arrastrando la pierna derecha, con el pantalón desgarrado desde medio muslo, donde empezaba una costra de sangre seca. Pero sonreía, pese a todo, y aceptó enseguida cuando Manuel le propuso comer algo en un kiosco del gran salón central sobre el que rezaba *Imbiss*. Sin hablar apenas devoraron sendas salchichas con pan y mostaza y bebieron dos grandes jarras de cerveza cada uno. Al terminar, Dimitri se pasó el dorso de la mano por el bigote manchado de espuma, «Fue un placer servirte, querido Alexander», dijo mientras tomaba la maleta. «¿Te vas?», preguntó Manuel sin dar crédito a lo que ocurría. Dimitri eructó ruidosamente y trazó un arco en el aire con el brazo izquierdo, Rusia era grande, Alexei, dijo retomando el tono operático perdido durante la fuga, había muchos rusos en Berlín, grandes amigos que obtendrían tanto placer en ayudarlo como él, el príncipe Igor Belianzky, había obtenido en servir a su pobre hermano ucraniano. Atónito, Manuel vio partir a aquel grandísimo hijodeputa lamentando no haberlo ahorcado en el barranco cercano a la frontera.

Pagó la cuenta y echó a andar por la estación sin rumbo fijo mientras evocaba la noche que había pasado allí en el verano. Todo parecía seguir igual, o peor, porque la recia tiniebla del invierno entristecía las cosas e impedía que la mañana levantara. ¿Qué hacer? Pedir ayuda en la Cruz Roja no, desde luego, le bastaba con la experiencia de Basilea y sobre todo con la de pani Belisa. Darse por vencido tampoco, no había huido a través de media Europa para terminar alcoholizado e inútil como un mendigo. Se detuvo frente a la oficina de policía y desechó la idea de entrar. Esta vez haría las cosas bien, no les dejaría alternativa. Buscó un baño donde se miró al espejo; estaba mugriento, patilludo, ojeroso. Un talaje ideal para llevar a cabo el plan que recién se le había ocurrido como un relámpago; un plan perfecto, limpio, inobjetable.

Se metió en un gabinete, sacó el pasaporte oficial de tapas rojas y lo desgarró página a página, minuciosamente, experimentando un intenso placer erótico cada vez que rompía la palabra Cuba. Echó los trocitos en el inodoro, tiró de la cadena y el ruido brutal del agua al arrastrar su identidad a las alcantarillas le sonó a música. Pegó un fuerte cabezazo contra el mármol, reculó adolorido y se pasó la mano por la frente, donde estaba empezando a formársele un chichón. No era bastante. Recorrió el canto de la portezuela con los dedos, aguantó la hoja y pegó un frentazo en el filo. Cayó de culo, cegado por la sangre que le manaba de la frente.

Estuvo largo rato apoyado en el inodoro apestoso a orina y a mierda, con la cabeza quebrada de dolor, hasta que consiguió entrever algo a través de la sangre. Entonces se incorporó haciendo palanca con la taza y se recostó a la pared para ganar fuerzas. Abandonó la mochila en un rincón, salió del baño turulato, y echó a caminar dando tumbos hacia la oficina de la policía para dar su nueva cara. Un sargento gordinflón le dirigió una pregunta en alemán y él le explicó en inglés que venía a solicitar asilo. El sargento dejó de sonreír, «Pasaporte», dijo en inglés. Manuel balbuceó una frase ininteligible, lo hizo espontáneamente, de puro dolor y nerviosismo. Se sintió más seguro, aquella confusión natural encajaba en su plan. «Pasaporte», repitió el sargento, que había empezado a crisparse. Manuel se llevó la mano a la frente y se miró la sangre que le humedecía los dedos, «Me robaron», dijo, «Me pegaron. No recuerdo nada ni tengo nada».

PRIMAVERA

Madre de toda luz, dulce ventura
de los que eternamente amaneciendo
vienen por los abismos de los días

DIEGO

Miró a Herr Ferdinad Koening, el psicólogo recién graduado de ojos pardos y puntiaguda perilla rojiza que lo atendía, paseó la vista por la serie de cinco láminas montadas frente al tubo de luz fluorescente y esperó la pregunta, «¿Qué ve aquí?». Koening indicaba la primera lámina con el puntero. Manuel pestañeó intensamente, como se había acostumbrado a hacer cada vez que se iniciaba aquel examen, sabiendo que a renglón seguido el psicólogo le diría que se relajara y se tomara su tiempo. «Relájese», dijo Koening con señorial acento británico, «tómese su tiempo».

Cerró los ojos e intentó calmarse. No lo consiguió. Llevaba más de dos meses en el *Heim*, un albergue donde le proporcionaban cama, calefacción y comida sin exigirle nada a cambio, salvo asistir a la consulta de Herr Ferdinad Koening los jueves por la tarde. Al principio el *Heim* significó el paraíso, pero con el tiempo y la rutina se convirtió en el limbo, y ahora, con la inminente llegada de la primavera, se había trocado directamente en el infierno: un sitio muerto donde no podía llevar a cabo ninguna actividad ni tenía la más mínima perspectiva de futuro. Y no la tendría hasta que no se decidiera a correr el riesgo de revelar su identidad o de inventarse otra.

En efecto, ¿cómo podría Alemania otorgarle asilo a alguien que no sabía quién era ni dónde había nacido? La única ventaja de aquel callejón sin salida consistía en que tampoco podían deportarlo, simplemente no tenían adónde. Pero con el pasar de los días había ido comprendiendo que el precio a pagar por aquella seguridad era la locura. En las primeras visitas a Herr Ferdinad Koening solía hacerse el loco e identificar conscientemente las manchas con las cosas más disparatadas, de modo que el joven psicólogo no tuviera pistas por dónde cogerlo. Le resultaba incluso divertido pestañear, fingir que se concentraba, y luego, si la mancha le sugería una montaña decir «Barranco», si un pájaro, «Serpiente», si una mujer, «Piedra», hasta que empezó a soñar con piedras, barrancos y serpientes.

Durante unos días especuló con inventarse un país, un nombre y un pasado que lo liberaran definitivamente del peso de haber nacido en Cuba. Desechó la idea porque se sabía incapaz de sostener semejante impostura a lo largo del tiempo. Aquella tarde había acudido a la consulta con la decisión de revelar quién era ante Herr Ferdinad Koening, pero también con la conciencia de que no podía hacerlo de sopetón, a la buena de Dios, de que no podía darse el lujo de aparecer a los ojos del psicólogo como el mentiroso que era en realidad. Tenía que ir despacio, mostrarse inseguro, y al mismo tiempo mirar la primera mancha sabiendo previamente lo que quería ver en ella. No le fue difícil conseguirlo porque llevaba demasiado tiempo necesitándolo, sólo le restaba dominar los nervios e ir entregando aquella información poco a poco, como un descubrimiento.

«Veo una mujer», dijo. Herr Ferdinad Koening movió el puntero hacia la segunda mancha, pero Manuel no separó la vista de la primera hasta que consiguió llamar la atención del psicólogo. «Esa mujer, ¿le dice algo?», preguntó Herr Ferdinad Koening. «No», la respuesta de Manuel fue tan premeditadamente brusca como el cambio de dirección de su mirada hacia la segunda mancha. «Una playa», dijo, «una playa azul». El psicólogo empezó a desplazar el puntero hacia la tercera mancha y de pronto regresó de un salto a la primera. Manuel resultó sorprendido por sus propios sollozos, «Una mujer», repitió. «¿La conoce?», preguntó expectante Herr Ferdinad Koening. Manuel desvió la mirada, «No sé», dijo, «Pregúnteme otra cosa. La tercera es una picuala».

Había visto, sin preconcebirla, aquella flor que iluminó su infancia, había pronunciado el nombre en español y tuvo que reconocer ante Herr Ferdinad Koening que no conocía la traducción al inglés. El psicólogo tomó nota con una lujosa pluma de fuente que rasgaba el papel al escribir. Manuel evocó el sonido de la vieja Parker de su abuelo, se dejó ganar por la nostalgia, y en eso Herr Ferdinad Koening volvió a tomar el puntero y señaló de nuevo la primera mancha. «Mi madre», confesó Manuel como hipnotizado por el recuerdo, «Se llama Migdalia».

Una semana más tarde Herr Ferdinad Koening le dio el alta. Atribuía aquella cura casi milagrosa a su habilidad científica y a la actitud cooperativa del paciente, y se convirtió en el principal valedor de Manuel ante la policía de inmigración. Le acompañó voluntariamente a la entrevista, para protegerlo, dijo, de la rigidez burocrática de las autoridades migratorias germánicas, que no estaban en absoluto preparadas para tratar con un joven de sensibilidad tan extrema e inteligencia tan extraordinaria.

El trámite se produjo en un edificio de oficinas que daba a uno de los canales del río Spree, cuyas oscuras aguas brillaban a veces, iluminadas por el incierto sol de la primavera alemana. Desde su asiento, Manuel miró el paisaje a través de las altas ventanas, disfrutó los sauces llorones que reverdecían en ambas riberas del canal, y se permitió albergar la ilusión de que todo terminaría bien y de que le permitirían vivir allí, en aquella ciudad, en aquel barrio. Estaba confiado porque no sólo disponía del apoyo del psicólogo, le habían asignado también un intérprete de español que le permitiría entenderlo todo y expresarse con libertad en su propia lengua.

Al presentarlo, Herr Ferdinad Koening explicó que su amnesia se había debido, más que a una contusión de la que ciertamente no quedaron huellas, al extraordinario pavor que experimentaba el joven cubano ante la posibilidad de ser deportado a su país de origen. Ese pavor, añadió el psicólogo mesándose la perilla, explicaba también que aún quedara una pequeña zona gris en la memoria del asilante. En efecto, declamó, Manuel Desdín no recordaba cómo había llegado a Alemania, aunque la hipótesis más plausible era que hubiese venido a estudiar a la antigua República Democrática Alemana, y que después de la reunificación hubiese optado por una especie de clandestinidad hasta que su memoria se inhibió ante el horror de aquella vida, donde fue objeto de un miserable robo en el que perdió incluso los documentos. Entonces su honestidad e instinto de supervivencia lo indujeron a entregarse voluntariamente a las autoridades. Por tanto, concluyó Herr Ferdinad Koening mirando directamente a los ojos del oficial que se ocupaba del caso, y teniendo en cuenta que Cuba estaba gobernada por una dictadura comunista, la opinión de la ciencia era que al joven Manuel Desdín debía concedérsele inmediatamente asilo político en territorio alemán, así como una beca de estudios que le permitiera estabilizar su salud y continuar su desarrollo intelectual y humano.

Manuel estuvo a punto de aplaudir cuando terminaron de traducirle las palabras del psicólogo. Pero el oficial canoso, de traje gris y maneras tranquilas que llevaba el caso, comenzó explicando, con cierta ironía, que la decisión policial no podía coincidir con la opinión de la ciencia, hizo una pausa para esperar a que el intérprete tradujera sus palabras en beneficio de Manuel, y continuó diciendo que no podía hacerlo porque el proceso de solicitud de asilo político estaba sometido a las leyes de la República Federal Alemana y él no tenía otra alternativa que aplicarlas. El joven Manuel Desdín no sería deportado a Cuba, pero tampoco se le concedería asilo político en Alemania.

Después de que le tradujeron esta sentencia Manuel tuvo la impresión de que lo habían dejado en el limbo y se acercó más aún al intérprete mientras miraba los labios del oficial a ver si podía entender algo a la primera. La decisión en uno u otro sentido, asilo o deportación, dijo éste, sólo podría adoptarse después de un proceso legal que se efectuaría en uno de los campos de refugiados habilitados al efecto. En líneas generales había dos tipos de campos: los que estaban ubicados en la Alemania Occidental y los que lo estaban en la Oriental. El asilante tenía el derecho de solicitar adónde quería ir.

En ese punto, el oficial hizo una pausa más larga que las habituales, al parecer con la intención de que Manuel evaluara la traducción de sus palabras y escogiera dónde ir, cosa que éste hizo en cuanto consiguió entender de qué se trataba. «West», dijo, con lo que de paso habló en alemán por primera vez en su vida. Aquella intervención produjo una carcajada general y el oficial se unió a ella; segundos más tarde, cuando estuvo en condiciones de retomar el hilo, empezó diciendo «Aba...». Manuel intuyó que aquella palabra significaba «Pero» y se preparó para lo que vendría. «Pero...», tradujo por fin el intérprete, los campos de refugiados situados en Alemania Occidental estaban hasta los topes, por lo que el proceso allí podía demorar hasta cinco años, mientras que en la parte oriental del país había muchos menos asilantes y los procesos eran mucho más rápidos, tanto, que podían terminar en sólo dos años.

A Manuel le costó creer lo que le tradujeron. Cinco años eran una eternidad, dos una vida. Y si tenía en cuenta lo que el oficial le aclaró meridianamente: que en ningún caso su *status* de asilante le permitiría estudiar ni trabajar, ambas opciones significaban el infierno. Aunque la mera idea de medir y comparar tiempos infernales le parecía un sarcasmo, optó por uno de los campos situados en Alemania Oriental diciéndose que algunos sarcasmos eran más breves que otros.

Le asignaron el de Eisenhüttenstadt, palabra que según el intérprete podía traducirse al español como una frase que a Manuel le pareció una especie de amenaza, La Ciudad de la Fábrica de Hierro. Le permitieron llevar consigo la ropa que le habían dado en el *Heim*, le entregaron doscientos marcos, un boleto de tren y un mapa, y para su sorpresa le ordenaron que fuera solo, sin escolta. Eisenhüttenstadt estaba a hora y media de Berlín, muy cerca del río Oder y de la frontera con Polonia, lo que le hizo sufrir otra vez la desconcertante sensación de estar dando vueltas en redondo por el Este y el centro de Europa.

Tomó el tren en la estación de *Berlín Zoologischer Garten*, e hizo el trayecto horrorizado ante la perspectiva de perder íntegramente dos años de su vida. Más de una vez, mientras miraba desde la ventanilla los débiles brotes de los inicios de la primavera, pensó en aprovechar aquella libertad provisional de la que disponía para irse con su música a otra parte. Sólo que no tenía parte alguna donde ir. Claro que siempre podía volver a intentar una nueva fuga hacia occidente, después de todo, el cruce de la frontera alemana no le había resultado tan difícil, excepto por el peso del príncipe Igor Belianzky. Estando solo, volaría.

Pero a esas alturas sabía demasiado bien que el verdadero problema no estaba en entrar a Bélgica, Francia o Suiza, países limítrofes con el occidente de Alemania cuyos contornos repasaba ahora en el mapa que le habían regalado, ni tampoco a Dinamarca por el norte o a Austria por el sur, sino en conseguir que le permitieran permanecer en cualquiera de ellos. Ése era el imposible, se dijo, decidido a presentarse en el campo de refugiados de Eisenhüttenstadt pensando que más valía infierno conocido que cielo por conocer.

Durante el viaje había vinculado el concepto de infierno exclusivamente al de tiempo perdido, lo que ya le parecía una condena atroz, pero al llegar descubrió que Eisenhüttenstadt era también un infierno en el sentido espacial, inmediato, del término. El panorama de La Ciudad de la Fábrica de Hierro se correspondía tan literalmente con su nombre como sólo podía ocurrir en las pesadillas. Las horrendas instalaciones de la fábrica y de su línea de hornos vomitaban ruido y humo negro sobre el pequeño pueblo de callejas torvas y edificios prefabricados e idénticos, hasta engullirlo y ahogarlo.

Se dirigió al campo de refugiados situado en las afueras pensando que no podía haber nada más opresivo en este mundo que aquel pueblo del diablo, pero en cuanto llegó a las instalaciones donde debía vivir por lo menos dos años comprendió que aquello era todavía peor: un campamento abandonado por el ejército soviético en retirada desde la reunificación de Alemania. Las barracas pintadas de un color ocre parecido al de la mierda rezumaban una tristeza final, sin esperanza, y sufrían además la omnipresencia de la fealdad, el ruido y el humo de la fábrica.

Se identificó ante el oficial de guardia por medio de un volante que le habían dado en Berlín. El tipo, desaseado y soñoliento, le asignó la litera C del cuarto 7 de la barraca 3 del bloque 1, y le entregó unas hojas con instrucciones sobre horarios y disciplina interna escritas en alemán, ruso, polaco, turco, kurdo, farsi, árabe, rumano, serbio y búlgaro en las que constaba también que los asilantes tenían libertad de movimientos en toda el área de Eisenhüttenstadt, incluso para ir al pueblo. Se retiró sin despedirse y se orientó como pudo en aquel dédalo sucio y frío donde inmigrantes desesperanzados vagaban como sombras.

Las barracas tenían un sombrío corredor central y ambas alas estaban subdivididas por toscos paneles que creaban simulacros de habitaciones sin puertas que las aislaran del pasillo. Cada habitáculo disponía de cuatro literas, otros tantos armaritos de cartón tabla, y una ventana a través de cuyos sucios cristales se divisaban los hornos de la fábrica. Manuel entró al cuartucho que le había tocado en suerte, se tendió en su litera sin saludar ni desvestirse y se tapó con la tosca manta hasta la cabeza. Frente a él, un etíope seco como el desierto entonaba una incomprensible palinodia.

En la mañana del día siguiente conoció a los otros dos habitantes de su cuarto, el ruso Viacheslav, a quien llamaban el Profesor porque había impartido clases en la Universidad Lomonósov y usaba espejuelos, y el kurdo Atanas, de recio bigote negro, callado como una piedra. Después del desayuno le tocó asistir a su primera visita de control. Lo hizo por obligación, de pésimo humor, preguntándose para qué coño podrían servir aquellos encuentros reglamentarios con las autoridades. Atravesó el triste patio central del campamento y entró al salón donde tendría lugar la entrevista, un aula en desuso en cuya pared frontal quedaba una pizarra rota. Una gorda que se presentó como Frau Geneviève Dessín le tendió la mano y lo invitó a sentarse frente a ella, en un pupitre de hierro. «¿Cómo te sientes, Manuel?», dijo de inmediato en español. Sonrió y sendos hoyuelos se le formaron en las mejillas.

Él se puso en guardia: ni el idioma, ni el tuteo, ni la sonrisa de aquella gorda conseguirían desarmarlo. «Mal», respondió, «Quiero irme de aquí». Frau Geneviève Dessín afirmó que entendía perfectamente ese deseo, añadió que todo dependía de él y volvió a sonreírle. Manuel resopló, ahora aquella loba con cara de cordera le diría que si se portaba bien durante dos o tres años le darían asilo en Alemania, y que si no lo deportarían a Cuba. La miró sin ocultar la rabia, así que todo dependía de él, afirmó con sorna, ¿y qué debía hacer para salir de allí, si tenía la bondad de explicárselo? Frau Geneviève Dessín sonrió otra vez, era fácil, dijo, reclamar por vía administrativa, se apellidaba Desdín, ¿no?, casi eran primos. Manuel intuyó que Geneviève había aludido a algo que él ignoraba y que quizá podría ayudarlo, «Explíquese», dijo con ansiedad, más bruscamente de lo que deseaba. *«Vous parlez français?»*, preguntó ella, la inevitable sonrisa bailándole en los labios.

No, dijo él sin entender a qué quería jugar aquella tipa, hablaba ruso y ucraniano. Y de inmediato se mordió los labios pensando que era un estúpido. Con tal de no quedar mal delante de la gorda sabihonda había revelado que sabía ruso, ahora ella podía tirar de aquel hilo y hundirlo, deportándolo a Moscú. Pero Frau Geneviève Dessín parecía empeñada en tirar de su propio hilo. Francés, insistió, Desdín, el apellido de Manuel, era de origen francés, como lo era el suyo, Dessín, y también otros apellidos alemanes, Dessau, Dachau. No lo sabía, dijo Manuel en un tono más inseguro y suave, ¿y eso, en qué podía ayudarlo? Frau Geneviève Dessín meneó la cabeza, era increíble que Manuel ignorara su origen, dijo, aunque también era lógico, la historia de las desgracias humanas resultaba ya tan extensa que muchas se iban olvidando y quizá fuera mejor así, salvo cuando una de ellas podía trocarse en suerte, como pasaba ahora con él.

Lo miró en silencio, con una inextricable mezcla de piedad y ternura, sus ancestros respectivos, dijo, los Desdín, los Dessín... Suspiró antes de repetir aquellos apellidos tal y como sonaban en francés, *Desdán, Dessán*... Hizo una pausa para permitir que los sonidos se apagaran solos, como si estuviese llevando a cabo una especie de evocación sagrada, y retomó el hilo, habían sido franceses hugonotes, gentes de bien, protestantes de firmes convicciones por las que sufrieron persecución y muerte. Durante la atroz matanza de San Bartolomé miles y miles de hugonotes fueron pasados a cuchillo, como bestias, y los ríos de la dulce, católica y culpable Francia se tiñeron de sangre. Entonces los supervivientes, sus ancestros, huyeron a Alemania en busca de libertad, contribuyeron como nadie a construir el norte del país y se germanizaron. De modo que él, Manuel Desdín, concluyó Frau Geneviève Dessín convencida y exaltada, era casi con toda seguridad descendiente de alemanes, y si conseguía probarlo ya no tendría que esperar que le concedieran asilo político, obtendría la nacionalidad por derecho de sangre y todos sus problemas quedarían resueltos de inmediato.

Manuel confirmó en voz alta la hipótesis de Frau Geneviève Dessín y se aferró a la posibilidad que ella le había abierto como a la única luz en el cielo todavía plomizo de los inicios de la primavera. Tuvo que esperar hasta las dos de la tarde, hora que se correspondía con las ocho de la mañana en Cuba, para dirigirse a Eisenhüttenstadt en busca de un teléfono público desde el que llamar a la isla y preguntarle a su madre si conservaba algún documento que probara su origen alemán. Era una tarde fría y desapacible, caía una llovizna pertinaz y el camino que conectaba al campamento de refugiados con La Ciudad de la Fábrica de Hierro estaba lleno de barro. No obstante, lo hizo a grandes trancos, mientras se inventaba una historia para engañar a su madre y conseguir que lo ayudara sin preocuparla demasiado. No le fue difícil, le bastó con imaginar las cosas tal y como hubiese deseado que pasaran, y autoconvencerse de que ahora estudiaba física en Alemania y necesitaba papeles para obtener la nacionalidad y conseguir una beca.

Sin embargo, no estaba en absoluto seguro de que su madre o sus abuelos conservaran algún papel que le permitiera escapar del infierno. En la familia nunca se había hablado de eso, Alemania era mencionada sólo para maldecirla, aunque quizá, quién sabía, esta vez tuviera suerte. Llegó a la placita central de Eisenhüttenstadt donde estaba la estación de trenes, el paradero de ómnibus, el mercado, la oficina bancaria, los dos bares y donde nacía también la cuadrícula de callejas en las que se apiñaban los edificios prefabricados, mal diseñados y peor construidos, pobres, rectangulares, grises, iguales entre sí y extraordinariamente parecidos a los que había visto en Járkov, Moscú, Kiev, Leningrado, Varsovia y también, por desgracia, en todas las ciudades cubanas que conocía.

Por suerte, en la plaza central de La Ciudad de la Fábrica de Hierro había también un teléfono público, una especie de tótem con una ancha pata metálica, cuatro aparatos y un techito de zinc que el implacable humo de la fábrica había terminado por teñir de negro. Los dos primeros aparatos que probó estaban rotos, pero el tercero le dio tono, depositó una moneda de cinco marcos, marcó la salida internacional, el prefijo de Cuba, el de la ciudad de Holguín, el número de los vecinos de su madre, empezó a escuchar ruidos inquietantes y se encomendó a la suerte.

Poco después sintió que descolgaban. Una voz de niña preguntó «¿Quién es?» y él empezó a explicarse atropelladamente. Le hablaba Manuel, el hijo de Migdalia, el que estaba estudiando en Rusia, el hijo de Migdalia Desdín, la del veintisiete, ¿le podía hacer el favor de llamarla? La niña le dijo que se esperara un momentico. Manuel se preguntó quién sería, hacía tanto que faltaba de su casa que ya no conocía a los niños del barrio. Lo había conmovido el uso del diminutivo, momentico, y lo repitió varias veces para matar el miedo a que ni su madre ni sus abuelos conservaran el papel que necesitaba.

Lo sorprendió la voz de un hombre, «¿Aló?». Reprimió la ansiedad, repitió quién era y pidió por favor que le avisaran a Migdalia Desdín. «¡Manolito!», tronó la voz, emocionada, «¿A que no sabes quién te habla?». «¡Heriberto!», exclamó él sintiendo que se le aguaban los ojos al evocar al carnicero de la esquina de casa de su madre. «¡El mismo que viste y calza!», replicó Heriberto, «¿Cómo está la cosa por allá por Rusia?». Bien, dijo él, renunció a explicarle que se encontraba en Alemania e hizo un esfuerzo para vencer los deseos de preguntar por sus amigos de infancia. Lo perdonara pero estaba apurado, añadió, ¿le podía avisar a Migdalia, por favor? «¿Mucho frío?», preguntó Heriberto. «¡Uuuh, estaba nevando cantidá!», mintió él en buen cubano para satisfacer las expectativas de su interlocutor. «¡Bueno, llamo a tu madre!», exclamó Heriberto, «¡No cuelgues!».

El silencio permitió que se impusiera una colección de ruiditos que se cortó de pronto, dando paso al agudo sostenido del tono de discar. Tardó unos segundos en comprender que había consumido los cinco marcos, comprobó que sólo le quedaban monedas de veinticinco pfennigs y se dirigió al primero de los bares para cambiar un billete, con la esperanza de que su madre estuviese todavía en casa de Heriberto cuando repitiera la llamada.

Lo sorprendió que el salón, sombrío como todos los sitios en Eisenhüttenstadt, estuviera tan lleno a aquella temprana hora de la tarde. Había varios grupos bebiendo cerveza en grandes jarras de cristal junto a la barra de madera oscura y más de la mitad de las mesas estaban ocupadas. Renunció a la idea de solicitar que le cambiaran veinte marcos en monedas de cinco porque no sabía explicarse, prefirió pedir una cerveza por señas, como si fuera sordomudo.

Una ruidosa carcajada estalló en el otro extremo de la barra. Cinco jóvenes lo miraban partidos de risa, tenían las cabezas rapadas, usaban chaquetas de cuero negro con incrustaciones de hierro. Les dio la espalda, no tenían por qué meterse con él, no les había hecho ni dicho nada. Se concentró en mirar cómo el camarero llenaba lentamente una jarra de cerveza de barril, cortaba la espuma acumulada en la superficie con una espátula de madera, rellenaba la jarra y volvía a cortar la espuma con minuciosidad francamente admirable, digna de un artesano.

Al fin tuvo la cerveza delante y entregó un billete de veinte marcos. Iba a coger la jarra cuando unos dedos de uñas mugrientas entraron por detrás y la agarraron por el asa. Se dio la vuelta y se encontró rodeado por los cabezas rapadas. El más alto de ellos levantó la cerveza que recién le había robado y empezó a bebérsela a sorbos, relamiéndose de gusto. Sin pensarlo dos veces, Manuel echó a correr y salió del bar perseguido por nuevas carcajadas. No había esperado siquiera el vuelto de los veinte marcos.

Llegó al Campo jadeando, carcomido por la vergüenza de haber corrido como una rata. Allí supo, de boca del Profesor Viasheslav, su compañero de cuarto, que había cometido una locura y que debía dar gracias a Dios por seguir vivo. Teóricamente, los asilantes tenían derecho a moverse con entera libertad en toda el área de la Ciudad de la Fábrica de Hierro, pero lo cierto era que resultaba peligrosísimo ir al pueblo donde los reconocían a la legua, los rechazaban como a los leprosos en la Edad Media y, como entonces, soñaban con vengar en ellos sus agravios. A Eisenhüttenstadt había que ir únicamente a hablar por teléfono, en grupo y tarde en la noche, cuando los alemanes estuvieran durmiendo, así los muy cabrones no podrían descubrir el truco y denunciarlos.

¿Qué truco?, preguntó Manuel. El Profesor se extrañó de que no lo supiera, se rió de él por haber malbaratado cinco marcos en una llamada y procedió a enseñarlo. Era fácil, dijo mientras limpiaba el cristal de los espejuelos en el faldón de la camisa, se tomaba una moneda de un marco, se introducía en la ranura justo hasta que ésta abriera la boca de la comunicación, se fijaba allí con cinta adhesiva, y a conversar con los tuyos durante mucho, mucho rato. Manuel le agradeció la explicación, le pidió que esa misma noche lo acompañara, y pasó el resto del día perfeccionando la biografía imaginaria que pensaba contarle a su madre, de acuerdo a la cual ahora estudiaba física en la Universidad Alexander von Humboldt de Berlín.

A medianoche partió hacia Eisenhüttenstadt acompañado por sus compañeros de cuarto, el ruso Viasheslav, el kurdo Atanas y el etíope Eri. Seguía lloviznando, pero los cuatro eran buenos caminadores y estaban felices de abandonar el Campo y moverse al aire libre. Atanas y Eri caminaban delante, no hablaban ruso ni compartían tampoco ninguna otra lengua, de modo que el etíope salmodiaba su incomprensible letanía mientras que el kurdo iba callado, como siempre. Según Viasheslav, aunque no podían comunicarse eran grandes amigos, siempre andaban juntos y se apoyaban mutuamente. De pronto, Manuel se sintió feliz, y entonó a todo pecho *La canción de los marinos de Odessa* como un homenaje a su amigo Sacha, cuya alegría de vivir lo había ayudado tanto, mientras miraba conmovido a la inseparable pareja delantera, el etíope alto, magro, de color arena oscura y el kurdo bajo, fornido, de color aceituna.

En cuanto se acercaron a los límites de Eisenhüttenstadt Eri interrumpió su palinodia y Viasheslav le pidió a Manuel que se callara, el éxito de la operación, dijo, dependía de no despertar a los alemanes. Entraron al pueblo en silencio, como si se dispusieran a cometer un asalto. La plaza estaba desierta, las estaciones de autobuses y trenes, el mercado, el banco y los bares, cerrados y oscuros. La Ciudad de la Fábrica de Hierro parecía muerta, sólo la propia fábrica continuaba vomitando humo y ruido: sus hornos, rojos sobre la noche negra, resultaban una imagen perfecta del infierno.

El Profesor se acercó a Manuel y le susurró al oído que antes aquella plaza se llamaba Walter Ulbricht, pero que las nuevas autoridades le habían puesto Konrad Adenauer, ¿qué le parecía? Manuel se encogió de hombros: normal, dijo sin pensarlo mucho. Eri se emboscó a un lado de la cabina telefónica y Atanas lo hizo al otro. Ellos no iban a llamar, explicó Viasheslav, siempre al oído de Manuel, la familia del etíope vivía en el desierto, la del kurdo, en la montaña. Ninguna de las dos tenía teléfono.

Viasheslav se acercó al aparato, introdujo una moneda de modo que mantuviera abierta la línea y Manuel procedió a fijarla en esa posición con cinta adhesiva. El Profesor marcó un número, en cuanto empezó a hablar, Manuel se retiró unos pasos para respetar su intimidad y de paso guardarle las espaldas. Casi se echa a reír, estaban actuando como una gavilla de bandidos. Por suerte no había más enemigos a la vista que el frío y la llovizna, y si Eri y Atanas los soportaban en silencio por solidaridad, él debía hacerlo también, por su propio interés.

Viasheslav se demoró un montón de tiempo hablando, y en dos oportunidades vino a reclamar la ayuda de Manuel para fijar nuevas monedas. La primera vez explicó que cuando la cinta adhesiva se vencía la moneda caía y clic, la segunda justificó su demora confesando que tenía dos mujeres, una en Moscú y otra en Kaliningrado, ambas vivían convencidas de ser la única, y cada una esperaba que él la trajera consigo al exilio en Alemania, pero como todavía no era un exiliado sino un simple asilante no podía hacerlo y aprovechaba el tiempo y el truco del teléfono para deshojar la margarita con las dos de cuando en cuando. Perdón, dijo antes de regresar al aparato, ahora le tocaba a la de Kaliningrado.

Manuel se preguntó si alguna vez podría traer consigo a Ayinray, empezó a soñar con hacerlo y todavía estaba en ello cuando Viasheslav se acercó a decirle que le tocaba. Tuvieron que fijar una nueva moneda, ya que la anterior recién había caído, dijo Viasheslav, como un soldado en combate. Manuel marcó de memoria la ristra de números mientras calculaba que si en Alemania era la una de la madrugada, en Cuba serían las siete de la tarde del día anterior, una hora perfecta, se dijo, pues todo el mundo debía estar en casa. Después de los insoportables ruiditos y timbres de rigor volvió a escuchar la voz de Heriberto, «¿Aló?».

Dijo quién era y contó la historia preparada de antemano para responder a la previsible pregunta de qué le había pasado por la mañana. Tuvo que acudir al laboratorio de la universidad, dijo, de donde lo llamaron de improviso. Heriberto entendió enseguida, pero le advirtió que le explicara bien a la pobre Migdalia, ella no había parado de llorar desde entonces pensando que le pasaba algo malo. Ahora iba a buscarla, ¿okey?, no colgara, ¿okey? Migdalia vendría enseguida, ¿okey? Tranquilo, dijo Manuel, esperaría, y empezó a pasear la vista por la lúgubre plaza de La Ciudad de la Fábrica de Hierro mientras se preparaba para mentir con convicción. No sería fácil porque su madre podía presentir lo que le pasaba aun a miles de kilómetros de distancia, pero no tenía alternativa; cualquier cuento era preferible a la verdad.

Llevaba rato pateando el asfalto mojado para desentumecerse los pies y aliviarse del frío cuando lo sorprendió la exclamación de su madre. «¡Nolito!» Tuvo que tragar una bocanada de aire para no echarse a llorar ante el renacer de aquel apodo, uno de los tantos secretos que compartía con su madre. «Dalia», atinó a decir, devolviéndole la clave del juego que usaban en privado, suprimir la primera sílaba de sus nombres respectivos para reconocerse como seres únicos en el mundo. Aquella sencilla ceremonia le creó la ilusión de haber suprimido también distancias y desgracias, de modo que se sentía bastante más tranquilo cuando su madre lo sorprendió preguntándole a bocajarro «¿Por qué te fugaste de Ucrania?».

Quedó desconcertado, sin poder imaginar siquiera cómo se habría enterado ella de su fuga. «¿Por qué lo hiciste?», insistió Migdalia, «A mí puedes decírmelo, tengo derecho a saberlo». Manuel decidió ganar tiempo, «¿Cómo sabes que me fui?», dijo. Ella bajó la voz y cambió el tono, «Seguridad del Estado ha venido a verme varias veces», susurró, «No se te ocurra regresar ni loco. Te acusan de un montón de cosas. ¿Por qué te fugaste? ¿Dónde estás ahora?».

Manuel decidió confesarse, con la confianza de tenerla de su lado. Estaba en Alemania, dijo, huyó porque quisieron obligarlo a regresar a Cuba por la fuerza, sin permitirle terminar los estudios. Entonces Migdalia lo acribilló a preguntas, y él hizo el recuento de sus razones y de su supuesta felicidad con tal convicción que casi consiguió convencerla. ¿Verdad, Nolito, no la engañaba para tranquilizarla? Dalia, por favor, ¿cómo se le ocurría? ¡Claro que era verdad! Se había distinguido tanto en los estudios en Járkov que los alemanes lo invitaron a proseguirlos en Berlín. Quiso tramitar oficialmente el traslado, pero el jefe del colectivo cubano, un tal Barthelemy, se puso celoso, lo acusó de ser el causante de los siete males e intentó obligarlo a regresar, entonces fue que se largó a Alemania sin permiso y lo acusaron de desertor y espía.

Sí, estaba bien, vivía bien, mejor que nunca. En Berlín, en un apartamento precioso con ventanales sobre un canal del río Spree. No, mamá, Alemania ya no era fascista, eso había sido en el tiempo de los abuelos. ¡Pero si la reunificación había sido un éxito, mamá! Todos eran felices ahora, en el este y en el oeste. Cuentos, Dalia, cuentos, había mucha exageración en eso de los cabezas rapadas, por lo menos él no había visto ninguno en los meses que llevaba allí. No la había llamado antes por falta de tiempo, se pasaba el día estudiando, ella sabía cómo se ponía él con la física y con los idiomas. Bien, ya hablaba bastante y podía seguir las clases, pero era una lengua muy difícil y le faltaba tiempo para dominarla. No, no, no pasaba trabajo, de verdad, vivía con su novia, Ayinray, una chilena preciosa y buenísima gente. Claro que sabía, cocinaba genial. ¿Cómo? No, Erika Fesse había pasado a la historia.

Bueno, ya, Dalia, ahora le tocaba preguntar a él. Necesitaba saber si los abuelos conservaban papeles alemanes. ¿Sí? ¡Fantástico, mamá, fantástico! La mejor noticia que había recibido en años. Los necesitaba porque había ganado las oposiciones para una beca excepcional, que le permitiría terminar la física y hacer un postgrado en la Universidad Humboldt, de Berlín. Pero para disfrutarla tenía que probar que era descendiente de alemanes. ¡Claro que seguiría siendo cubano! Por suerte o por desgracia no podía ser otra cosa. Dalia, por favor, necesitaba esos papeles cuanto antes. Todos, todos los que tuvieran que ver con la nacionalidad alemana de los abuelos. No importaba que hubiera muchos, cuantos más, mejor. ¿Tenía con qué anotar? Bueno, esperaría.

Silbó para llamar la atención de Viasheslav e hizo la V de la victoria. En eso sintió el clic de la moneda al caer y la comunicación se interrumpió de inmediato. Llamó al Profesor con la misma mano en la que tenía formado el signo y procedieron juntos a colocar y fijar otra moneda. «¿Buenas noticias?», preguntó Viasheslav. «Cojonudas», dijo él mientras volvía a marcar el número. Escuchó la consabida ristra de ruidos y al final, la ansiosa voz de su madre, «¿Qué pasó, Nolito?». Nada, Dalia, dijo, ¿ya tenía con qué anotar? Bien, debía enviar los papeles de los abuelos a nombre de Frau Geneviève Dessín, ¿sí?, a la oficina de correos de la plaza Konrad Adenauer, eso, como el político, en la ciudad de, y ahora oyera bien, se la iba a dividir en sílabas, Ei-sen-hü-tten-stadt. Sí, así mismo, dieciséis letras, ya sabía cómo era el alemán. Ella le repitió la dirección completa y él se dio por satisfecho y le dijo, «Te quiero mucho, Dalia. Ahora te toca a ti otra vez. Dime algo sobre Cuba».

Ella trató de engañarlo, pero él la conocía demasiado bien y no le fue difícil leer sus palabras entre líneas. La familia iba tirando, aseguró Migdalia, así que no se preocupara, aunque desde el desplome de la Unión Soviética las cosas habían empezado a ponerse un pelín más duras, se había autorizado la libre circulación del dólar y Cuba había entrado en un Período Especial en Tiempos de Paz. Él supo de inmediato que aquella frase no era más que una cortina de palabras tras la que se ocultaba el desastre, no obstante, fingió creerla cuando su madre dijo que no necesitaba nada, que no se preocupara por ella, que fuera feliz.

Se despidió abrumado por una desoladora sensación de impotencia. No tenía un cabrón dólar que mandarle a los suyos, ni otra esperanza que esperar la llegada de los malditos papeles alemanes. Durante el segundo encuentro de control contó las gestiones que había hecho para recibirlos y Frau Geneviève Dessín intentó darle ánimos. Pero él volcó todo su rencor sobre aquella mujer sonriente. Eisenhüttenstadt era un infierno lleno de nazis, dijo, lo habían humillado en el bar, los asilantes estaban obligados a salir de noche, como ratas, no quería vivir allí ni un minuto más.

Frau Geneviève Dessín le sonrió, pese a todo, y le explicó que Alemania Oriental había pasado directamente de la dictadura nazi a la comunista y que ahora las gentes tenían miedo. «¿Miedo a qué?», exclamó Manuel. A la libertad, dijo ella sin alzar la voz, al cambio, a que les cerraran la Fábrica de Hierro, al desempleo, a los impuestos, al futuro, y ese miedo múltiple y sin rostro lo dirigían contra ellos, los asilantes, los más débiles, ¿qué hacer?, preguntó con una mezcla de desesperación y dulzura, por lo menos él podía esperar los papeles de sus abuelos, pero a los otros, ¿qué decirles? Miró al vacío, los grandes ojos color miel humedecidos por la impotencia, y fijó el tercer encuentro de control para la semana siguiente.

Manuel no volvió a salir del Campo, no se perdonaba haber corrido ante los cabezas rapadas, ni quería salir de noche como un murciélago. Pasaba el tiempo en la litera escuchando la incomprensible letanía de Eri el etíope mientras esperaba los papeles que lo liberarían del infierno. Terminó por perder la noción de los días y empezó a obsesionarse con la idea de huir, atravesar Alemania, pasar a Francia y de allí a España, donde se hablaba su idioma y lo tratarían bien, como en Cuba habían tratado siempre a los inmigrantes españoles.

Estaba tan deprimido que olvidó el encuentro de control, cuando un guardia se presentó a buscarlo supuso que por alguna razón incomprensible lo llevarían preso y se alegró. Prefería la cárcel al Campo, la prisión declarada a aquel espejismo para sombras del purgatorio. En el camino, el guardia le aclaró que iban donde Frau Geneviève Dessín, Manuel creyó entonces que los papeles habían llegado y tuvo un rapto de entusiasmo. Pero ella sólo quería saber cómo se encontraba, él le dijo que fatal y para provocarla le contó su plan de escaparse a España.

Frau Geneviève Dessín no se alteró, tenía todo el derecho de intentarlo o de esperar los papeles alemanes, dijo, porque la libertad era eso, decidir, aunque a veces también convenía afeitarse. Manuel se pasó la mano derecha

por los cañones de la barba, odiaba a aquella loba con
cara de cordera que así, tranquilamente, había echado sobre sus hombros la responsabilidad de huir o de quedarse. No huyó, pero no se afeitó tampoco, no le daría ese
gusto a aquella kapo que, después de todo, representaba
la autoridad del Campo ante los infelices. De modo que
diez días más tarde, cuando Frau Geneviève Dessín lo
citó de improviso, acudió sin afeitar y con la misma ropa
sucia para hacer evidente que estaba sometido contra su
voluntad a la terrible tortura de que el tiempo transcu-
rriera sin aconteceres, totalmente, estúpidamente, culpa-
blemente en vano.

Frau Geneviève Dessín tenía desplegados sobre el escritorio un montón de viejos papeles que él miró sin interés hasta que ella dijo, «Son éstos». Sorprendido, Manuel
rodeó el mueble para ver de frente aquel remoto testimo-
nio de sus orígenes. No consiguió entender más que los
nombres de sus abuelos, escritos a mano en una elaboradí-
sima letra gótica bajo las fotos gastadas del rostro de dos
jóvenes, ellos mismos, cuando tenían todo el futuro por
delante y no podían prever que una corriente salvaje los
arrastraría desde su niebla natal hasta el sol calcinante del
trópico. Acarició las fotos, sufrió un mareo y tuvo que sentarse. No se sentía feliz, sino aterrado.

Frau Geneviève Dessín le puso una mano regordeta
sobre el hombro, ¿contento al fin? «Sí», mintió Manuel,
«mucho». Todo estaba en un orden tan exacto, dijo ella,
pasaportes, inscripciones de nacimiento en Alemania, acta
de llegada a Cuba y libro de familia, que probaba por sí
mismo que sus abuelos eran alemanes. Eso lo sacaba auto-
máticamente del callejón de la solicitud de asilo político,
añadió, y lo situaba en el camino de obtener la nacionalidad alemana. Por lo pronto, se le otorgaría la condición de
Aussiedler. Manuel la miró, «¿Y eso, qué significa?». Podría traducirse libremente como alguien que regresa, ex-

plicó ella, concretamente un alemán que regresa. Él era el único que lo había hecho desde Cuba, en cambio centenares lo hacían cada día desde Rusia, y más específicamente desde la región del Volga, adonde sus ancestros alemanes habían emigrado siglos atrás, en época de Catalina la Grande. Y como desde un punto de vista administrativo Manuel debía ser encuadrado en algún lugar, a efectos prácticos iba a considerársele como alemán del Volga, desde donde la gente estaba regresando a montones a partir de la desaparición de la Unión Soviética.

Manuel se quedó en blanco, el concepto de alemán del Volga le parecía en sí mismo un contrasentido que aplicado a él alcanzaba el rango de burla o de disparate. La diferencia con su situación actual, explicó Frau Geneviève Dessín, era del día a la noche, la condición de Aussiedler implicaba cambios extraordinarios: dispondría de documento de identidad, recibiría un estipendio, podría moverse libremente por todo el país y estudiar alemán a cargo del Estado mientras se llevaba a cabo el proceso para otorgarle la nacionalidad. «¿Y dónde viviré?», preguntó Manuel, mucho más animado. En Fürstenwalde, dijo ella, que en español significaba El Bosque de los Príncipes. No era un campo de refugiados como el de Eisenhüttenstadt sino una aldea normal. Era un privilegiado, ¿le parecía poco? A Manuel le pareció tanto que besó los mofletes sonrientes de Frau Geneviève Dessín, se despidió esa misma mañana de Viasheslav, Atanas y Eri y se largó para siempre de Eisenhüttenstadt.

El Bosque de los Príncipes correspondía a su nombre. Una aldehuela de aspecto medieval, las ruinas de un castillo en la montaña, un riachuelo y un bosque en el que Manuel entró para estrenar su libertad, mochila al hombro, sin haberse inscrito en la alcaldía ni ubicado siquiera el albergue que le había asignado Frau Geneviève Dessín. Pasó horas caminando entre abetos, robles, hayas, cipreses y un sinfín de arbustos que cubrían todos los tonos del verde, desde el verdinegro en las zonas umbrías hasta el verdemar en las áreas donde tocaban los tenues rayos de sol de aquella primavera.

Regresó a la aldea con los pulmones limpios, cuando ya empezaba a hacerse de noche y era demasiado tarde para inscribirse en la policía. Las señas anotadas por Frau Geneviève Dessín correspondían a un caserón de aspecto descuidado a cargo de Nikolái Schubert, un ruso-alemán del Volga de barba hirsuta y prominente barriga, que lo recibió borracho y a duras penas consiguió informarle de que había una cama libre en la habitación del piso alto, donde vivía un iraní muy peligroso, completamente loco. Manuel intentó negociar otro aposento, pero según el borracho no lo había, de modo que se encogió de hombros y subió lentamente la escalera de piedra.

Llamó a la puerta de la habitación, escuchó un grito brutal como un rugido y luego un golpe que atronó las paredes de la casa y otro y otro y otro. Quedó acoquinado. La puerta se abrió de par en par y en el vano apareció un tipo sudoroso, de mediana estatura y manos de gigante, ataviado apenas con un calzón corto, que le soltó a bocajarro una pregunta en lengua farsi. Manuel no entendió una palabra. Pensó en huir, pero el miedo le impidió moverse. El iraní repitió la pregunta en alemán. Tampoco obtuvo respuesta. Entonces acercó la nariz a la boca de Manuel, husmeó unos segundos como un perro de caza, sonrió complacido, se presentó como Ibrahím Al Pratter e invitó a pasar al visitante con un elaboradísimo gesto de cortesía.

Manuel Desdín, dijo él, y añadió, Aussiedler, pensando que quizá aquel santo y seña lo protegería como una clave masónica o un título de nobleza, mientras extendía una mano que se perdió en la manaza de Ibrahím. Se dijo que aquella bestia podría triturarle los dedos con sólo apretar un poco, pero el iraní le soltó enseguida, preguntándole si hablaba alemán o farsi. No, dijo Manuel, español, inglés y ruso. Ibrahím adelantó el pulgar y el índice, dejó un gran espacio entre ellos, dijo que hablaba bastante bien inglés y se echó a reír como un niño: sus dientes grandes y amarillos contrastaban vivamente con el tupido bigote negro.

Después procedió a mostrar la habitación con una cortesía que a Manuel le pareció alambicada, impropia de aquel tipo mayor, cuyos músculos, sin embargo, brillaban de sudor bajo la parva luz de las bombillas que pendían del alto techo. El baño estaba fuera, en el pasillo, pero el cuarto era grande, incluso cómodo si se le comparaba con los miserables habitáculos sin puerta del campo de refugiados de La Ciudad de la Fábrica de Hierro, donde se hacinaban hasta cuatro asilantes. El suelo era de madera, las paredes de piedra, había una ventana al exterior, una mesa, dos sillas, una vieja alacena, una alfombra persa, el escaparate y la cama de Ibrahím y dos colchonetas desnudas tiradas en el suelo, una grande y otra pequeña. La colchoneta grande apestaba a linimento y también pertenecía a Ibrahím, que se sentó en el centro, dijo que iba a terminar su tanda de ejercicios, pegó un grito, hundió la cabeza entre los muslos y empezó a dar rápidas vueltas de carnera.

Manuel dominó la tentación de escapar, pero a medida que Ibrahím exhibía sus fuerzas fue perdiendo las suyas hasta que tuvo que sentarse en la colchoneta pequeña, desde donde admiró aterrado a aquella furia humana. De pronto, Ibrahím dio un salto, quedó en cuclillas, la cara roja por el esfuerzo, y empezó a tragar aire por la nariz y a soltarlo por la boca con un sonido sordo. Cuando al fin acompasó la respiración tomó un collar de cuentas negras extraordinariamente largo que pendía de un clavo en la pared y se dedicó a repasarlo en silencio, bisbiseando. Al cabo de un largo rato levantó la cabeza y dijo en un inglés más que aceptable, «Así que eres español».

Manuel no se había movido de la colchoneta, fascinado por la concentración religiosa del iraní, y le aclaró que hablaba español pero que era cubano. Ibrahím lo invitó a cenar sin dejar de examinarlo. A lo largo de la frugal comida —queso, yogur, fiambres y agua— el iraní se sirvió del inglés y de una rica colección de gestos para explicarse con toda claridad. Existían tres normas que debía cumplir quien quisiera quedarse en su cuarto, dijo levantando el dedo pulgar, «No alcohol», luego el índice, «No humo», y por último el del corazón, «No mentiras». Manuel pensó que cada uno de aquellos dedos equivalía al menos a dos de los suyos, se dijo que Ibrahím podría ahorcarlo sin demasiado esfuerzo, con una sola mano, y aseguró en voz alta que no bebía, ni fumaba, ni mentía.

Ibrahím lo miró a los ojos, la verdad, el agua y el aire eran de Dios, dijo, la mentira, el alcohol y el humo, del Diablo. Rusia era el pueblo del Diablo porque todos los rusos mentían, bebían y fumaban. ¿Los cubanos también? No, respondió enfáticamente Manuel, nunca, jamás, en lo absoluto. Ibrahím sonrió satisfecho, tenía la cabeza grande y los ojos pequeños y negros. Sus abuelos paternos habían sido alemanes, dijo, pero él era iraní, de Teherán, y aunque creía firmemente que Alá era grande y Mahoma su profeta odiaba a la revolución y a los ayatolas. «Yo también odio a Castro», dijo Manuel, y se apresuró a recoger la mesa. Ibrahím se tendió en la cama, dio las buenas noches y se durmió enseguida. Manuel regresó a la colchoneta pequeña, donde estuvo despierto durante largo rato.

A la mañana siguiente, después de las abluciones, Ibrahím se aseguró de que Manuel hablaba ruso y le propuso que lo acompañara, quería ofrecerle trabajo, le pagaría bien. Manuel rechazó la invitación con la mayor cortesía de que la fue capaz, tenía que ir a inscribirse a la policía y además necesitaba empezar de inmediato a estudiar alemán, ¿dónde eran las clases? Ibrahím se echó a reír mostrando los dientes grandes y amarillos, teóricamente en El Bosque de los Príncipes había escuela, maestro y alumnos, dijo, pero nunca se impartían clases, ¿sabía por qué? Manuel meneó la cabeza, desconcertado. Porque los alumnos eran rusos, sostuvo Ibrahím, y los rusos sólo querían tres cosas en esta vida: beber vodka, comprar autos y vender armas.

Esa misma mañana Manuel visitó la policía de Fürstenwalde, una mansión de piedra y madera pintada como un pastel de bodas. No tuvo que esperar mucho para que le recibiera un funcionario civil de cara arrugada y aspecto campesino, que hablaba ruso con fortísimo acento. Manuel se inscribió como Aussiedler, recibió los cien marcos del estipendio e inmediatamente solicitó cambiar de domicilio e iniciar cuanto antes estudios de alemán. El funcionario empezó a darle vueltas a un sombrerito tirolés que tenía una pluma multicolor fijada a una banda color vino. Lo sentía mucho, dijo, pero no le quedaba otro espacio libre, ¿por qué quería cambiar de domicilio?, ¿acaso había tenido algún problema con Herr Ibrahím Al Pratter?

Manuel notó un tono de respeto casi reverencial hacia el iraní. En absoluto, respondió enseguida, pero le gustaría vivir solo. «A mí también», bromeó el funcionario, «y por desgracia he de aguantar a mi mujer y a mi hija». Manuel le rió la gracia pese a que no sentía deseos de hacerlo, aceptó quedarse viviendo donde estaba e insistió en el tema del estudio del alemán. El funcionario lo felicitó efusivamente por el interés que mostraba, aunque también en eso tenían problemas; tomando en cuenta que los alemanes del Volga no asistían nunca a clases, explicó, el consistorio había decidido tiempo atrás prescindir del maestro y ahorrarse su salario. Ahora bien, si Manuel quería insistir en defender su derecho de recibir clases de su idioma patrio, en su condición de alemán del Volga podía hacerlo, bastaba con que rellenara el formulario correspondiente.

Dejó el sombrerito tirolés sobre el escritorio, alargó una planilla y un bolígrafo y dijo que podía rellenarla allí mismo. Manuel sintió la tentación de aclarar que su patria era Cuba y su idioma el español, pero no se atrevió. Disgustado consigo mismo, respondió rápidamente la decena de preguntas escritas en ruso y se detuvo ante la que daba la posibilidad de estudiar alemán en el propio Fürstenwalde o en otro lugar. Después de todo, se dijo, allí ya no había maestro y no iban a volver a contratarlo sólo para él, de modo que muy bien podía poner la X en el casillero correspondiente a *Otro lugar* y escribir Berlín Occidental en la línea que preguntaba *Dónde.* Hizo ambas cosas, firmó la planilla y la devolvió.

El funcionario, que le estaba dando vueltas de nuevo al sombrerito tirolés, explicó que el médico le había mandado a hacer algo con las manos para ayudarse a dejar el tabaco, abandonó el sombrerito sobre el escritorio y leyó las respuestas en un santiamén. Berlín estaba a unos tres cuartos de hora de Fürstenwalde, dijo, pero si se tenía en cuenta que las clases empezaban a las ocho de la mañana y que la puntualidad y la disciplina eran las mayores virtudes alemanas, para llegar a tiempo tendría que tomar todos los días de Dios el tren de las seis de la mañana, porque después debía cambiar a un metro y luego caminar un tramo. Retomó el sombrerito, pero en lugar de darle vueltas procedió a acariciarse las profundas arrugas de la frente con la pluma, como si eso le ayudara a pensar. Le sugería, dijo al fin, que se matriculara en Frankfurt Oder, que estaba más cerca de Fürstenwalde y era muchísimo más pequeño y por tanto más fácil de dominar para un extranjero que la gran ciudad de Berlín.

«Prefiero Berlín», replicó Manuel, y al ver que el funcionario fruncía el ceño, añadió, «Le recuerdo que soy Aussiedler, no extranjero, no me da miedo Berlín y además me comprometo a llegar puntualmente todos los días y a ser el primero de la clase». El funcionario esbozó una sonrisa condescendiente, Alemania no era Rusia, dijo, dudaba mucho que pudiera honrar ese compromiso, pero si se empeñaba en fracasar se le concedería el derecho a estudiar en Berlín, con las condiciones que él mismo había establecido: en una semana o a lo sumo diez días tendría noticias del municipio. Tomó un cuño y lo estampó con fuerza en el borde superior izquierdo del formulario. Manuel sonrió satisfecho, las dudas de aquel burócrata de sombrerito ridículo le hacían gracia. «Seré el mejor», dijo al ponerse de pie, «No lo dude ni un momento».

Abandonó el lugar satisfecho, con la sensación de que por fin había empezado a parecerse al que era en Járkov, pero tuvo una impresión desagradable al descubrir que Fürstenwalde era bastante más grande de lo que había creído en un principio: a la izquierda de la calle empinada por la que descendía, en una gran hondonada, descubrió todo un barrio de edificios prefabricados como los de Eisenhüttenstadt. Compró algo de comer en una taberna que encontró al paso, se dirigió al bosque y pasó allí el resto del día y parte de la noche, imaginando su futuro como investigador estrella del Instituto Max Planck. Cuando regresó a la casa Ibrahím dormía y él lo hizo también, mejor que nunca.

Al amanecer del día siguiente aceptó acompañar al iraní dispuesto a aceptar su oferta de trabajo hasta que le llegara la autorización de estudiar en Berlín. Necesitaba dinero para enviarle a su madre y comprar ropa con la que empezar su nueva vida. Subieron una cuesta flanqueada por viejas casonas, doblaron a la izquierda en la placita Bertold Brecht, situada frente a la iglesia luterana, avanzaron dos cuadras por una calle anodina, con altos muros a ambos lados, y se detuvieron ante una nave con grandes puertas de chapas de hierro. Ibrahím abrió el candado, empujó las jambas, la luz del sol iluminó la nave y Manuel no pudo menos que silbar de admiración ante el reluciente Audi azul cobalto que ocupaba el centro del espacio.

Ibrahím sonrió, orgulloso como un niño. A que no le encontraba un golpe, dijo, un rallón, una abolladura. Manuel escudriñó el carro por los cuatro costados sin descubrirle un solo punto flaco. Detrás había un Mercedes negro de gran lujo cubierto de polvo al que le faltaban los guardafangos, los espejos y las defensas, al fondo un BMW gris con la carrocería destrozada. Ibrahím abrió los brazos como si quisiera abarcarlo todo de una vez, «Éste es mi taller», dijo, «Necesito que trabajes conmigo». En el techo había una grúa viajera pintada de amarillo chillón, en las paredes paneles de herramientas relucientes, color acero, rigurosamente clasificadas y ordenadas, y al fondo, detrás del BMW, equipos de soldar y un taller de pintura de autos.

«Lo siento», dijo Manuel después de admirarlo todo, «pero no soy un obrero especializado, aunque quizá pueda ayudar como peón, cargando cosas». Ibrahím fue hasta la cocinita que estaba en un costado y puso a calentar agua. No necesitaba operarios, dijo, allí trabajaban cinco, todos alemanes. Abrió la alacena y una exquisita fragancia de té aligeró el denso olor a petróleo y pintura que había en el aire; cuando el agua estuvo a punto Ibrahím preparó la infusión, «Lo importo de Irán», dijo, invitó a Manuel a sentarse en un banco, le alargó una taza y empezó a explicarle lo que esperaba de él. Tenía amigos que le suministraban autos de lujo chocados, los compraban legalmente, con papeles, a la luz del día, en pequeñas ciudades de Alemania occidental, donde eran mucho más baratos. Luego él los reparaba y los pintaba allí, y los revendía a los oficiales del ejército ruso en retirada y a la mafia rusa de Alemania, tipos miserables, enriquecidos con la venta de sus propias armas y con el contrabando de heroína.

Acercó la nariz a su taza y disfrutó el olor de la infusión antes de continuar hablando, los rusos eran borrachos, canallas, perros, chacales, traidores, dijo, resultaba casi imposible negociar con ellos sin conocer su maldito idioma y muy difícil aun sabiéndolo. Necesitaba un intérprete fiel, valiente, decidido, un hombre incapaz de mentir y de emborracharse, y estaba dispuesto a pagarle bien por su trabajo y por los riesgos que implicaba. Manuel bebió dos largos sorbos de té, «¿Riesgos?». Siempre era riesgoso negociar con los rusos, dijo Ibrahím. Manuel le echó una mirada al Audi: su imagen deformada se reflejó en la brillante carrocería. ¿Cuánto?, se atrevió a preguntar. El cinco por ciento, respondió Ibrahím, con la venta del Audi podría ganar mil quinientos marcos en una hora, con la del Mercedes quizá dos mil. Últimamente vendía un promedio de dos o tres carros a la semana, con la desaparición de la Unión Soviética los militares rusos se habían vuelto locos. Manuel cerró los ojos mareado por aquel repentino golpe de suerte y calculó que podría ganar entre dieciocho y veinticuatro mil marcos mensuales. «De acuerdo», dijo. Ibrahím terminó el té de un trago con una intensa expresión de placer en el rostro.

En eso llegó el capataz e Ibrahím los presentó con una distancia que subrayaba su autoridad. El alemán, un tipo cejijunto llamado Otto Bauer, trataba a su jefe con un respeto reverencial que de inmediato extendió a Manuel, a quien llamó Herr Desdín con una breve inclinación de cabeza. Manuel se sintió feliz, tenía la sensación de haber hallado al fin su lugar en el mundo. Esa sensación se acrecentó cuando Ibrahím abrió las puertas del Audi con un mando a distancia y lo invitó a subir. Aquella máquina era una maravilla, algo tan perfecto en su delicada imbricación de fuerza y belleza como sólo podría serlo una pantera. Cuando Ibrahím arrancó y el Audi salió a la calle Manuel flotaba en su interior como en un sueño.

El carro bajó una cuesta que desembocaba en el barrio de edificios prefabricados y rodó como una alfombra mágica por aquella zona horrible, más parecida a Eisenhüttenstadt que a Fürstenwalde. Pero Manuel seguía feliz, deseando que los viandantes se fijaran en él como en un príncipe. Poco después el Audi se detuvo. Manuel descendió tras Ibrahím, que llamó a la puerta de un bajo dando tres toques espaciados, dos seguidos, luego uno y finalmente otros tres espaciados. Manuel sintió que alguien los observaba a través del ojo mágico. Segundos después una rusa obesa como una matrioska abrió la puerta y los invitó a pasar con un gesto, sin dirigirles la palabra.

Precedidos por la rusa, atravesaron en silencio la salita donde una joven le daba el pecho a un bebé frente a un televisor encendido y entraron a un dormitorio presidido por un icono de san Juan Crisóstomo. Sin pedir permiso, Ibrahím levantó la cama matrimonial por un extremo, la movió de sitio y dejó al descubierto una trampa de madera en el suelo. La rusa pisó un botón que había junto a la tapa de la trampa y procedió a abrirla. Desde abajo llegó el ruido de un timbre de alarma. Ibrahím descendió por una estrecha escala vertical, de madera. La rusa levantó el pie del botón y el timbre dejó de sonar. Manuel bajó la escala tras su jefe y en cuanto llegó al sótano un tipo le puso una pistola en la cabeza.

«Dile que eres de confianza», le ordenó Ibrahím. Manuel levantó los brazos, «Soy de confianza», dijo en ruso. Pero el tipo le obligó a caminar encañonado junto a una hilera de cajones. Cabizbajo por el miedo y la presión de la pistola Manuel advirtió que el último cajón estaba abierto y lleno de fusiles Kalashnikov empavonados en grasa gorda. A unos pasos había una mesa iluminada por una lámpara cónica a la que estaban sentados un general y dos civiles. El general, pelado al rape, tenía el cuero cabelludo brillante de sudor; el más alto de los civiles vestía traje gris, de seda, que contrastaba con su alborotada melena pelirroja; el otro, rubio, de pelo fino, estaba en mangas de camisa y llevaba un revólver en la sobaquera de cuero negro. Los tres estaban fumando. En medio de la nube de humo el pelirrojo dirigió los ojos azul acero hacia el gordiflón que encañonaba a Manuel, éste bajó la pistola de inmediato mientras su jefe invitaba a los recién llegados a que se sentaran a la mesa y decía, «Tu guardaespaldas es muy flaco, amigo».

Manuel se acarició la sien y tradujo la ironía del ruso y la rápida respuesta de Ibrahím, «Tú no eres mi amigo. Yo no uso guardaespaldas. Él es Manuel, mi intérprete, si no lo respetan no hay trato, Mijail». El gordiflón puso dos nuevos vasos sobre la mesa y quedó de pie, a un costado. «Ibrahím Al Pratter», dijo ceremoniosamente Mijail, «General Vitali Grómov«. Los hombres se miraron, pero ninguno amagó siquiera con extender la mano. El general Grómov apagó desmañadamente el cigarrillo, que siguió echando humo, y se dirigió a Manuel, «¿Tú qué? ¿Eres ruso acaso?». «Cubano», respondió él, «Pero estudié en la Unión Soviética». Grómov liquidó su vodka de un trago, «La Unión Soviética ya no existe», dijo mirando el vaso como si no pudiese creer que se hubiera vaciado, lo rellenó y volvió a beber mientras Manuel aprovechaba para traducirle a Ibrahím.

El general encendió otro cigarrillo, aspiró una gran bocanada y empezó a formar anillos de humo, había estado en Cuba tiempo atrás, dijo, en el sesentaidós, entonces era Mayor y pertenecía a una dotación de cohetes estratégicos; hizo una larga pausa para mirar los anillos que se disolvían lentamente en el aire viciado del sótano. Entonces el mundo era otro, añadió con una furia apenas contenida, entonces todavía hubieran podido vencer o acabar con todo. Castro quería, porque era un hombre de honor, un patriota, un militar, pero Nikita Sergueievich no quiso, no, no quiso, el gordito cobarde no quiso, y ahí empezó el final... ¡Mitia!, exclamó con voz de trueno, sobresaltando a Manuel. Un capitán vestido de negro emergió desde la sombra, tenía una subametralladora sin culatín al hombro y un pañuelo blanco en la mano con el que secó la sudorosa cabeza de su jefe.

«¿Vodka?», preguntó Mijail el Pelirrojo. Ibrahím no se dignó responder. Manuel meneó la cabeza, y paseó la vista por la estancia en un intento de distanciarse de la fuerza destructiva que trasmitía el general Grómov. El sótano era grande, con una zona iluminada por la lámpara cónica, otra en penumbras y una tercera oscura, adonde el capitán de uniforme negro regresó a agazaparse. En eso Ibrahím llamó la atención haciendo tintinear las llaves de un automóvil, Grómov salió bruscamente de su ensimismamiento mirándolas con una intensidad obscena, «¿Mercedes?», dijo. «Audi», precisó Ibrahím. El general apagó el cigarrillo con tanta rabia que llegó a destrozarlo, pegó un puñetazo en la mesa y el capitán regresó desde la sombra apuntando a Ibrahím con la subametralladora.

Grómov empezó a hablar a gran velocidad. Manuel, aguijoneado por el miedo, tradujo al mismo ritmo al oído de Ibrahím. Dice que necesita el Mercedes enseguida, que vuelve a Moscú en dos semanas, que te habías comprometido a entregarlo hoy, que no eres un hombre serio. Ibrahím dedicó una mirada de desprecio al capitán que le apuntaba, sonrió con sorna al general Grómov y se guardó tranquilamente las llaves del auto en el bolsillo. «No hay trato», dijo, «Ni Mercedes ni Audi». Sin volverse, Grómov bajó el cañón de la subametralladora de su escolta con la mano derecha y el capitán regresó a la sombra. Ibrahím volvió a exhibir la llave con tanta calma como quien reinicia una partida de póquer, y miró al general a los ojos mientras le hablaba a Manuel. «Dile que soy diez veces más serio que él, que su país de mierda y que su ejér-

ЕСÚS DÍAZ

cito derrotado», dijo, «Nunca miento, no había quedado en entregar hoy el Mercedes sino el Audi». Manuel sintió una punzada en el bajo vientre, tragó en seco, y no fue capaz de articular palabra.

«¡Traduce!», exigió Ibrahím pegando otro puñetazo en la mesa. Manuel tartamudeó y decidió empezar por la segunda parte de lo que había dicho su jefe. Entonces el general estalló contra Mijail el Pelirrojo acusándolo de haberle prometido el Mercedes para aquel mismo día y llamándolo perro tramposo. El rubio que estaba sentado enfrente llevó la mano al revólver que guardaba en la sobaquera, pero el Pelirrojo lo contuvo con un simple, tranquilo, Iósif, y añadió, ¿por qué no se comportaban como caballeros? «Porque no lo eres, Pelirrojo», le espetó Grómov, «Los Kalashnikovs están aquí, los obuses de mortero están aquí, ¿y el Mercedes?». «En el taller del amigo Ibrahím», respondió Mijail, mordió un pepino encurtido y se dio un trago, «¿Quieres verlo ahora mismo?».

El general encendió un tercer cigarrillo y expulsó el humo por la nariz. No salía con perros, dijo, no visitaba los talleres de los perros. Manuel tuvo la impresión de hallarse frente a un animal rabioso, se inventó una frase y la tradujo al oído de su jefe. «El general Grómov quiere saber cuándo estará listo el Mercedes». «En diez días», respondió Ibrahím, e hizo tintinear de nuevo las brillantes llaves del Audi. Al escuchar la traducción de aquel compromiso el general sonrió por primera vez. Mijail, que miraba fijamente las llaves, puso sobre la mesa un fajo de billetes de cien marcos. «Treinta mil», dijo, «Cuenta». Ibrahím no necesitó que le tradujeran ni contó el dinero, dejó caer las llaves del Audi en la delgada mano de Mijail, guardó los billetes en el bolsillo interior de la chaqueta y se puso de pie. «¿Brindamos?», preguntó el general levantando un vaso en una mano y la botella en la otra. «Dile que no bebo», dijo Ibrahím, «y que nunca brindaría con ladrones». Manuel

220

tradujo: «El señor no bebe, su religión se lo prohíbe», y siguió a su jefe en dirección a la salida.

En cuanto abandonaron el sótano Ibrahím felicitó a Manuel por su profesionalidad y su calma, le pagó mil quinientos marcos, y aquella misma tarde emprendió la fase final de la reparación del Mercedes. Aunque nadie se lo había pedido y no le pagaban por ello, Manuel se habituó a acudir al taller y a comer en la taberna diariamente, en el mismo horario que su jefe, dispuesto a ayudar en lo que hiciera falta, limpiar las herramientas, preparar el té, barrer. Se ausentó exactamente cuatro veces, siempre con la autorización expresa de Ibrahím. Una para comprar dos monos de trabajo y la ropa con la que soñaba desde que cobró los mil quinientos marcos; otra para llamar a su madre a Cuba, darle sus señas y enviarle casi todo el resto del dinero; una tercera para presentarse a la citación de la alcaldía de Fürstenwalde, donde le entregaron el documento que lo identificaba como Aussiedler y la autorización de estudiar alemán en el *Berliner Sprachen Institut;* y la cuarta para asistir a un encuentro secreto con Mijail el Pelirrojo.

Debía empezar a asistir a clases en dos semanas, pero a aquellas alturas no estaba en absoluto dispuesto a hacerlo. Lo había pensado bien, prefería decididamente seguir trabajando con Ibrahím, pese al sofocón del encuentro con el general Vitali Grómov y al pavor que le dio la entrevista con Mijail el Pelirrojo. Confiaba en Ibrahím, le admiraba, y además recién había llegado al taller un BMW deportivo que le gustaba tanto como una buena hembra. Ni de lejos le alcanzaba el dinero para comprarlo, cierto, pero la venta del Mercedes al general le proporcionaría un mínimo de dos mil marcos que muy bien podría dar de entrada y pagar el resto con su trabajo. No por gusto le era fiel a Ibrahím. No bebía, no fumaba, no mentía. No hacía nada sin la previa autorización de aquél a quien le agradecía el lugar que ocupaba en el mundo. De modo que en cuanto Iósif el Rubio lo abordó como por casualidad en una tienda de ropa y lo invitó a sostener una reunión secreta con Mijail el Pelirrojo, corrió a contárselo a Ibrahím, y para su sorpresa éste le ordenó que aceptara, pues debía, dijo, conocer de primera mano las encrucijadas de la vida.

El encuentro se celebró en el mismo sótano donde había tenido lugar la reunión con el general Grómov, y el Pelirrojo empezó por mostrarle su poder. Había vendido todos los Kalashnikovs y obuses de mortero, dijo, el sótano, ahora, estaba lleno de cajas de lanzacohetes que despacharía en un abrir y cerrar de ojos. Necesitaba a Manuel como intérprete de inglés, español y ruso que además tenía documentos alemanes: trabajando con él no sólo viajaría como un príncipe por Asia, África, América Latina y el Medio Oriente, rodeado de mujeres, en hoteles de fábula, sino que también y sobre todo multiplicaría por mil los ingresos que obtenía con Ibrahím Al Pratter, a quien se atrevió a calificar de pobre diablo. Manuel sabía que el Pelirrojo no fanfarroneaba al decirle que con él podría hacerse millonario en un par de años e incluso antes, si lograba concretar una venta de tanques de última generación que tenía entre manos, pero sabía también que aquel tipo era un canalla e Ibrahím un padre. Le dio miedo negarse de plano, le dijo al Pelirrojo que le respondería cuando cerraran el trato del Mercedes, y corrió hacia el taller.

Ibrahím estaba dándole un punto de soldadura al cuarto guardafango del Mercedes, el delantal, la careta y el soplete le otorgaban el extraño aspecto de alguien de otro tiempo, caballero medieval u hombre de las galaxias. Y también de sabio, porque en cuanto se levantó la careta protectora y dejó al descubierto la cara cetrina y sudorosa, recitó de memoria la propuesta de Mijail el Pelirrojo antes de que Manuel hubiese pronunciado una sola palabra. Era lógico, concluyó, que un cuervo como Mijail quisiera tenerlo a su servicio, saber inglés, español y ruso en aquella zona del mundo resultaba demasiado peligroso, tanto que quizá había sido un error de su parte invitarlo a trabajar con él, ponerlo como un manjar ante los rusos, sí, lo mejor sería que se largara de allí cuanto antes, lo más lejos posible. Se caló la careta de protección, volvió a su tarea, y Manuel estuvo a punto de echarse a llorar ante aquella incalificable muestra de desprecio.

No podía entender cómo Ibrahím era capaz de pagar su fidelidad así, a patadas. Pero no protestó. Sufriría en silencio, le seguiría siendo fiel a aquel hombre seco, incapaz de querer dulcemente como lo hacían los cubanos. Le importaba tanto querer como que lo quisieran. Quería a Ibrahím, le fascinaba su fuerza, su disciplina, su habilidad, su orgullo de artesano y el tranquilo valor que había demostrado en el encuentro con el general Vitali Grómov y con Mijail el Pelirrojo. Por suerte, Ibrahím no volvió a decir que había sido un error contratarlo, y Manuel pudo calmarse y seguir disfrutando de su magisterio.

El Mercedes estuvo listo en nueve días, quedó rutilante, como recién salido de la fábrica, pero Mijail el Pelirrojo le ordenó a Iósif el Rubio que lo probara porque no quería correr riesgos con el general Vitali Grómov, e Ibrahím mandó a Manuel a acompañar al Rubio porque no confiaba en las intenciones de Mijail. Salieron de Fürstenwalde un mediodía lluvioso en dirección al occidente de Alemania, donde, según Iósif, la calidad del mantenimiento de las *autobahn* les permitiría saber cuánto daba de sí aquel pura sangre. Manuel experimentaba sensaciones ambivalentes: por una parte, le parecía una maravilla viajar en Mercedes como si fuera el protagonista de alguna película, por otra, se sentía incómodo junto a Iósif el Rubio, un tipo taciturno, con ojos rojizos e inflamados de alcohólico, que en cuanto perdieron de vista a Ibrahím in trodujo en la guantera del Mercedes una botella de vodka Smirnoff y una pistola.

Durante la primera media hora de viaje Manuel se sintió mal, la visibilidad era escasa, las carreteras llenas de baches, Iósif corría mucho, no hablaba nada, y para colmo a cada rato bebía un buche de vodka de la botella. Pero en cuanto llegaron al occidente de Alemania y tomaron una *autobahn* bien reparada, Manuel empezó a sentirse mejor. El Mercedes parecía hecho para supercarreteras como aquélla, cuyo único defecto, se dignó a informarle Iósif, era el haber sido construidas por Adolf Hitler, el asesino de veinte millones de rusos. Las *autobahn*, siguió diciendo el Rubio, a quien el exceso de vodka y la llegada a Occidente parecían haberle destrabado la lengua, tenían otras dos grandes virtudes, ser las únicas autopistas del mundo donde no se cobraba peaje ni había límite máximo de velocidad.

Se podía correr libremente, pues, y el Rubio aprovechó esa posibilidad a fondo. Al principio Manuel no cayó en la cuenta de que iban como un cohete porque el Mercedes era tan estable que daba la engañosa impresión de estar parado, pero cuando por casualidad miró el cuentakilómetros no pudo dar crédito a sus ojos. Habían alcanzado los doscientos por hora y la aguja seguía subiendo. «¿Qué haces?», dijo. Por toda respuesta, Iósif soltó una risita, clavó aún más el pie y Manuel se fue dejando ganar por una inefable sensación de euforia. Eran los mejores, los más rápidos, los jinetes del caballo más poderoso, nadie podía seguirles el paso, ni el Peugeot gris, ni el Volvo verde, ni siquiera el Porsche amarillo. Resultaba realmente delicioso atisbar un lejano puntico en la distancia, írsele acercando, verlo crecer, concretarlo en un color, en una marca, llegar a su altura y dejarlo atrás como un trasto para fijarse de inmediato otra meta móvil a la que humillar y vencer.

Habían alcanzado los doscientos ochenta por hora cuando Iósif dio por buena la prueba, levantó el pie y empezó a reducir velocidad. Luego salió de la *autobahn* en un desvío, se reincorporó en dirección este y entró a una estación de servicio. Manuel sintió que flotaba al bajar del auto frente a la cristalera de la cafetería, estaba estrenando cazadora y zapatos de ante, y también, al menos a la vista de aquellos soberbios alemanes occidentales, un Mercedes Benz digno de un príncipe. ¿Qué más podía pedir? Mientras comían algo, Iósif volvió sobre la propuesta de Mijail el Pelirrojo. Manuel sería tonto si no la aceptaba, dijo, si él, que no era más que chófer y guardaespaldas, vivía como un pachá, un cerebro como Manuel viviría como un rey. ¿Había estado alguna vez en el palacete del Pelirrojo? Tenía jardines, salón de baile, diez habitaciones, una terma de mármol rosa, importada de Italia, y una virgen cada noche, importada de Rusia. Iósif se echó a reír de su propio chiste y Manuel rió también, sin ganas, perplejo ante la envidia que sentía crecer en su interior como un incendio.

Cuando salieron casi había oscurecido del todo, pese a que sólo eran las cinco de la tarde, y seguía lloviznando. Iósif abrió el Mercedes con el mando a distancia, «Maneja tú», dijo, y se instaló en el asiento del copiloto, la llave del auto en la mano izquierda y la botella de vodka en la derecha. Manuel entró a la máquina rascándose la cabeza: sabía conducir, lo había hecho más de una vez en Járkov, pero no tenía licencia, ni práctica, ni se había sentado jamás al timón de un Mercedes. Fue justamente eso lo que lo decidió a poner la mano abierta bajo la llave, como le había visto hacerlo a Mijail el Pelirrojo con la del Audi. Arrancó lentamente, los faros iluminando la sombra y los limpiaparabrisas barriendo la llovizna, maniobró con sumo cuidado entre autos y camiones hasta salir del área de estacionamiento, y se incorporó al carril derecho de la *autobahn* con la convicción de que había superado la prueba más difícil.

Se sentía tenso pero también feliz, poderoso como un magnate. Casi enseguida vio delante un auto tan pequeño como una pulga, cuyas luces traseras apenas se distinguían en la oscuridad, que le obligó a reducir la marcha. «La República Democrática Alemana no era un país ni el Travant un automóvil», dijo despectivamente Iósif. Manuel supuso que el desprecio iba dirigido a él, pasó al carril central, aceleró y el Mercedes saltó hacia adelante con tanta fuerza como si tuviera voluntad propia, desconcertándolo. Sacó el pie e intentó reducir con la caja de cambios, como le había visto hacerlo a Iósif, pero en lugar de meter la segunda introdujo la cuarta, el motor perdió fuerza y el volante tembló entre sus manos sudorosas. Detrás sonó el claxon de un Porsche, Manuel miró al Rubio, que lo miraba a su vez, bebiendo en silencio.

Aceleró y cuando vino a ver ya había puesto la quinta e iba a ciento veinte. Pese a ello el Porsche se pegó a su rueda. Manuel mantuvo la velocidad, dispuesto a que aquel cabrón no lo desestabilizara. El Porsche le dirigió un cambio de luces y él aceleró hasta ciento cincuenta, pero aun así no logró despegarse. El Porsche, que seguía pegado a su defensa como un perro, le hizo tres cambios de luces. Manuel llegó a ciento sesenta, el máximo que pensaba conceder. El Porsche tomó el carril de la izquierda pero no adelantó al Mercedes sino que se mantuvo a su altura, retándolo. Manuel tragó en seco mientras pisaba el acelerador hasta ciento ochenta sin conseguir, no obstante, adelantar al Porsche, que tampoco optaba por escaparse. Entonces levantó el pie humillado, prefería asumir su miedo y su derrota antes que matarse o destrozar el Mercedes. El Porsche hizo sonar el claxon en señal de victoria y se perdió de vista.

«Dame el timón», dijo Iósif, «Entra al arcén». Manuel obedeció en silencio, como si mereciera aquel castigo. Bajó del auto, pero en cuanto vio al Rubio dando tumbos para ocupar el asiento del conductor comprendió que estaba borracho y se lo dijo. «Así manejo mejor», respondió Iósif antes de poner en marcha el Mercedes. Alcanzó los cien por hora en menos de cien metros, tomó el carril del centro y mantuvo una aceleración sostenida hasta llegar a doscientos cincuenta. Entonces pasó al carril izquierdo, adelantó a un Fiat, divisó al Porsche a lo lejos, lo alcanzó y bajó a doscientos veinte para permanecer a su altura.

El Porsche dio un acelerón, pero Iósif estaba preparado y no lo dejó escapar. Se mantuvieron un rato a la misma velocidad hasta que el Porsche volvió a arrear e inesperadamente ocupó el carril izquierdo, bloqueando al Mercedes. Iósif giró hacia el centro como una culebra, metió el pie hasta el fondo y alcanzó los doscientos noventa; estaba a punto de estrellarse contra un Alfa Romeo cuando volvió a ganar la izquierda e hizo sonar el claxon mientras el Porsche empezaba a empequeñecerse en la distancia. Manuel tragó en seco, sin saber si debía aplaudir o protestar, tan impresionado por la temeridad de Iósif como por su pericia y por la estabilidad del Mercedes.

Poco después se acabó la fiesta, abandonaron la *autobahn* y tomaron por carreteras secundarias, semidesiertas y llenas de baches, en dirección a Fürstenwalde. Manuel se sentía tan agotado como si hubiera recibido una paliza y terminó por quedarse dormido. No obstante, abría los ojos de cuando en cuando, sobresaltado por algún barquinazo y miraba a Iósif como a un desconocido hasta irlo identificando poco a poco, comprendía entonces que estaba en buenas manos y volvía a dormirse. Entraron en una recta que Iósif aprovechó para acelerar hasta ciento ochenta. La devoró en un santiamén, pero la señal de curva peligrosa que estaba al final había quedado tapada por la hierba y cuando intentó maniobrar ya no hubo tiempo. El Mercedes volcó despeñándose ladera abajo. Manuel acertó a abrir los ojos pero no a comprender por qué estaba de cabeza dando tumbos y saltos y vueltas en medio de unos extraños globos blancos que lo protegieron hasta que recibió un golpe en la frente y todo se hizo oscuro.

Volvió en sí horas después, en la deteriorada habitación de una clínica, frente a una enfermera que dio el aviso en cuanto lo vio abrir los ojos. Enseguida acudieron una doctora alemana y un capitán del ejército ruso; la doctora le dedicó una sonrisa afectuosa, le dirigió la luz de una linternita a las pupilas, probó sus reflejos con un martillo de goma, le inyectó un anestésico, y en un ruso con fuerte acento alemán le dijo que podía darle gracias al Todopoderoso Daimler-Benz, Dios de las Máquinas, a su primogénita santa Mercedes y a los ángeles Air Bags por haberle permitido salir vivo y sano de aquel estropicio.

Manuel preguntó dónde estaba Iósif y el capitán asumió el mando, «¿Quién es Iósif?», dijo, «¿Cuál es su apellido?». No sabía, respondió Manuel, le decían el Rubio, trabajaba con Mijail el Pelirrojo. «¿Dónde?», quiso precisar el capitán, «¿Quién es ese tal Mijail?». Manuel sintió un mareo y un fuerte dolor de cabeza.

«Háblame de ellos», le ordenó el capitán, un tipo de piel rojiza, reseca, escamosa como la de un pescado. Iósif iba manejando, dijo Manuel, se llevó la mano a la cabeza y tocó una venda manchada de sangre seca. «¿Dónde está ahora?», preguntó el capitán. Manuel se encogió de hombros, la caja torácica le dolía tanto como si las costillas le hubieran quedado fuera de lugar. «No sé», dijo, «Me duele todo». «Se le irá pasando», observó dulcemente la doctora, tenía los labios finos, sin pintura.

El capitán volvió a la carga, «¿Dónde está Mijail el Pelirrojo?». Manuel cerró los ojos para aliviarse del escozor, no le gustaba la actitud del capitán, ni mucho menos las preguntas que le estaba haciendo. «No me acuerdo de nada», murmuró llevándose la mano al vendaje mientras volvía a abrir los ojos, «Me duele mucho la cabeza». El capitán tomó una toalla que estaba sobre la silla, la desdobló y mostró una pistola. «Es nuestra», dijo, «del ejército ruso, apareció en el Mercedes». Manuel reconoció el arma de Iósif y meneó la cabeza a sabiendas de que el dolor iba a reflejársele en el rostro: «Nunca la he visto», dijo.

El capitán forzó una sonrisa, iban a buscar a Iósif y al Pelirrojo debajo de las piedras, prometió, porque ellos tres, y el Mercedes en ruinas, estaban conectados con los robos de armas que el ejército ruso sufría desde hacía meses, pero Dios existía, y le había dejado caer mansito en las mismas puertas del cuartel, por lo que en cuanto recibiera el alta sería deportado y juzgado en Moscú. «Soy ciudadano alemán», afirmó Manuel, «No pueden mandarme a Rusia».

«¡Eres ruso!», exclamó el capitán como si lo acusara de un delito, «Ni siquiera sabes alemán». La doctora cortó por lo sano, era suficiente, dijo, el accidentado estaba en estado de shock y tenía que hacer reposo, por favor, capitán.

Manuel se quedó solo, y la amenaza del oficial empezó a cobrar fuerza en su cabeza hasta convertirse en una obsesión. Conocía a los rusos, sabía de lo que eran capaces, si su nombre llegaba a Moscú haría saltar la causa que tenía pendiente por espionaje de secretos militares e intento de salida ilegal a través de la frontera finlandesa y entonces estaría hundido. Reclamarían su extradición, o tal vez ni siquiera se tomarían ese trabajo, lo secuestrarían, simplemente. Él sabía demasiado sobre el robo de armas y ellos unirían todas las acusaciones en un gran caso. ¿Qué decirles sobre el general Vitali Grómov? Había mentido, no era ciudadano alemán sino Aussiedler clasificado como proveniente del Volga, semirruso. ¿Por qué Alemania iba a defenderlo de las acusaciones que había ido dejando detrás? No lo defendería. Ningún país lo había defendido nunca.

Empezó a examinar la habitación mal pintada de blanco, que tenía un armarito color crema pegado a la pared, una puerta a la izquierda y una ventana a la derecha de la cama metálica, también blanca. Al cabo de un rato se atrevió a ponerse de pie, aferrado al cabezal de la cama, y comprobó que el anestésico inyectado por la doctora había empezado a hacerle efecto, prácticamente no sentía dolor. La puerta daba a un pasillo en penumbras, la ventana a un jardín tras el que se veía la calle. Concluyó que allí residía su única oportunidad, pues lo más probable era que el capitán se hubiese quedado de guardia tras la puerta del pasillo. Calculó que se encontraba apenas a unos cuatro metros de la tierra, en condiciones normales se hubiese dejado caer directamente, pero ahora tuvo miedo de que el dolor de cabeza o de tórax renaciera impidiéndole fugarse.

Miró el pijama y las pantuflas que le habían endilgado preguntándose dónde estaría su ropa. La encontró en el armarito. Estaba entera, aunque la cazadora tenía manchas de sangre seca. Cerró la puerta, se vistió rápidamente, hizo una cuerda con las sábanas y empezó a descolgarse hacia el jardín. A medio camino el dolor de tórax lo dejó sin aire y no tuvo otro remedio que dejarse caer. Estuvo un rato acurrucado en el suelo, temblando de miedo a que lo descubrieran, hasta que el dolor desapareció de nuevo. Ganó la calle a punto de echar a correr, pensó que el cuerpo no le respondería y empezó a caminar lo más rápidamente que le fue posible, sin mirar atrás, hasta desembocar en una carretera donde se detuvo, preguntándose en qué dirección estaría El Bosque de los Príncipes.

Tiró hacia la izquierda, pensando que lo más importante era alejarse de allí cuanto antes. Unos doscientos metros más allá dio con la desembocadura de la calle principal donde había un farol, un cartel y unas señales de carretera. Fürstenwalde quedaba en dirección contraria, a siete kilómetros. Volvió sobre sus pasos. Hacía rato que había dejado atrás el pueblo cuando los dolores renacieron haciendo que cada paso se le reflejara de inmediato en el pecho y la cabeza como un castigo.

Llegó a El Bosque de los Príncipes al amanecer, muchas horas después de lo que esperaba. La cabeza y el pecho le dolían casi tanto como la sensación de fracaso, la vergüenza y el miedo de presentarse ante Ibrahím. No recibió un reproche, ni una queja, ni siquiera una pregunta. Al verlo aparecer con la cabeza vendada, Ibrahím lo acostó en su propia cama, salió sin pronunciar palabra, regresó casi enseguida con un médico, y sólo se enteró de lo ocurrido al traducir el cuento en que Manuel sintetizó el accidente, lo que la doctora le había dicho y hecho en el hospital y el encuentro con el capitán del ejército ruso a partir del que había decidido fugarse por miedo a que lo secuestraran.

Cuando tuvo un cuadro de la situación el médico le prohibió seguir hablando, le ordenó reposo absoluto, le suministró un sedante y se comprometió ante Ibrahím a hacerse responsable del caso de cara al hospital y a la policía. A aquellas horas ya deberían estar buscando a su muchacho, dijo, que por suerte no había cometido ningún delito sino sufrido un accidente del que, también por suerte, había salido ileso. Ibrahím lo cuidó como un enfermero y se negó en redondo a hablar de la cuenta del médico, del Mercedes, ni de los rusos durante toda una semana, hasta que Manuel recibió el alta y el consejo de que se cuidara y acudiera de inmediato al hospital si sufría vértigos, vómitos o dolores.

Entonces Ibrahím lo puso al día, sin ira y sin reproches, pero con una frialdad tan meditada y decidida que destrozó a Manuel. Iósif estaba prisionero en Moscú, Mijail el Pelirrojo se había escondido, pero acusaba a Manuel de estar al timón del Mercedes en el momento del accidente y de haber entregado a Iósif, Ibrahím había perdido sesenta mil marcos, Manuel estaba despedido, debía mudarse ese mismo día de Fürstenwalde a Königswusterhausen, o, si prefería una traducción libre, de El Bosque de los Príncipes a La Casa de Descanso del Rey, allí tendría un hueco donde meterse. Ahora se iba al taller a recuperar el tiempo perdido en aquel enredo, luego vería si le era posible recuperar también a sus clientes. Era todo cuanto tenía que decirle, esperaba no encontrarlo en casa a su regreso.

Y se fue sin más, dejándole sobre la mesa un volante que lo autorizaba a ocupar una habitación en Königswusterhausen. Manuel permaneció inmóvil, preguntándose por qué no habría muerto en el accidente. Reaccionó horas después, aterrado ante la posibilidad de que Ibrahím volviera y lo encontrara todavía allí, de fallarle también en eso. Metió la ropa en la mochila nueva, guardó en el bolsillo los trescientos veinticinco marcos que le quedaron después del envío a Cuba y se dirigió a la estación de trenes como un autómata.

Una hora más tarde bajó en La Casa de Descanso del Rey, un pueblito semejante a El Bosque de los Príncipes, aunque situado más cerca de Berlín. En la policía, un funcionario de cara de caballo que sólo aceptaba hablar alemán le recordó que en Fürstenwalde había asumido el compromiso de estudiar en Berlín y que las clases empezaban el próximo lunes, dentro de cuatro días; le hizo sentir el privilegio que suponía para un Aussiedler disponer de una habitación en Königswusterhausen y sólo entonces le entregó la llave.

Manuel se dirigió a la casona donde quedaba su cuarto sin alegrarse especialmente por haber conseguido entender a trancas y barrancas a aquel burócrata prusiano, necesitaba encerrarse a pensar qué hacer con su vida. Lo recibió la Hausemeisterin, una Aussiedler bajita, de origen búlgaro, que empezó a hablarle en ruso como una cotorra.

Manuel fingió que no entendía nada, pero la mujer continuó hablando mientras lo seguía por el sombrío pasillo. La habitación había estado ocupada durante años por Constantín Popescu Krieg, dijo, un rumano que había muerto de cáncer hacía sólo una semana, todos ellos estaban condenados a morir así, sin familia, como perros, ¿no le parecía un destino terrible?

Manuel le cerró la puerta en las narices, pero no consiguió evitar que la pregunta de aquella maldita empezara a martillearle el cerebro. Para colmo, la habitación y todos los enseres apestaban a muerto, como si el espíritu corrompido por el cáncer de Constantín Popescu Krieg flotara en el aire. Dejó la mochila en cualquier sitio y corrió al bosque contiguo a respirar tranquilo su tristeza y su miedo. Desde entonces se habituó a permanecer allí de la mañana a la noche, íntimamente convencido de que el contacto con el mundo le depararía nuevas desgracias.

Sólo regresaba a la habitación a dormir, cuando ya todo estaba oscuro, y lo hacía tomando un atajo distinto cada vez. Temía que la venganza del ejército ruso o la de Mijail el Pelirrojo le alcanzara en Königswusterhausen, donde también había alemanes del Volga y él no contaba siquiera con la protección de Ibrahím. Pasó tres días escondido en el bosque, recelando hasta del ruido de sus propios pasos, preguntándose por qué Ibrahím le habría echado sin permitirle siquiera defenderse. Alcanzó a suponer que lo había hecho por su bien, pero no llegó a creer del todo en esa hipótesis. El domingo por la noche encontró una nota bajo la puerta de su habitación donde se le recordaba el compromiso de asistir a clases en el *Berliner Sprachen Institut* a partir del día siguiente. Se alegró de haber asumido con anterioridad aquella obligación que ahora se revelaba como una fórmula perfecta para huir de La Casa de Descanso del Rey, aprender alemán y conocer Berlín, donde al menos estaría lejos de sus enemigos.

El lunes se presentó tempranísimo en la estación de ferrocarril, compró un abono mensual que le permitía usar
cualquier medio de transporte público en toda el área del
gran Berlín y tomó el primer S-Bahn, un tren urbano cuyas
líneas atraviesan la ciudad y la conectan además con lin-
dos pueblitos satélite y horribles ciudades dormitorio.
Pero apenas miró por la ventanilla, seguía metido en sí
mismo, preguntándose si Ibrahím lo habría echado para
hundirlo o para protegerlo, si habría actuado movido por
el odio o por el cariño. Bajó en la estación de Friedrichs-
trasse y casi se pierde en el dédalo de pasillos y escaleras
que lo condujeron al U-Bahn, el ferrocarril subterráneo, se
sentía protegido por la multitud y a la vez confuso por el
reencuentro con una gran ciudad que le obligaba a tomar
constantemente pequeñas decisiones.

Bajó cuando ya el U-Bahn había vuelto a salir a la superficie, en la estación de Kottbuser Tor del barrio de
Kreuzberg, y tuvo la impresión de haber arribado a Estambul. Había un montón de carteles en turco, se escuchaba
música oriental, olía a cordero asado. Echó a caminar por
la Kottbuser Damm y la impresión de fuerza y color se hizo
más intensa todavía en aquella avenida donde las tiendas
vendían alfombras turcas, muebles turcos, especias turcas,
pasajes a Turquía. Sin ser consciente de ello descansó de
sus obsesiones atraído por la riqueza del panorama, hasta
que llegó a un puente en el que había una venta de automóviles de segunda mano. Entonces recordó a Ibrahím, a
Mijail el Pelirrojo y al general Vitali Grómov y no pudo
quitárselos de la cabeza ni siquiera un poco más adelante,
cuando finalmente arribó al *Berliner Sprachen Institut*.
Buscó su aula, que era muy pequeña y estaba vacía, y se
sentó al fondo, decidido a cumplir el compromiso de ser el
primero de la clase en honor a Ibrahím.

Sus compañeros empezaron a llegar casi enseguida y
se dedicó a clasificarlos para matar el tiempo. Una negra,

americana; una asiática, japonesa; un indio, peruano; un rubio, yanqui; una árabe, egipcia. En eso entró un tipo flaco y desgarbado cuyo talaje entre mendigo y rastafari confundió a Manuel completamente; tenía el pelo castaño, largo e increíblemente alborotado, la barba hirsuta, el abrigo roto y los anchísimos pantalones por debajo de las caderas, con el tiro casi a la altura de las rodillas. ¿Un mendigo acaso? No, los mendigos no estudiaban idiomas y además y pese a todo aquel tipo estaba escrupulosamente limpio. ¿Rastafari? Tampoco, era blanco, ni su pelo ni su barba estaban organizados en trencitas sino simplemente hechos un caos. ¿Ruso? Quizá, aunque no era probable, se movía con un desparpajo absolutamente incompatible con la nieve.

En eso entró la profesora, una mujer joven y sonriente, dio los buenos días en alemán y, con la sobreactuación característica de los maestros de cursos introductorios de idiomas, explicó que hablarían siempre en esa lengua. Inmediatamente se presentó como Eva Koch, de la República Federal Alemana, y ayudándose con señas que parecían copiadas del lenguaje de mudos pidió que cada uno hiciera lo mismo en su idioma respectivo, pues iba a hacer una excepción por tratarse del primer día de clases. Cuando los estudiantes empezaron a responder Manuel volvió a su juego inicial, había acertado con todos salvo con la muchacha que identificó como egipcia, que habló en francés y resultó ser libanesa, cuando la profesora lo señaló a él.

«Mi nombre es Manuel Desdín», dijo. «Vengo de Cuba».

Entonces le tocó el turno al tipo con aspecto de rastafari.

«Mi nombre es Pablo Díaz», dijo. «Y también vengo de Cuba».

Manuel miró al tal Pablo, que a su vez lo miraba a él, y sin necesidad de pronunciar palabra ambos comprendieron que habían quedado citados para después de clase. La maestra dio las primeras explicaciones, hizo un par de preguntas, y Manuel comprobó que gracias a su don de lenguas, al haber oído hablar alemán a sus abuelos desde niño y a los meses que llevaba en Alemania, estaba mil codos por encima de sus colegas. Concluyó que no le supondría el más mínimo esfuerzo ser el primero de la clase, pero aun así no se ofreció para responder ninguna pregunta, prefería pasar desapercibido no fuera a ser que por llamar la atención la vida le arreara otro trastazo.

Se dedicó a espiar al tal Pablo con el rabillo del ojo. Era un tipo singular sin duda alguna, no sólo por su extrañísimo talaje sino también por el desparpajo rayano en el irrespeto con que se había dejado caer en el pupitre hasta quedar entre acostado y sentado. ¿Quién sería en realidad? ¿Un estúpido, como los cubanitos modorros de Járkov? Imposible, parecía un marginal, y los estúpidos, por definición, vestían y se sentaban como niños buenos. ¿Un espía? ¿Un agente secreto al servicio de la revolución cubana, como diría la ingenua de Ayinray? Tampoco, un espía que no hablara el idioma del país donde iba a espiar sería un inútil. ¿Un apátrida, un fugitivo como el propio Manuel? Quizá, aunque el corazón le decía que tampoco: huir dejaba huellas profundísimas y en el dulce rostro de Pablo no las había.

Al terminar la clase salieron juntos a la Kottbuser Damm y Manuel propuso tomar un helado. «Sería chévere», respondió Pablo, «pero no puedo, estoy en carne». Manuel se sintió repentinamente bien, hacía tiempo y tiempo que no oía hablar en cubano y el *chévere* y *estar en carne* le sonaron a música. «Yo invito», dijo, relajado al comprobar que Pablo era tan pobre como lo sería él mismo en unos días, cuando terminara de gastar los trescientos y pocos marcos que constituían todo su capital. Entraron a una cafetería cercana, se sentaron junto al ventanal de cristales, pidieron sendos helados de chocolate y

Manuel tomó la iniciativa preguntando en cubano, ¿qué onda Berlín?

Pablo miró la fría primavera berlinesa a través de los cristales, «Mejor que Cuba», dijo, «por lo menos se puede tomar helado sin hacer cola». Manuel sintió que aquel tipo estrafalario le estaba cayendo bien, definitivamente, y le preguntó qué iba a hacer después. Buscar trabajo, dijo Pablo entusiasmado, ¿quería acompañarlo? Manuel tragó una cucharada de chocolate, sí, respondió, o sea, ¿qué trabajo? Pablo, que tenía la boca llena, extendió la mano abierta para pedir tiempo, vender periódicos, dijo al fin. A Manuel no le entusiasmó la idea, aquél no era trabajo digno de un físico, ni siquiera de un Ausssiedler. Pero no tenía nada mejor que hacer, ni tampoco el más mínimo deseo de regresar a Königswusterhausen, donde le esperaban el olor a muerto de Constantín Popescu Krieg, el miedo a que los rusos lo capturaran y la soledad del bosque.

Salieron a la Kottbuser Damm y muy pronto Manuel comprobó la diferencia abismal que existía entre caminar solo o hacerlo junto un colega como Pablo. Tenían casi la misma edad e idéntica estatura, no compartían ninguna información sobre sus pasados respectivos y Berlín era prácticamente nueva para ambos, de modo que a cada paso encontraban motivos de asombro, de admiración o de burla. Empezaron a llamarse Chicho el uno al otro, Manuel dijo que sería bárbaro inventar el dúo Los Chichos y aquella simple ocurrencia bastó para que se partieran de risa. Tomaron el U-Bahn en la estación de Kottbuser Tor y Pablo propuso viajar de pie junto a la primera puerta del primer vagón. No tenía boleto, daba por hecho que Manuel tampoco lo tenía, y aseguró que aquélla era una fórmula infalible para identificar a los inspectores en el andén y abandonar el convoy antes de que éstos subieran y los cogieran *in fraganti*.

Manuel tenía un boleto válido para un mes, pero no lo dijo, le parecía de rigor compartir la suerte mosquetera del recién creado dúo Los Chichos, y le divertía la ingenua alegría de Pablo al escudriñar los andenes en busca de inspectores, dispuesto a saltar del tren a la primera de cambio y quedar limpio. Los alemanes eran especiales, dijo mientras iba descubriendo los colores del barrio de Kreuzberg a través de las ventanillas del tren que allí se desplazaba por un puente de hierro, era el único país del mundo donde no te controlaban antes de subir al metro. «Eran como ingenuos, ¿no?», observó Pablo, «no tenían sentido de la hipérbole», se explicó. «Poco después de llegar fui a una fiesta. Al día siguiente una alemana casada con un amigo cubano me preguntó cuánta gente había en el güiro, le dije que mucha, como cincuenta personas, y un alemán casado con una cubana del grupo, que había ido a la fiesta, se encabronó y me dijo, "¿Por qué mientes, Pablo? Eran treintaisiete?"».

Manuel soltó la carcajada, Pablo lo imitó, el U-Bahn entró a toda velocidad en el túnel subterráneo y ellos siguieron carcajeándose pese a que los restantes pasajeros los miraban como a un par de locos. Todavía reían al arribar a la estación de Zoologischer Garten, donde dejaron el U-Bahn, subieron una escalera y luego al primer vagón de un S-Bahn que hacía todo el trayecto por la superficie y que los condujo, a través de los costurones todavía visibles del antiguo muro y del inmenso descampado lunar donde alguna vez se había alzado la Postdamer Platz, hasta la estación de Berlín Alexanderplatz en la que descendieron y Pablo empezó a contar, mientras buscaban la oficina de distribución del Berliner Zeitung, que cuando un amigo alemán lo visitó y él le dijo, «Estás en tu casa», el tipo puso cara de quien no entiende nada y respondió, «Nooo, estoy en tu casa».

Manuel volvió a reír a carcajadas y además se sintió aliviado. Pablo vestía como un marginal y no tenía un pfennig, pero al menos tenía casa. Cuando pensó preguntarle dónde vivía llegaron al lugar que buscaban y prefirió dejar que Pablo se concentrara en la solicitud del trabajo que tanto necesitaba. Todo fue sencillísimo, pues para vender periódicos no pedían papeles, dominio del alemán, ni cartas de recomendación, y cuando vino a ver tenía en las manos una gorrita y un bolso amarillos, una ruta donde vender los periódicos y una dirección donde recoger la edición de la tarde.

El tipo encargado de los voceadores había dado por hecho que ambos querían trabajar. Manuel pensó que negarse y dejar a Pablo en la estacada equivaldría a una traición, de modo que cogió papeles y arreos, firmó al pie de un formulario y de regreso a la Alexanderplatz proclamó, «Chicho, tengo un hambre del carajo». Pablo le recordó que estaba en carne y añadió que no podía permitir que Chicho siguiera pagándolo todo. «No jodas, Chicho», dijo Manuel, se dirigió a un Imbiss cercano y sirviéndose del lenguaje de mudos ordenó dos *donnër kebap*, sándwiches turcos de lascas de cordero, ensalada y pan de pita, y dos cervezas. Comieron de pie, mirando la vasta plaza central del antiguo Berlín Oriental, donde la grisura apenas comenzaba a ser rota por los primeros anuncios comerciales.

Al volver a la colorida zona occidental, Manuel comprobó que Berlín todavía era una ciudad dividida y que lo seguiría siendo por muchos años, y le contó a Pablo un chiste aprendido en la época de Járkov. Dos perros caminaban por Berlín, uno desde el Oriente, el otro desde el Occidente, convergían en un punto, levantaban las patas respectivas, procedían, se meaban mutuamente y exclamaban a la vez, «¡Coño!, ¿pero aquí no había un muro?». Pablo se echó a reír estruendosamente, echó el brazo por sobre los hombros de Manuel y siguieron caminando enlazados por la Kurfürstendamm hasta llegar a la diagonal donde se encontraba la distribuidora del periódico. Allí se citaron para dentro de tres horas frente al hotel Kempinsky, cada cual recogió su cuota, cincuenta ejemplares, y cogió la ruta asignada previamente con la espalda encorvada por el peso de la carga.

A la altura de la Kantstrasse, Manuel pensó en tirar los periódicos en el primer tanque de basura y esperar a Pablo tomándose una cerveza en el bar del Kempinsky. No se decidió a hacerlo, los periódicos pesaban un montón y venderlos no era un trabajo del que pudiera enorgullecerse ante nadie, cierto, pero Chicho lo necesitaba, a él tampoco le vendrían mal unos cuantos marcos, y sobre todo se había comprometido con aquella tarea y no quería faltar a su palabra. Peor era decidir qué hacer después, cuando le tocara regresar a La Casa de Descanso del Rey, un sitio que ahora le parecía tan lejano, peligroso y desagradable como el infierno.

El problema consistía en que le daba vergüenza pregonar y además no sabía cómo hacerlo. Puso un ejemplar del periódico sobre el capó de un automóvil e intentó descifrar los titulares de primera plana. El más importante era una frase escrita en letras rojas que presidía una serie de fotos de hombres y mujeres. El conjunto de la frase le resultó incomprensible, pero había en ella una palabra que le sirvió de ábrete sésamo: *Stassi*, los tipos y tipas de las fotos serían espías, sin duda. Se aclaró la garganta, se caló la gorrita amarilla y pregonó en voz baja, «*Stassi, Stassi, Stassi*». Para su sorpresa un viandante le pidió el primer ejemplar, y de ahí en adelante todo fue más fácil. Se atrevió a subir un poco la voz e incluso a entrar en los cafés y empezó a vender a muy buen ritmo, quizá porque los berlineses estaban habituados a la prensa vespertina. Dos horas y media después había vendido todos los ejemplares. Cuando regresó a la Kurfürstendamm ya era de noche y la avenida estaba iluminada como para una fiesta. Pasó frente a unas putas de lujo, jóvenes ataviadas con vestidos caros y vistosas botas altas, y se dirigió a la esquina del Kempinsky.

Pablo llegó poco después, feliz porque también había vendido todos sus periódicos y se había ganado unos marcos, e invitó a Manuel a cenar a su casa. Manuel aceptó de inmediato, se sentía bien junto a Chicho y no quería ponerle fin a aquella jornada, pero enseguida empezó a preocuparse. La cena le haría un hueco demasiado grande a Chicho, que evidentemente era pobre como un ratón de ferretería, y le haría perder a él el último tren hacia La Casa de Descanso del Rey. No obstante, decidió seguir adelante convencido de que bien valía la pena prolongar aquel encuentro en el cuchitril donde viviría Chicho, aunque tuviera que pagar por ello pasando la noche al raso.

Pablo propuso ir a pie, no era muy lejos, dijo, ninguna línea de U-Bahn ni de S-Bahn pasaba cerca de su casa, en el bus era muy difícil viajar sin pagar y no podían estar tirando el dinero. Manuel aceptó enseguida, sin decir tampoco esta vez que disponía de un abono. Le gustaba caminar, mucho más sin el peso de los periódicos, por las amplísimas aceras de una avenida tan iluminada y llena de vida como la Kurfürstendamm en aquella fresca noche de primavera. Algo le inquietaba, sin embargo, aunque por delicadeza no se atrevió siquiera a mencionarlo. Aquélla era una de las zonas más exclusivas de Berlín, como lo probaban los flamantes automóviles, las putas de lujo, los cafés llenos de gente elegante, los escaparates de las tiendas de marca, los vistosos edificios decimonónicos y las nuevas construcciones relucientes. No era posible que un tipo como Pablo viviera por allí, y sin embargo así lo parecía.

Un rato después de haber sobrepasado la Konrad Adenauer Platz abandonaron la Ku´damm y tomaron por Storkwinkel, una calle residencial, recoleta y curva poblada de árboles. Cuando llegaron al número 12 Pablo empujó la puertecilla cancel contigua al jardín, invitó a Manuel a que lo siguiera, sacó la llave del bolsillo de su pantalón desastrado, abrió la pesada puerta de roble del edificio y dijo «Pasa, Chicho». Entraron a un zaguán iluminado, subieron por una escalera de madera pulida, Pablo abrió una segunda puerta de roble y repitió «Pasa». «¡Coñó, Chicho, pero esto es un palacio!», exclamó Manuel desde el umbral. «Estás en tu casa», bromeó Pablo. «No», dijo Manuel completamente en serio, «Estoy en *tu* casa». Pablo lo empujó suavemente por el hombro, «Entra y no jodas, Chicho, anda», después formó una bocina con las manos y exclamó, «¡Viejo, traigo visita!».

Epílogo

Yo soy el viejo de esta historia. Pablo Díaz es mi hijo, y yo estaba enfrascado en la escritura de *La piel y la máscara*, mi tercera novela, la noche en que se apareció con Manuel a cenar a nuestra casa. Entonces yo disfrutaba de una beca de la Oficina Alemana para las Relaciones Culturales con el Extranjero, DAAD, y vivía en aquel espléndido apartamento de ciento ochenta metros cuadrados en Storkwinkel 12 con Pablo, mi hija Claudia y Marta Sánchez Paredes, que por aquella época era mi esposa. El coste de la casa, por supuesto, corría a cargo de nuestros anfitriones alemanes, ya que como suele decirse yo entonces no tenía ni donde caerme muerto.

Recién estaba empezando a vivir en el exilio, sabía que la beca terminaría pronto y que debería abandonar Storkwinkel e irme a vivir junto con mi familia sabría dios dónde. Huelga decir que nos sentíamos solos, desconcertados y con mucho miedo al futuro. Pero aquella casa era grande y unos días después de haber venido a cenar Ma-

243

nuel se mudó a vivir con nosotros. Aquella decisión fue, sin duda alguna, el acontecimiento más extraordinario y feliz de los muchos que desde entonces han enriquecido nuestras vidas en común. Pablo y Claudia ganaron un hermano, Marta un amigo, Manuel una familia y yo un hijo. Para ahuyentar el miedo organizamos fiestas que hicieron época entre la colonia latinoamericana de Berlín y también entre nuestros amigos alemanes y los invitados y anfitriones del DAAD. El triste verano del 92 fue, pese a todo, extraordinariamente divertido.

Meses después de estar viviendo en Storkwinkel, en un dorado atardecer berlinés que se transformó insensiblemente en noche mientras él hablaba, Manuel contó por primera vez en mi presencia la historia narrada en este libro y desde entonces supe que había contraído la obligación de escribirla. A lo largo de los años le pedí otras veces que me la repitiera hasta que terminó por convertírseme en una obsesión y empecé a contarla yo mismo. En la primavera de 2000 obtuve la beca Cintas que me ayudó a llevar a cabo este proyecto y pudimos aislarnos en una playa de Palma de Mallorca para reconstruir detenidamente los detalles.

Viví ocho años soñando este relato. Tardé dieciocho meses en escribirlo. Puedo decir que narra hechos reales desde la perspectiva de su protagonista, al menos hasta donde mi imaginación y mis palabras hayan sido capaces de apresarlos. A lo largo del proceso de escritura Manuel fue mi primer lector y me asesoró en todo momento. Aun así, y como es sabido, la correspondencia entre hechos y palabras es inevitablemente ambigua e incompleta, de modo que soy el único responsable de lo escrito. He cambiado algunos nombres propios y hecho ciertos ajustes cronológicos, a cambio, he intentado mantenerme fiel al espíritu de la historia.

Un párrafo más y termino. Manuel no pudo seguir estudiando física, pero dedicó su extraordinaria inteligencia y tenacidad al estudio de la informática, disciplina más compatible con la imperiosa necesidad de ganarse la vida. Se hizo un experto de nivel internacional en esta materia e ideó e implementó un software de alta tecnología para la publicación de un diario digital cuya aparición modificó radicalmente su propia vida, la de Pablo y también la mía. Ahora vivimos exiliados en Madrid y experimentamos cada día el entusiasmo y la responsabilidad de trabajar juntos, nueve años después de que él llegara a casa.

ÍNDICE